COLLECTION FOLIO

Mario Vargas Llosa

L'appel de la tribu

Traduit de l'espagnol (Pérou)
par Albert Bensoussan et Daniel Lefort

Gallimard

Titre original :
LA LLAMADA DE LA TRIBU

Né en 1936 au Pérou, Mario Vargas Llosa passe une partie de son enfance en Bolivie. Dès l'âge de quatorze ans, il est placé à l'Académie militaire Leoncio Prado de Lima qui lui laisse un sinistre souvenir. Parallèlement à ses études universitaires, il collabore à plusieurs revues littéraires et, lors d'un bref passage au Parti communiste, découvre l'autre visage du Pérou. Il se lance dans le journalisme comme critique de cinéma et chroniqueur. Il obtient une bourse et part poursuivre ses études à Madrid où il passe son doctorat en 1958. L'année suivante, il publie un recueil de nouvelles très remarqué, *Les caïds*, et s'installe à Paris. Il publie de nombreux romans, couronnés par des prix littéraires prestigieux. Devenu libéral après la révolution cubaine, il fonde au Pérou un mouvement de droite démocratique et se présente à l'élection présidentielle de 1990, mais il est battu au second tour. Romancier, critique, essayiste lucide et polémique (*L'utopie archaïque*), Mario Vargas Llosa est considéré comme l'un des chefs de file de la littérature latino-américaine. Il a reçu le prix Nobel de littérature en 2010.

À Gerardo Bongiovanni,
promoteur des idées libérales et loyal ami.

L'appel de la tribu

Je n'aurais jamais écrit ce livre si je n'avais lu, voici plus de vingt ans, *La gare de Finlande*, d'Edmund Wilson[1]. Cet essai fascinant raconte l'évolution de l'idée socialiste à partir du moment où l'historien français Jules Michelet, intrigué par une citation, se mit à apprendre l'italien afin de lire Giambattista Vico, jusqu'à l'arrivée, le 3 avril 1917, en gare de Finlande, à Saint-Pétersbourg, de Lénine, qui allait diriger la révolution russe. J'ai pensé alors à un livre sur le libéralisme qui ressemblerait à ce que le critique américain avait fait sur le socialisme : un essai qui, démarrant à la naissance d'Adam Smith dans le village écossais de Kirkcaldy en 1723, rapporterait l'évolution des idées libérales à travers ses principaux représentants, ainsi que les événements historiques et sociaux qui les répandirent dans le monde. Toutes proportions gardées, telle est l'origine lointaine de *L'appel de la tribu*.

1. Edmund Wilson, *La gare de Finlande. Étude sur la manière d'écrire et de vivre l'histoire*, traduction et notes de Georgette Camille, Paris, Stock, 1965. *(NdT)*

En dépit des apparences, il s'agit d'un livre autobiographique qui retrace ma propre histoire intellectuelle et politique, le parcours qui m'a mené du marxisme et de l'existentialisme sartrien de ma jeunesse au libéralisme de ma maturité, en passant par la revalorisation de la démocratie que je dois à mes lectures d'écrivains tels qu'Albert Camus, George Orwell et Arthur Koestler. J'ai été poussé ensuite vers le libéralisme par certaines expériences politiques et, surtout, par les idées des sept auteurs à qui ces pages sont consacrées : Adam Smith, José Ortega y Gasset, Friedrich von Hayek, Karl Popper, Isaiah Berlin, Raymond Aron et Jean-François Revel.

J'ai découvert la politique au Pérou à douze ans, en octobre 1948, lors du coup d'État militaire du général Manuel Apolinario Odría qui renversa le président José Luis Bustamante y Rivero, apparenté à ma famille maternelle. C'est, je crois, pendant les huit années odriistes qu'est née chez moi la haine des dictateurs de tout poil, l'une des rares constantes de mon attitude politique. Mais je n'ai pris conscience du problème social, je veux dire conscience d'un Pérou plein d'injustices où une minorité de privilégiés exploitait abusivement l'immense majorité, qu'en lisant dans ma dernière année de lycée, en 1952, *Sans patrie ni frontières* de Jan Valtin. Ce livre m'a amené à m'opposer à ma famille, qui voulait que j'entre à l'Université catholique – celle des fils à papa –, en m'inscrivant à San Marcos, l'université publique, populaire et réfractaire à la dictature militaire où, j'en étais sûr, je pourrais adhérer au parti communiste. La répression odriiste l'avait presque laminé quand je suis entré à San Marcos en 1953, inscrit en lettres et droit, après avoir emprisonné, supprimé ou banni ses dirigeants ; et le parti essayait de se reconstruire avec le Groupe Cahuide, où j'ai milité un an.

C'est là que j'ai reçu mes premières leçons de marxisme, dans des groupes d'étude clandestins où l'on lisait José Carlos Mariátegui, Georges Politzer, Marx, Engels ou Lénine, et l'on avait d'intenses discussions sur le réalisme socialiste et le gauchisme, « la maladie infantile du communisme ». La grande admiration que j'avais pour Sartre, que je lisais religieusement, me défendait contre le dogme – nous, les communistes péruviens, étions alors, selon l'expression de Salvador Garmendia, « en petit nombre mais parfaitement sectaires » – et m'amenait à soutenir dans ma cellule, selon la thèse sartrienne, la croyance au matérialisme historique et à la lutte des classes sans adhérer au matérialisme dialectique, ce qui me valut, lors d'une de ces discussions, d'être qualifié de « sous-homme » par mon camarade Félix Arias Schreiber.

J'ai pris mes distances avec le Groupe Cahuide à la fin de l'année 1954, tout en restant, je crois, socialiste, du moins dans mes lectures, position qui, ensuite, avec la lutte de Fidel Castro et ses barbus dans la Sierra Maestra et la victoire de la révolution cubaine aux derniers jours de 1958, allait notablement se raviver. Pour ma génération, et pas seulement en Amérique latine, ce qui s'était produit à Cuba fut décisif, déterminant un avant et un après idéologique. Beaucoup, comme moi, ont vu dans la geste fidéliste non seulement une aventure héroïque et généreuse, celle de combattants idéalistes qui voulaient en finir avec une dictature corrompue comme celle de Batista, mais aussi un socialisme non sectaire qui aurait permis la critique, la diversité, voire la dissidence. Nous étions nombreux à le croire et cela a contribué à donner à la révolution cubaine, dans ses premières années, une si grande assise dans le monde entier.

En novembre 1962 je me trouvais à Mexico, mandaté en tant que journaliste par la Radio-télévision française pour rendre compte d'une exposition que la France avait organisée au parc de Chapultepec, lorsque a éclaté la crise des missiles à Cuba. Je devais couvrir l'information, aussi me suis-je rendu à La Havane par le dernier avion de la compagnie Cubana à décoller de Mexico avant le blocus. Il y avait à Cuba une mobilisation générale dans la crainte d'un débarquement imminent des Marines. Le spectacle était impressionnant. Sur le Malecón, les petits canons antiaériens appelés *bocachicas* étaient manipulés par des jeunes, presque des enfants, qui essuyaient sans tirer les vols en rase-mottes des Sabres américains ; la radio et la télévision cubaines donnaient des instructions à la population sur ce qu'elle devait faire quand commenceraient les bombardements. On vivait là quelque chose qui me rappelait l'émotion et l'enthousiasme d'un peuple libre et plein d'espoir que décrit Orwell dans *Hommage à la Catalogne* lorsqu'il arriva à Barcelone comme volontaire au début de la guerre civile espagnole. Ému jusqu'à la moelle par ce qui me semblait incarner le socialisme en liberté, j'ai fait une queue interminable pour donner mon sang et, grâce à mon ancien camarade de l'université de Madrid, Ambrosio Fornet[1], et à la Péruvienne Hilda Gadea[2], qui avait connu Che Guevara dans le Guatemala de Jacobo Árbenz[3], l'avait épousé et avait eu une fille avec lui au Mexique, je me suis retrouvé au milieu de plusieurs écrivains cubains liés à la Casa de las Américas[4] et à sa présidente, Haydée Santamaría[5], que j'ai brièvement connue. Quand je suis parti, quelques semaines plus tard, les jeunes chantaient dans les rues de La Havane « *Nikita, mariquita / lo que se da / no se quita* » (« Nikita, petit pédé / donner / c'est donner ») après que le leader soviétique eut accepté l'ultimatum de Kennedy et retiré ses missiles de l'île. On saurait seulement par la suite que, dans cet accord secret, John Kennedy avait, semble-t-il, promis à Khrouchtchev qu'en échange de ce retrait, les États-Unis s'abstiendraient d'envahir Cuba et retireraient leurs missiles Jupiter de Turquie.

Mon adhésion à la révolution cubaine a duré une bonne partie des années 60, où je me suis rendu à cinq reprises à Cuba comme membre du Conseil international des écrivains de la Casa de las Américas, organisme que j'ai défendu par des manifestes,

1. L'actuel président de l'Union des écrivains de Cuba. *(NdT)*
2. Cette économiste péruvienne fut la première épouse de Che Guevara. *(NdT)*
3. Jacobo Árbenz fut président du Guatemala de 1951 à 1954, avant d'être renversé par un coup d'État fomenté par la CIA. *(NdT)*
4. Cette Maison des Amériques est l'organisme culturel fondé par Fidel Castro en 1969. *(NdT)*
5. Fondatrice du parti communiste cubain, elle a longtemps dirigé la Casa de las Américas. *(NdT)*

des articles et des actions publiques aussi bien en France, où je vivais, qu'en Amérique latine, où je me rendais assez fréquemment. Ces années-là, j'ai repris mes lectures marxistes, pas seulement les classiques mais aussi les écrivains identifiés au parti communiste ou proches de lui comme Georg Lukács, Antonio Gramsci, Lucien Goldmann, Frantz Fanon, Régis Debray, Che Guevara et même l'ultra-orthodoxe Louis Althusser, professeur à l'École normale supérieure qui, dans un accès de folie, étranglerait sa femme. Toutefois, je me rappelle que, durant mes années parisiennes, une fois par semaine j'achetais en cachette le journal honni par la gauche, *Le Figaro*, pour lire le billet de Raymond Aron dont les pénétrantes analyses de l'actualité me dérangeaient en même temps qu'elles me séduisaient.

Plusieurs expériences m'ont éloigné du marxisme à la fin des années 60, telles que la création à Cuba des UMAP, euphémisme qui, sous couvert d'Unités mobilisables d'appui à la production, cachait des camps de concentration mêlant contre-révolutionnaires, homosexuels et délinquants de droit commun. Mon voyage en URSS en 1968, invité à une commémoration autour de Pouchkine, me laissa un mauvais goût dans la bouche car j'y découvris que, si j'avais été russe, j'aurais été un dissident (autant dire un paria) ou que j'aurais pourri au goulag. Ce fut pour moi rien de moins qu'un traumatisme. Sartre, Simone de Beauvoir, Merleau-Ponty et *Les Temps Modernes* m'avaient convaincu qu'en dépit de tout ce qui allait mal en URSS, ce pays représentait le progrès et l'avenir, la patrie où, comme disait Paul Éluard dans un poème que je connaissais par cœur, « il n'existe ni putains, ni voleurs, ni curés[1] ». Mais il existait bien la pauvreté, les ivrognes gisant dans la rue et une apathie généralisée ; on sentait partout une claustrophobie collective due au manque d'informations sur ce qui se passait là et dans le reste du monde. Il suffisait de regarder autour de soi pour savoir que, malgré la disparition des différences de classe dues à l'argent, en URSS les inégalités étaient énormes et existaient exclusivement en fonction du pouvoir. J'ai demandé à un Russe à la langue bien pendue : « Qui sont ici les plus privilégiés ? » Il m'a répondu : « Les écrivains à la botte. Ils ont des datchas où passer leurs vacances et ils peuvent se rendre à l'étranger. Cela les place très au-dessus des hommes et des femmes du commun. Que demander de mieux ! » Pouvais-je défendre ce modèle de société, comme je l'avais fait précédemment, en sachant maintenant que pour moi cela aurait été invivable ? Sartre lui-même m'a aussi énormément déçu le jour où, interviewé dans *Le Monde* par Madeleine Chapsal, il déclara comprendre que les écrivains africains renoncent à écrire pour faire d'abord la révolution et créer un pays

1. La phrase que je cite provient d'un poème que nous lisions, dans une édition bilingue de poèmes d'Éluard, au sein du Groupe Cahuide, la première année que j'ai passée à San Marcos, c'est-à-dire en 1953. Je m'en souviens fort bien parce que avec Lea Barba et Félix Arias Schreiber nous discutions très souvent de ce vers ; je disais qu'il était très difficile que la prostitution et les voleurs aient disparu en URSS, et mes camarades soutenaient que c'était parfaitement possible. Je ne me rappelle pas si, une fois que j'ai appris le français, j'ai lu aussi le poème original d'Éluard qui contient ce vers. Peut-être s'agissait-il d'une traduction très libre, mais ce dont je suis absolument sûr c'est que ce vers apparaissait dans ce livre bilingue des poèmes d'Éluard.

où la littérature serait possible. Il disait aussi que devant un enfant qui crevait de faim, « *La nausée* ne fait pas le poids ». Je me suis senti comme poignardé dans le dos. Comment pouvait-il dire cela, l'homme qui nous avait fait croire qu'écrire était une forme d'action, que les mots étaient des actes, que l'écriture influait sur l'histoire ? Voilà maintenant que la littérature était devenue un luxe que seuls pouvaient se permettre les pays qui avaient atteint le socialisme. À cette époque j'ai relu Camus et lui ai donné raison, comprenant que, dans sa célèbre polémique avec Sartre sur les camps de concentration en URSS, c'était lui qui était dans le vrai : quand la morale s'éloignait de la politique, alors venaient les assassinats et la terreur. C'était la vérité vraie. Mon évolution est apparue ensuite dans un petit livre qui recueillait mes articles des années 60 sur les deux penseurs : *Entre Sartre et Camus*[1].

Ma rupture avec Cuba et, dans un certain sens, avec le socialisme remonte à la célébrissime (et aujourd'hui presque oubliée) affaire Padilla. Le poète Heberto Padilla, qui avait pris une part active à la révolution cubaine – au point de devenir secrétaire d'État au Commerce extérieur –, avait commencé à émettre quelques critiques sur la politique culturelle du régime en 1970. D'abord attaqué avec virulence par la presse officielle, il fut ensuite emprisonné sous l'accusation insensée d'être un agent de la CIA. Indignés, cinq amis qui le connaissions – Juan et Luis Goytisolo, Hans Magnus Enzensberger, José

1. Traduit en français et recueilli dans *Contre vents et marées*, Paris, Gallimard, coll. Arcades, 1989, p. 51-108. *(NdT)*

María Castellet et moi – avons alors rédigé dans mon appartement de Barcelone une lettre de protestation à laquelle allaient adhérer plusieurs écrivains de par le monde, comme Sartre, Simone de Beauvoir, Susan Sontag, Alberto Moravia ou Carlos Fuentes, en nous élevant contre cette avanie. Fidel Castro répondit en personne en nous accusant de servir l'impérialisme et en affirmant que nous ne remettrions plus les pieds à Cuba pour « un temps indéfini et infini » (autrement dit, toute l'éternité).

Malgré la campagne ignominieuse dont je fus l'objet en raison de ce manifeste, cela me soulagea d'un grand poids : je n'aurais plus à feindre une adhésion que je n'éprouvais plus à ce qui se passait à Cuba. Cependant, rompre avec le socialisme et revaloriser la démocratie me prit quelques années. Ce fut une période d'incertitude et de révision où je compris peu à peu que les « libertés formelles » de la prétendue démocratie bourgeoise n'étaient pas une simple apparence derrière laquelle se cachait l'exploitation des pauvres par les riches, mais la frontière entre les droits de l'homme, la liberté d'expression, la diversité politique, et un système autoritaire et répressif où, au nom de la vérité unique représentée par le parti communiste et ses dignitaires, on pouvait museler toute forme de critique, imposer des consignes dogmatiques et faire croupir les dissidents dans des camps de concentration, voire les éliminer. Malgré toutes ses imperfections, qui étaient nombreuses, la démocratie au moins remplaçait l'arbitraire par la loi et permettait des élections libres et l'existence de partis et de syndicats indépendants du pouvoir.

Opter pour le libéralisme a surtout représenté un processus intellectuel de plusieurs années, auquel a beaucoup contribué le fait de résider alors en Angleterre, depuis la fin des années 60, comme enseignant à l'université de Londres, et d'avoir vécu de près les onze années du gouvernement de Margaret Thatcher. Cette dernière appartenait au parti conservateur mais était guidée comme chef d'État par des convictions et, surtout, une fibre profondément libérale ; en cela, elle ressemblait beaucoup à Ronald Reagan. Lorsqu'elle accéda au gouvernement en 1979, l'Angleterre était un pays en décadence que les réformes travaillistes (et aussi *tories*) avaient étouffé et plongé dans une routine étatique et collectiviste croissante, bien qu'on y respectât les libertés publiques, les élections et la liberté d'expression. Mais le poids de l'État s'était accru de tout côté avec les nationalisations d'industries et une politique, notamment celle du logement, qui mettait le citoyen de plus en plus à la merci de l'État. Le socialisme démocratique avait plongé dans la léthargie le pays de la révolution industrielle, qui languissait maintenant en une monotone médiocrité.

Le gouvernement de Margaret Thatcher (1979-1990) représenta une révolution, opérée dans la plus stricte légalité. Les industries étatisées furent privatisées et les entreprises britanniques, cessant de recevoir des subventions, furent contraintes de se moderniser et de rivaliser dans un marché libre, tandis que les logements « sociaux » que les gouvernements louaient jusqu'alors aux personnes de faibles ressources – maintenant ainsi le clientélisme électoral – furent vendus à leurs locataires, dans le cadre d'une politique qui voulait convertir la Grande-Bretagne en un pays de propriétaires. Ses frontières s'ouvrirent à la concurrence internationale tandis que les industries obsolètes, comme celle du charbon, étaient liquidées pour permettre la rénovation et la modernisation du pays.

Toutes ces réformes économiques ont, bien sûr, provoqué des grèves et des mobilisations sociales, notamment celle des ouvriers des mines de charbon qui a duré près de deux ans, au cours desquelles Margaret Thatcher manifesta une personnalité faite de courage et de conviction comme la Grande-Bretagne n'en avait pas connu depuis l'époque de Winston Churchill. Ces réformes qui, en quelques années, ont transformé le pays en la société la plus dynamique d'Europe ont été assorties d'une défense de la culture démocratique, d'une affirmation de la supériorité morale et matérielle de la démocratie libérale sur le socialisme autoritaire, corrompu et économiquement ruiné, qui ont rayonné sur le monde entier. Cette politique a coïncidé avec celle que, dans le même temps, le président Reagan menait aux États-Unis. À la tête des démocraties occidentales, on voyait apparaître enfin des leaders sans complexes d'infériorité face au communisme, qui rappelaient dans toutes leurs interventions leurs avancées en matière de droits de l'homme, d'égalité des chances, de respect de l'individu et de ses idées face au despotisme et à l'échec économique des pays communistes. Alors que Ronald Reagan était un extraordinaire divulgateur des théories libérales, qu'il connaissait sans doute de façon quelque peu générale, Madame Thatcher était plus précise et doctrinaire. Elle n'avait aucun scrupule à dire qu'elle consultait Friedrich von Hayek et qu'elle lisait Karl Popper, qu'elle tenait pour le plus grand philosophe contemporain de la liberté. Je les ai lus tous les deux ces années-là et depuis lors *La route de la servitude* et *La société ouverte et ses ennemis* sont devenus pour moi des livres de chevet.

Si Ronald Reagan et Margaret Thatcher avaient sur les questions économiques et politiques une indubitable orientation libérale, sur maintes questions sociales et morales ils défendaient des positions conservatrices, voire réactionnaires – ni l'un ni l'autre n'aurait accepté le mariage homosexuel, l'avortement, la légalisation des drogues ou l'euthanasie qui semblaient, à mes yeux, des réformes légitimes et nécessaires –, et là-dessus je n'étais évidemment pas d'accord. Mais tout compte fait, je suis convaincu que tous deux ont rendu un grand service à la culture de la liberté. Et en tout cas ils m'ont aidé, moi, à devenir un libéral.

J'ai eu la chance de connaître Madame Thatcher en personne grâce à l'historien Hugh Thomas, un vieil ami. Conseiller auprès du gouvernement britannique pour les questions espagnoles et latino-américaines, il avait organisé un dîner d'intellectuels chez lui à Ladbroke Grove pour placer Margaret Thatcher face aux tigres. (La gauche fut, bien sûr, l'ennemie la plus acharnée de la révolution thatchérienne.) Elle se trouvait assise à côté d'Isaiah Berlin, à qui elle s'adressa toute la soirée avec le plus grand respect. Étaient présents les romanciers V. S. Naipaul et Anthony Powell, les poètes Al Alvarez, Stephen Spender et Philip Larkin, le critique et nouvelliste V. S. Pritchett, le dramaturge Tom Stoppard, l'historien J. H. Plumb, de Cambridge, Anthony Quinton, président du Trinity College (Oxford), et quelqu'un d'autre dont je ne me souviens plus. À moi, elle me demanda où je vivais et quand je lui dis que j'habitais Londres, à Montpelier Walk, elle me rappela que j'étais voisin d'Arthur Koestler, qu'elle avait évidemment lu. La conversation fut une épreuve à laquelle les intellectuels présents soumirent la Première ministre. La délicatesse et les bonnes manières de la courtoisie britannique dissimulaient à peine une pugnacité cachée. Le maître de maison, Hugh Thomas, ouvrit le feu en demandant à Madame Thatcher si l'opinion des historiens l'intéressait et lui était d'une quelconque utilité en matière de gouvernement. Elle répondait clairement aux questions, sans timidité ni pose, avec assurance dans la plupart des cas, mais en avouant parfois ses doutes. À la fin du dîner, après son départ, Isaiah Berlin résuma, fort bien je crois, l'opinion de la plupart des convives : « Il n'y a rien dont il faille avoir honte. » Et moi, je pensai plutôt qu'il y avait lieu d'être fier d'avoir une gouvernante dotée de cette trempe, cette culture et ces convictions. Margaret Thatcher allait se rendre, les jours suivants, à Berlin, où elle verrait pour la première fois le mur de la honte érigé par les Soviétiques afin de freiner l'évasion croissante des citoyens d'Allemagne de l'Est vers l'Allemagne de l'Ouest. Elle prononcerait là l'un de ses plus importants discours antiautoritaires et défendant la démocratie.

J'ai connu aussi Ronald Reagan en personne, mais dans un dîner multitudinaire à la Maison-Blanche, auquel m'avait convié Selwa Roosevelt, qui était alors chef du protocole. Celle-ci me présenta au président, à qui, lors d'une très brève conversation, je pus seulement demander pourquoi, alors que les États-Unis comptaient des écrivains tels que Faulkner, Hemingway ou Dos Passos, il citait toujours Louis L'Amour comme son romancier favori. « Eh bien, m'a-t-il dit, il a fort bien décrit quelque chose qui nous est très propre, la vie des cow-boys de l'Ouest. » Sur ce point, c'est sûr, il ne m'a pas convaincu.

Ils ont été tous deux de grands chefs d'État, les plus importants de leur temps, et tous deux ont contribué de façon décisive à l'effondrement et la disparition de l'URSS, le plus grand ennemi qu'ait jamais eu la culture démocratique, mais il n'y avait rien en eux du leader charismatique, celui qui, tels Hitler, Mussolini, Perón ou Fidel Castro, revendique surtout dans ses discours l'« esprit de la tribu ». C'est ainsi que Karl Popper nomme l'irrationalisme de l'être humain primitif qui niche au tréfonds de tous les civilisés, ceux qui n'ont jamais surmonté tout à fait la nostalgie de ce monde traditionnel – la tribu –, quand l'homme était encore une part inséparable de la collectivité, subordonné au sorcier ou au cacique tout-puissant, qui prenait pour lui toutes les décisions, ce monde où il se sentait en sécurité, libéré de toute responsabilité, soumis, à l'égal de l'animal dans le troupeau, à la horde, la bande ou le clan des supporters, bercé par ceux qui parlaient la même langue, adoraient les mêmes dieux, pratiquaient les mêmes coutumes, tout en détestant l'autre, celui qui est différent, que l'on pouvait rendre responsable de toutes les calamités affectant la tribu. L'« esprit tribal », source du nationalisme, a été la cause, avec le fanatisme religieux, des plus grands massacres de l'histoire de l'humanité. Dans les pays civilisés comme la Grande-Bretagne, l'appel de la tribu se manifestait surtout dans ces grands spectacles, matchs de football ou concerts pop en plein air, que donnaient dans les années 60 les Beatles et les Rolling Stones, où l'individu disparaissait englouti dans la masse, échappatoire momentanée, saine et cathartique aux servitudes quotidiennes du citoyen. Mais dans certains pays, et pas seulement du tiers-monde, cet « appel de la tribu » dont nous avait libérés la culture démocratique et libérale – en dernière instance, la rationalité – réapparaissait de temps en temps par la faute des terribles leaders charismatiques, grâce auxquels les citoyens regagnent la masse inféodée à un chef. Tel est le substrat du nationalisme, que j'avais détesté depuis mon plus jeune âge, devinant qu'il y nichait la négation de la culture, de la démocratie et de la rationalité. C'est pourquoi j'avais été affilié à gauche et communiste dans ma jeunesse ; mais à présent rien ne représentait autant le retour à la « tribu » que le communisme, par la négation de l'individu comme être souverain et responsable, redevenu partie d'une masse soumise aux ordres du leader, sorte de grand manitou religieux à la parole sacrée, irréfutable comme un axiome, qui ressuscitait les pires formes de la démagogie et le chauvinisme.

Ces années-là, j'ai abondamment lu et relu les penseurs auxquels sont consacrées les pages de ce livre. Et bien d'autres, pour sûr, qui auraient pu y figurer, comme Ludwig von Mises, Milton Friedman, l'Argentin Juan Bautista Alberdi et le Vénézuélien Carlos Rangel, ces deux derniers représentant des cas véritablement exceptionnels d'authentique libéralisme sur le continent latino-américain. Et puis je me suis rendu aussi à Édimbourg pour fleurir la tombe d'Adam Smith, et à Kirkcaldy pour voir la maison où il avait écrit *La richesse des nations*, et où je découvris qu'il ne restait d'elle qu'un mur délabré et une plaque.

C'est dans ces années-là que se sont forgées les convictions politiques que j'ai dès lors défendues dans mes livres et mes articles, et ce sont elles qui, au Pérou, en 1987, m'ont conduit à m'opposer à la nationalisation de tout le système financier qu'avait tenté d'opérer le président Alan García dans son premier gouvernement (1985-1990). Ce sont elles qui m'ont amené à fonder le mouvement Libertad et à être candidat à la présidence de la République sous l'étiquette du Front démocratique en 1990 avec un programme qui se proposait de réformer radicalement la société péruvienne pour la transformer en démocratie libérale. Je dirai au passage qu'en dépit de ma défaite électorale et de celle de mes amis, maintes idées que nous avions défendues pendant cette longue campagne de presque trois ans et qui sont celles de ce livre, loin de disparaître, se sont frayé un chemin dans des secteurs de plus en plus larges jusqu'à faire partie, de nos jours, de l'agenda politique du Pérou.

Le conservatisme et le libéralisme sont des choses différentes, comme l'a établi Hayek dans un essai célèbre. Ce qui ne veut pas dire qu'il n'y ait pas entre libéraux et conservateurs des concordances et des valeurs communes, tout comme il y en a aussi entre le socialisme démocratique – la social-démocratie – et le libéralisme. Il suffit de se rappeler la grande transformation économique et sociale de la Nouvelle-Zélande entreprise par un gouvernement travailliste, avec son ministre des Finances Roger Douglas, et parachevée par la ministre des Finances Ruth Richardson, dans un gouvernement conservateur (1984-1993). C'est pourquoi il ne faut pas entendre le libéralisme comme une idéologie de plus, ces actes de foi laïques aussi enclins à l'irrationalité et aux vérités dogmatiques que les religions, toutes, les primitives magico-religieuses et les modernes. Parmi les libéraux – cela est démontré par ceux qui figurent dans ces pages – il y a souvent plus de divergences que de coïncidences. Le libéralisme est une doctrine qui n'a pas réponse à tout, à l'inverse du marxisme qui prétend le contraire ; il admet en son sein la divergence et la critique à partir d'un corpus restreint mais indéniable de convictions. Par exemple, que la liberté est la valeur suprême et qu'elle n'est pas divisible ni fragmentaire, qu'elle est unique et doit se manifester dans tous les domaines – l'économique, le politique, le social, le culturel – dans une société authentiquement démocratique. À défaut de l'avoir compris, tous les régimes des années 60 et 70, qui prétendaient stimuler la liberté économique tout en étant despotiques – en général, des dictatures militaires –, ont échoué. Ces ignorants croyaient qu'une politique de marché pouvait réussir sous un gouvernement répressif et dictatorial. Mais beaucoup de tentatives démocratiques en

Amérique latine qui respectaient les libertés politiques ont échoué aussi pour ne pas avoir cru en la liberté économique – le marché libre –, la seule à apporter développement matériel et progrès.

Le libéralisme n'est pas dogmatique, il sait que la réalité est complexe et que les idées et les programmes doivent souvent s'y adapter pour réussir, au lieu d'essayer de l'assujettir à des schémas rigides, ce qui d'ordinaire les fait échouer et déchaîne la violence politique. Le libéralisme a généré aussi en son sein une « maladie infantile », le sectarisme, incarné par certains économistes séduits par le marché libre comme une panacée capable de résoudre tous les problèmes sociaux. Il convient de leur rappeler, surtout à eux, l'exemple d'Adam Smith lui-même, père du libéralisme, qui, dans certains cas, tolérait même le maintien temporaire de certains privilèges, tels que subventions et contrôles, quand les supprimer pouvait entraîner à court terme plus de mal que de bien. Cette tolérance manifestée par Smith à l'égard de l'adversaire est peut-être le trait le plus admirable de la doctrine libérale : accepter qu'elle puisse être dans l'erreur et que l'adversaire ait raison. Un gouvernement libéral doit affronter la réalité sociale et historique avec souplesse, sans croire qu'on puissc enfermer toutes les sociétés dans un seul schéma théorique, attitude contre-productive qui provoque échecs et frustrations.

Nous, libéraux, ne sommes pas des anarchistes et ne voulons pas supprimer l'État. Au contraire, nous voulons un État fort et efficace, ce qui ne signifie pas un grand État, attaché à faire des choses que la société civile peut faire mieux que lui dans un régime de libre concurrence. L'État doit assurer la liberté, l'ordre public, le respect de la loi, l'égalité des chances.

L'égalité devant la loi et l'égalité des chances ne signifient pas l'égalité des revenus et des salaires, ce qu'aucun libéral ne proposerait. Car cela ne peut être obtenu que dans une société régie par un gouvernement autoritaire qui « égalise » économiquement tous les citoyens au moyen d'un système oppressif en faisant table rase des diverses capacités individuelles : imagination, inventivité, concentration, zèle, ambition, esprit de travail, leadership. Ce qui équivaut à la disparition de l'individu, à son immersion dans la tribu.

Rien de plus juste, à partir d'un point plus ou moins semblable, que des ressources différentes pour les individus en proportion de leur contribution au bénéfice de l'ensemble de la société. Il serait stupide d'ignorer qu'il existe entre les individus des intelligents et des sots, des travailleurs ou des fainéants, des inventifs ou des routiniers et des empotés, des studieux et des paresseux, etc. Et il serait injuste qu'au nom de l'« égalité », tous reçoivent le même salaire alors qu'ils ont des aptitudes et des mérites différents. Les sociétés qui l'ont tenté ont écrasé l'initiative individuelle, en noyant pratiquement les individus dans une masse insignifiante, démobilisée par le manque de concurrence et étouffée dans sa créativité.

Mais d'un autre côté, il est certain que, dans des sociétés aussi inégalitaires que celles du tiers-monde, les enfants des familles les plus prospères jouissent de chances de réussir dans la vie infiniment plus grandes que ceux des familles pauvres. C'est pourquoi l'« égalité des chances » est un principe profondément libéral, quoi qu'en disent les petites bandes d'économistes dogmatiques, intolérants et souvent racistes – au Pérou ils abondent et sont tous fujimoristes[1] – qui abusent de ce titre.

C'est pourquoi il est si important, pour le libéralisme, d'offrir à tous les jeunes un système éducatif de haut niveau qui assure à chaque génération un point de départ commun, qui permette ensuite les différences légitimes de revenus en accord avec le talent, l'effort et le service rendu par chaque citoyen à la communauté. C'est dans le monde de l'éducation – scolaire, technique et universitaire – que le privilège est le plus injuste parce qu'il favorise certains jeunes par une formation de haut niveau et condamne les autres à une éducation sommaire et inefficace qui les conduit à des débouchés limités, à l'échec ou à la simple survie. Ce n'est pas une utopie, mais quelque chose que la France, par exemple, a réussi dans le passé avec une instruction publique et gratuite qui était généralement de plus haut niveau que l'enseignement privé et était à la portée de toute la société. La crise de l'éducation qu'a connue de nos jours ce pays l'a fait reculer dans ce sens, à l'inverse des démocraties scandinaves, de la Suisse ou des pays asiatiques tels que le Japon ou Singapour, qui assurent cette égalité des chances dans le domaine de l'éducation – scolaire ou supérieure – sans que ce soit au détriment, bien au contraire, de leur vie démocratique et de leur prospérité économique.

1. Partisans de l'ex-président Fujimori (1990-2000). *(NdT)*

L'égalité des chances dans le domaine éducatif ne signifie pas qu'il faille supprimer l'enseignement privé au profit du public. Absolument pas ; il est indispensable que les deux systèmes existent et rivalisent car il n'y a rien de tel que la concurrence pour se surpasser et progresser. D'un autre côté, l'idée de la concurrence entre les centres éducatifs vient d'un économiste libéral, Milton Friedman. Le « chèque éducation » conçu par lui a donné d'excellents résultats dans les pays qui l'ont appliqué, comme la Suède, accordant aux parents une participation très active dans l'amélioration du système éducatif. Le « chèque éducation » que l'État fournit aux parents leur permet de choisir les meilleurs collèges pour leurs enfants et, de cette manière, renforce le soutien de l'État aux institutions de qualité, qui attirent par conséquent de nouvelles inscriptions.

Il faut tenir compte du fait que l'enseignement, à notre époque de grande modernisation technologique et scientifique comme la nôtre, est de plus en plus coûteux – si on le souhaite de premier ordre – et cela signifie que la société civile a autant de responsabilités que l'État dans le maintien des collèges, lycées et universités au meilleur niveau scolaire. Il n'est pas juste que les enfants de familles fortunées soient dispensés des frais d'inscription, comme cela ne le serait pas non plus qu'un jeune se voie refuser pour raisons financières l'accès aux meilleures institutions, alors qu'il possède le talent et le goût du travail nécessaires. Aussi, en même temps que le « chèque éducation », un système de bourses et d'aides financières est indispensable pour établir cette « égalité des chances » dans le domaine éducatif.

L'État petit est généralement plus efficace que le grand : c'est une des convictions les plus solides de la doctrine libérale. Plus un État accroît son emprise en s'arrogeant un maximum d'attributions dans la vie d'une nation, et plus diminue la marge de liberté dont jouissent les citoyens. La décentralisation du pouvoir est un principe libéral, afin que soit renforcé le contrôle qu'exerce l'ensemble de la société sur les diverses institutions sociales et politiques. À l'exception de la défense, de la justice et de l'ordre public, où l'État a la primauté (non le monopole), l'idéal est que le reste des activités économiques et sociales requière la plus grande participation des citoyens dans un régime de libre concurrence.

Le libéralisme a été la cible politique la plus vilipendée et calomniée au cours de l'histoire, d'abord par le conservatisme – qu'on se rappelle les encycliques papales et les levées de boucliers de l'Église catholique contre lui, qui durent encore malgré le grand nombre de croyants libéraux –, puis par le socialisme et le communisme qui, à l'époque moderne, ont présenté le « néolibéralisme » comme le fer de lance de l'impérialisme et la forme la plus impitoyable du colonialisme et du capitalisme. La vérité historique va à l'encontre de ces dénigrements. La doctrine libérale a revêtu dès ses origines les formes les plus avancées de la culture démocratique et c'est elle qui, dans les sociétés libres, a fait le plus progresser les droits de l'homme, la liberté d'expression, les droits des minorités sexuelles, religieuses et politiques, la défense de l'environnement et la participation du citoyen lambda à la vie publique. En d'autres termes, ce qui nous a le mieux défendus contre l'inextinguible « appel de la tribu ». Ce livre voudrait apporter ne fût-ce qu'un grain de sable à cette tâche indispensable.

Madrid, août 2017

ADAM SMITH

(1723-1790)

Nous ne savons presque rien de l'enfance et de la jeunesse d'Adam Smith, sinon qu'il vit le jour en 1723, à Kirkcaldy, un carrefour commercial situé en Écosse à dix milles au nord d'Édimbourg, où il passa le plus clair de sa vie et au moins six des dix années qu'il consacra à écrire son chef-d'œuvre : *Recherches sur la nature et les causes de la richesse des nations* (1776). Il n'a pas connu son père, avocat et inspecteur des douanes mort avant sa naissance, et il ne cessa de chérir sa mère, Elizabeth Douglas, à la folie. La légende selon laquelle il fut enlevé par une bande de gitans à l'âge de trois ans et rapportant que le rapt dura à peine quelques heures n'a jamais été étayée. C'était un enfant maladif, disgracieux, qui, avant d'être célèbre pour ses connaissances, le fut en raison de son extraordinaire distraction. Un jour, le cocher de la diligence qui venait de Londres découvrit aux alentours de Kirkcaldy un homme seul cheminant en rase campagne, à bonne distance de la ville. Il freina ses chevaux afin de demander à Monsieur Smith où il allait : ce dernier, décontenancé, admit qu'il était allé trop loin sans s'en rendre compte, plongé dans ses réflexions. Et un dimanche, on le vit apparaître, marchant bizarrement de son pas désaccordé comme celui d'un chameau, encore engoncé dans sa robe de chambre, à Dunfermline, soit à quinze milles de Kirkcaldy : il regardait dans le vague et parlait tout seul. Des années plus tard, les habitants d'Édimbourg s'habitueraient aux tours et détours que faisait dans la vieille ville, à des heures impossibles, le regard perdu et remuant silencieusement les lèvres, ce vieillard solitaire, un peu hypocondriaque, que tout le monde désignait comme un savant. Sa vie est jalonnée de dizaines d'anecdotes semblables.

Il fit ses études dans une école près de chez lui, dans Hill Street, de 1731 à 1737, et il faut croire qu'il était bon élève en latin et en grec car, lorsqu'il entra à l'université de Glasgow à l'âge de quatorze ans, on le dispensa de la première année, dédiée aux langues classiques. Les trois années qu'il y passa, selon ce qu'il confessa dans une lettre citée par son biographe Nicholas Phillipson, « furent les plus utiles, les plus heureuses et les plus honorables de sa vie[1] ». C'est à cette époque qu'il découvrit la physique de Newton et la géométrie d'Euclide, et qu'il eut comme professeur de philosophie morale Francis Hutcheson, figure éminente des Lumières en Écosse, qui allait avoir une grande influence sur sa formation intellectuelle. Après trois ans à l'université de Glasgow, il obtint une bourse pour Oxford, au Balliol College, où il demeura de 1740 à 1746. Nous ne savons à peu

1. Nicholas Phillipson, *Adam Smith. An Enlightened Life*, Yale University Press, 2010, p. 40.

près rien de la vie qu'il mena pendant ces six années. Ses biographes supposent qu'elle fut plutôt solitaire, car le climat politique et culturel de l'université était imprégné du « jacobisme » le plus conservateur et réactionnaire au rebours de sa formation presbytérienne et *whig* (libérale), même s'il apprit le français de son propre chef, s'il lut passionnément la littérature française et si ses auteurs préférés étaient Racine et Marivaux. Mais l'événement le plus important de ses années à Oxford fut la découverte des œuvres de David Hume, autre grande figure des Lumières d'Écosse, et peut-être de faire sa connaissance. De douze ans plus âgé que Smith, doté d'un grand prestige dans les milieux intellectuels, Hume était cependant rejeté par la hiérarchie universitaire en raison de son athéisme. Une des rares choses que nous savons d'Adam Smith à Oxford est qu'il reçut un avertissement au Balliol College lorsqu'on le surprit à lire en cachette le *Traité de la nature humaine* (1739) de l'influent philosophe écossais, qui deviendrait plus tard son meilleur ami. Il fit son éloge, ainsi que celui de Hutcheson, dans sa *Théorie des sentiments moraux*[1] (1759).

On voit circuler encore cette idée fausse selon laquelle Adam Smith fut essentiellement un économiste – on le surnomme « le père de l'économie » –, ce qui l'aurait laissé bouche bée. Il se considéra toujours comme un moraliste et un philosophe. Son intérêt pour l'économie, ainsi que

1. Adam Smith, *Théorie des sentiments moraux*, texte traduit, introduit et annoté par Michaël Biziou, Claude Gautier, Jean-François Pradeau, Paris, PUF, 3e édition, 2014 (1re éd. 1999). Toutes les citations de ce livre sont tirées de cette édition.

pour d'autres disciplines comme l'astronomie – il écrivit une *Histoire de l'astronomie* publiée seulement à titre posthume –, fut la conséquence de ses efforts pour développer une « science de l'homme » et comprendre le fonctionnement de la société. On a plus d'informations à son sujet après sa sortie d'Oxford, à partir de son arrivée à Édimbourg où, de 1748 à 1751, grâce à lord Kames, autre figure des Lumières en Écosse, il donna une série de conférences publiques qui connurent un grand retentissement et contribuèrent à son prestige. Le texte de ces conférences s'est perdu, mais nous les connaissons grâce aux notes de deux étudiants qui y assistèrent. La première était consacrée à la rhétorique et à la façon dont était né le langage, la communication humaine, activité que Smith identifie non seulement par un besoin de survie, mais aussi comme le bien propre et la sympathie mutuelle, le don des relations humaines et le bon sens, piliers de la vie sociale et de son ciment : la sociabilité. Pour le démontrer, il prenait ses exemples dans la littérature. À ses yeux, le langage clair, direct et concis exprime mieux les émotions, les sentiments et les idées et doit être préféré au style baroque et pompeux (comme celui du troisième comte de Shaftesbury[1], disait-il), propre à une minorité choisie qui excluait l'homme commun, l'homme ordinaire.

Dans une autre de ses conférences, sur la jurisprudence, Smith élabora quelques-unes des idées

1. Anthony Ashley-Cooper, *3rd Earl of* [3e comte de] Shaftesbury (1671-1713), était un homme politique, membre du Parlement, et aussi un écrivain et un philosophe. *(NdT)*

qu'il développerait par la suite à partir de la thèse de David Hume selon laquelle « la propriété est la mère du développement de la civilisation ». Ce thème passionna les meilleurs intellectuels écossais de l'époque. Lord Kames, par exemple, soutenait que l'instinct le plus marqué chez l'être humain était celui de « posséder » et que de là était née la propriété privée et, d'une certaine façon, la société elle-même. Dans son livre *Historical Law-Tracts* (1758), lord Kames soutenait que le déroulement de l'histoire était composé de quatre étapes : a) l'âge des chasseurs ; b) l'âge des pasteurs ; c) l'âge des agriculteurs, et enfin, d) l'âge des commerçants. L'échange de produits, à l'intérieur et à l'extérieur du groupe, aurait été le véritable moteur de la civilisation. Les gouvernements apparurent quand les membres de la communauté prirent conscience de l'importance de la propriété privée et comprirent que celle-ci devait être protégée par des lois et des autorités qui les garantissent. Ces idées eurent une grande influence sur Adam Smith, qui les fit siennes pour ensuite les développer et les nuancer. Ce sont sans doute ses années à Édimbourg qui le conduisirent à se forger la conviction – qu'il nourrirait toute sa vie – selon laquelle la pire ennemie de la propriété et du gouvernement était la noblesse terrienne, cette aristocratie rentière attachée le plus souvent à faire tomber les gouvernements qui limitaient ses pouvoirs et qui, en même temps, constitua toujours une menace pour la justice, la paix sociale et le progrès. Grâce à ses conférences à Édimbourg, on commença à voir en ce jeune homme un membre de ce mouvement – les Lumières écossaises – qui allait révolutionner les idées, les valeurs et la culture de son temps.

Adam Smith quitta Édimbourg pour Glasgow où il demeura treize ans, jusqu'en 1764, très brièvement comme professeur de logique et de métaphysique, puis de philosophie morale. Dès lors, nous avons davantage d'informations sur son existence. Il vécut là avec sa mère et une cousine, Janet Douglas, qui se chargeraient de tenir sa maison pendant tout le temps qu'il résida en Écosse. Sa vie fut faite d'austérité stoïque, presbytérienne, sans alcool et probablement sans sexe – il ne se maria jamais et les rumeurs qui coururent sur des liaisons supposées semblent totalement fantaisistes –, dédiée à l'enseignement et à l'étude. Son prestige comme professeur fut si grand que James Boswell, futur biographe de Samuel Johnson, entre autres, s'inscrivit à l'université de Glasgow pour suivre ses cours. Selon ses élèves, il rédigeait ses cours, même si la plupart du temps il s'écartait de ses papiers pour développer ou préciser certains points, et il détestait que ses élèves prennent des notes lorsqu'il parlait (« *I hate scribblers* » / « Je déteste les scribouillards »). Il se distingua également comme administrateur. Il fut chargé d'organiser et de diriger la bibliothèque, d'acheter des livres, de construire des salles pour de nouvelles disciplines et de participer à l'administration et à la comptabilité d'une université dont il parvint à être doyen et vice-recteur. Il s'attira autant de respect et d'éloges pour ces activités que pour son travail intellectuel.

À cette époque, Glasgow connaissait une prospérité extraordinaire grâce à l'ouverture des marchés qu'avait engendrée le traité d'Union avec l'Angleterre et, en particulier, le commerce du tabac que ses vaisseaux rapportaient de Virginie, aux États-Unis, et distribuaient ensuite au Royaume-Uni et dans le reste de l'Europe. Selon Arthur Herman, dans son essai sur les Lumières en Écosse, c'est à cette époque, et en raison du développement remarquable que connaissait Glasgow, qu'Adam Smith commença à s'intéresser aux opérations commerciales des grandes entreprises. Grâce à un ami, un des barons du tabac de la ville, il finit par les connaître de l'intérieur : « Smith était un grand ami de John Glassford qui le tenait informé de ce qui se passait en Amérique et qui, de son côté, s'intéresserait de près à l'élaboration de *La richesse des nations*. Le prévôt de Glasgow, Andrew Cochrane, organisa le Political Economy Club dont furent membres Smith, Glassford et un autre puissant négociant en tabac, Richard Oswald. Cochrane présida même la session du Conseil de Glasgow le 3 mai 1762 lorsque le professeur Smith fut nommé comme "bourgeois honoraire de la ville"[1]. »

THÉORIE DES SENTIMENTS MORAUX (1759)

Le premier livre que publia Adam Smith, *Théorie des sentiments moraux*, fut élaboré au cours de son enseignement au fil des années. Il révèle le rôle que joua dans sa vocation la préoccupation morale.

1. Arthur Herman, *The Scottish Enlightenment. The Scots' Invention of the Modern World*, Londres, Forth State, 2001, p. 158. Traduction en français à partir de celle de l'auteur.

Dans la thèse qu'il y développe, on retrouve les idées de son ancien maître, David Hume, celles de Rousseau sur l'inégalité et celles de Bernard Mandeville sur la morale. Mais le livre fait preuve d'une solide réflexion personnelle, une première approche de cette « science de l'homme » qu'il rêvait d'élaborer depuis sa jeunesse.

Certains mots sont fondamentaux pour comprendre cet ouvrage – sympathie (au sens d'empathie), imagination, propriété, spectateur impartial – ainsi qu'une question à laquelle cette volumineuse enquête cherche à répondre : comment se fait-il que la société humaine existe, qu'elle conserve sa stabilité et qu'elle progresse avec le temps au lieu de se désarticuler à cause des rivalités, des intérêts contradictoires, des instincts et des passions égoïstes des hommes ? Qu'est-ce qui rend possible la sociabilité, qui soude la société en dépit de la diversité des personnes et des caractères qui la composent ?

Les êtres humains se connaissent par le moyen de l'imagination et par une attitude naturelle de sympathie envers le prochain qui rapproche un individu d'un autre, ce qui serait impossible si les actions humaines étaient guidées uniquement par la raison. Ce sentiment de sympathie et l'imagination font que les étrangers s'attirent entre eux et établissent un lien qui brise la méfiance et crée des solidarités réciproques. La vision de l'homme et de la société qui se dégage de ce livre est à la fois positive et optimiste, car Adam Smith croit, en dépit des horreurs qui se commettent, que la bonté, c'est-à-dire les sentiments moraux, prévaut sur la méchanceté. Un bon exemple de cette bienséance innée qui caractérise la majorité des êtres humains se trouve dans les dernières pages du livre : « Dire à un homme qu'il ment est le plus mortel de tous les affronts. [...] Un homme qui aurait l'infortune d'imaginer que personne ne croit une seule de ses paroles se sentirait rejeté de la société humaine, frémirait de terreur à la seule pensée d'y entrer ou de se présenter devant elle, et pourrait difficilement manquer, je pense, de mourir de désespoir[1]. » Les choses ont beaucoup changé au long des siècles écoulés depuis qu'Adam Smith écrivit ces lignes et, du point de vue moral, nos contemporains ne se sont pas améliorés, car il est difficile de nos jours d'imaginer que beaucoup de gens soient capables de mourir d'épouvante à l'idée de mentir à leur prochain. Toutefois, celui qui écrivit cela était loin de pécher par ingénuité : ses analyses de la conduite morale sont extrêmement subtiles et complexes, toujours appuyées sur la conviction que, même dans les pires circonstances, la décence prévaut sur l'indécence : « La Nature, quand elle a formé l'homme pour la société, l'a doté du désir originel de plaire à ses frères et de la crainte originelle de les offenser. Elle lui a appris à sentir du plaisir ou de la douleur lorsque leurs regards étaient favorables ou défavorables[2]. »

Un autre mot-clé de cet essai est « propriété », non dans le sens de possession, mais dans celui d'attitude adéquate, juste et prévenante – appropriée – dans les relations entre l'individu et les autres.

1. Adam Smith, *Théorie des sentiments moraux*, p. 448.
2. Adam Smith, *op. cit.*, p. 179.

C'est un livre curieux, multiple, ambigu et subtil, qui ressemble parfois à un traité des bonnes manières, d'autres fois à une analyse psychologique des sentiments et émotions que l'être humain éprouve à l'égard de son prochain et, de temps à autre, à un manuel de sociologie. En réalité, il s'agit d'une étude des relations humaines et de la manière dont elles permettent à une société de fonctionner et de faire apparaître en son sein une solidarité de base qui l'empêche de se désintégrer et de disparaître. C'est aussi une étude sur le sentiment moral qui nous permet de différencier le bien et le mal, le factice de l'authentique, le vrai du faux. Ce fut le premier volume d'Adam Smith consacré à l'édification de cette « science de l'homme » qui l'absorberait le restant de sa vie et qu'il ne réussit jamais à terminer.

Les réactions et attitudes décrites dans ce livre prennent en compte la pauvreté et la richesse, les préjugés sociaux, la position des individus dans la société, mais l'ouvrage se concentre en général sur les citoyens communs, ordinaires, ceux qui incarnent la normalité. Le plus souvent, il passe rapidement sur ceux qui l'esquivent ou la transgressent (ces hommes-monstres qui fascinaient tellement Georges Bataille). C'est pourquoi la société décrite dans *Théorie des sentiments moraux* nous semble par moments quelque peu idéalisée par son exemplarité et sa correction. Parce que la vie n'est pas faite seulement de gens normaux, mais aussi d'êtres anormaux et exceptionnels. Toutefois, cela ne tenait pas seulement à la façon dont Adam Smith voyait la société, mais surtout à sa manière d'être. Bien que les témoignages sur sa personne n'abondent pas, ceux qui existent concordent lorsqu'ils affirment qu'il s'agissait, outre d'un intellectuel de très grande valeur, d'un homme bon, aux habitudes saines, modeste, simple, austère, extrêmement correct, aux accès de mauvaise humeur exceptionnels, dont la vie était vouée à l'étude. Il surprenait tout le monde par son habitude de se plonger dans ses réflexions et de se couper de son environnement en toute circonstance. Un de ses amis de la Select Society, qu'il avait coutume de retrouver dans les tavernes d'Édimbourg, raconte comment, au milieu d'une discussion sur un sujet juridique ou philosophique, tous s'apercevaient soudain qu'Adam Smith *était parti* : il était là, les yeux dans le vide, murmurant doucement quelque chose qu'on entendait à peine, immergé dans un monde intime, absent de tout ce qui l'entourait.

La *Théorie des sentiments moraux* se focalise surtout sur les hommes, mais elle contient quelques spécificités qu'il croit trouver chez la femme et qui la distinguent, comme par exemple celle-ci, si subtile : « L'humanité est la vertu de la femme, la générosité celle de l'homme[1]. » Une bonne partie de l'ouvrage analyse l'individu en soi mais, dans les derniers chapitres, avant de passer en revue tous les systèmes sur la morale – Platon, Aristote, Xénon et les stoïciens, les épicuriens, Cicéron – pour les confronter au sien, l'analyse s'étend à l'individu comme partie intégrante de la famille, de la nation et, finalement, de l'humanité. Ces chapitres préludent à certaines des grandes découvertes de *La richesse des nations*. Par exemple, sa position très claire contre le nationalisme, contre

1. *Ibid.*, p. 265.

l'idée qu'en raison du lien affectif qui unit l'individu à sa patrie, l'on doive toujours donner raison à celle-ci même quand elle a tort : « L'amour de notre propre nation nous dispose souvent à regarder avec la jalousie et l'envie les plus malignes la prospérité et l'accroissement de toute autre nation voisine[1]. » C'est ce qu'il appelle « l'indigne principe du préjugé national[2] ». Un peu plus loin, en se référant à la France et à l'Angleterre, il affirme qu'« envier le bonheur et la prospérité intérieurs de l'autre [...] est sûrement en deçà de la dignité de deux nations si grandes[3] ». Ce rejet de la perspective nationale comme prépondérante et égoïste, qui justifie l'arbitraire, l'amène à condamner l'esprit dogmatique de ces « doctrinaires », si « communément enivrés par la beauté imaginaire de ce système idéal »[4] qu'ils croient pouvoir « disposer les différents membres d'une grande société aussi aisément que la main dispose les différentes pièces sur un échiquier[5] ». Par la suite, il rappelle que ces pièces n'ont d'autre « principe de mouvement » que la main qui les déplace et que « sur le grand échiquier de la société humaine, chaque pièce a un principe de mouvement propre », indépendant de celui que la législation cherche à imposer de manière arbitraire. Pour la première fois dans l'histoire, quelqu'un remarque que la société peut avoir un mouvement propre, dérivé de son organisation interne, que l'on doit respecter sous

1. *Ibid.*, p. 317.
2. *Ibid.*, p. 318.
3. *Ibid.*, p. 318.
4. *Ibid.*, p. 322.
5. *Ibid.*, p. 324.

peine de provoquer l'anarchie ou d'obliger à recourir à la répression la plus brutale, ce à quoi il s'oppose en rappelant « la divine maxime de Platon » : ne jamais faire violence à son pays, pas plus qu'à ses parents[1].

Mais le plus original de la *Théorie des sentiments moraux* est peut-être l'apparition dans ses pages du *spectateur impartial*, un juge ou un arbitre que les êtres humains portent en eux-mêmes et qui, adoptant toujours une position objective sur notre conduite, la juge, approuvant ou condamnant ce que nous faisons et disons. Ce personnage reçoit plusieurs qualificatifs au cours du livre : « le grand reclus, ce demi-dieu au-dedans du cœur », « la propre conscience », « ce juge intérieur », « le grand juge et arbitre de notre propre conduite », « l'éminent reclus », « ces vice-gérants de Dieu que nous avons au-dedans du cœur », etc. Identifier ce spectateur impartial avec la conscience humaine n'est pas tout à fait juste, car on suppose qu'un être humain gouverne sa conscience alors que le spectateur impartial se tient à distance du sujet dont il fait partie, position qui lui permet en toute indépendance d'approuver ou de condamner tout ce que ce dernier fait, pense ou dit. Ce n'est pas non plus une projection exacte de la divinité dans l'individu, car selon ce que montrent quelques-unes des analyses les plus subtiles d'Adam Smith dans son livre, le spectateur impartial n'est pas toujours aussi neutre que le serait Dieu lui-même. Il a tendance à mollir avec le sujet, il a des accès de favoritisme ou, au

1. *Ibid.*, p. 323.

contraire, d'excessive sévérité quant à ses désirs, ses sentiments et ses passions et, de manière pareillement subjective, il peut exagérer ses dénigrements et ses condamnations. En un sens, cet observateur impartial de la vie des êtres humains est, comme le remarque le professeur D. D. Raphael dans son livre sur Adam Smith, une préfiguration de ce que Sigmund Freud, dans sa description de la vie inconsciente, appellerait un siècle plus tard le *surmoi*[1]. Ce spectateur impartial possède, de plus, une raison d'être qui apparaîtra plus tard comme l'un des piliers de la doctrine libérale : l'individualisme. Si la conduite morale dépend en grande partie de cette personnalité propre à chaque individu, celui-ci constitue la cellule de base de la société, le point de départ des différentes collectivités auxquelles il appartient simultanément, mais qu'aucune ne peut subsumer ou abolir : la famille, le métier, la religion, la classe sociale, le parti politique.

Adam Smith écrivait avec élégance et précision. Il était sensible à la bonne littérature (dans cet essai figure un éloge très enthousiaste de *Phèdre* de Racine) et à la beauté, qu'il ne rencontrait pas seulement dans les œuvres littéraires et artistiques, mais aussi dans les actions humaines et, bien entendu, dans la nature et les objets. Une action vertueuse, un geste désintéressé, un acte solidaire éveillent, dit-il, une sensation de beauté comparable à celle qui émane d'un beau paysage, d'une musique harmonieuse ou d'une vie qui se déroule au milieu de la

1. D. D. Raphael, *Adam Smith*, Past Masters, Oxford University Press, 1985, p. 6.

prudence, du respect du prochain, de l'amitié et de la conduite irréprochable. En un certain point de la conclusion, il mentionne « ce goût général pour la beauté et l'ordre, goût qui est excité par les objets inanimés tout autant que par les objets animés[1] ».

Théorie des sentiments moraux était le livre préféré d'Adam Smith, qui jamais n'imagina la révolution que *La richesse des nations* provoquerait dans le monde des idées, de la politique et de l'économie. Il fut couvert d'éloges par David Hume, par Edmund Burke et, dans toute l'Europe, par des intellectuels aussi prestigieux que Kant et Voltaire. Ce dernier aurait dit après l'avoir lu : « Nous n'avons personne à qui le comparer, je le regrette pour mes chers compatriotes. »

Mais il y a encore plus important : le prestige qu'il atteignit lui permit de se libérer des obligations universitaires, d'acquérir un emploi qui lui assurerait son avenir et lui permettrait de se consacrer à l'écriture sans contretemps, et de faire le voyage convoité à travers l'Europe la plus savante. David Hume l'informa en avril 1759 que Charles Townshend, beau-père du jeune duc de Buccleuch, qui se trouvait encore à Eton, pensait envoyer ce dernier à Glasgow pour suivre ses cours. Ce projet resta sans lendemain mais, quelques années plus tard, Adam Smith reçut de Townshend une proposition très concrète : se charger de la tutelle du jeune duc, héritier d'une grande fortune, et l'accompagner dans un long voyage d'études à travers l'Europe. Les conditions ne pouvaient être plus avantageuses :

1. Adam Smith, *op. cit.*, p. 434.

un salaire de cinq cents livres, suivi d'une pension annuelle à vie de trois cents livres (somme bien supérieure à celle qu'il gagnait comme professeur). Smith accepta, démissionna de l'université de Glasgow et partit pour Londres où il fit la connaissance de celui qui serait son disciple – il avait dix-huit ans – pendant les trois années suivantes. Immédiatement naquirent entre eux une compréhension et une affection qui dureraient toute leur vie. Le jeune aristocrate était appliqué et travailleur, aimable et respectueux, et il garda toujours une admiration et une reconnaissance immenses pour le précepteur qui l'avait accompagné dans sa tournée européenne de 1764 à 1766.

Smith et son disciple séjournèrent d'abord à Toulouse, où ils allaient demeurer dix-huit mois. On sait qu'il commença dans cette ville à prendre des notes pour *La richesse des nations*. La deuxième ville de France était encore troublée par *l'affaire Calas**[1] qui avait impressionné la moitié de l'Europe par le fanatisme et la cruauté la caractérisant. En 1761, on trouva pendu, en ville, le fils d'un négociant protestant, Jean Calas. Ce dernier fut accusé de l'avoir tué pour l'empêcher de se convertir au catholicisme. Le pauvre Calas, condamné par le *Parlement**, fut écartelé sur la roue, étranglé puis brûlé en mars 1762. Cela déclencha la célèbre campagne de Voltaire contre cette injustice, demandant une réhabilitation posthume de la victime. Son brillant pamphlet sur l'affaire, qui parut dans le *Traité sur la tolérance*, fut

1. Toutes les mentions en italique suivies par un astérisque sont en français dans le texte.

un des nombreux ouvrages et opuscules qu'Adam Smith allait envoyer en Écosse durant les deux années qu'il passa en France et en Suisse.

Ce fut l'unique occasion pour Adam Smith de parcourir ces pays où, grâce aux recommandations du beau-père du duc de Buccleuch, de David Hume et d'autres, il fréquenta les salons parisiens à la mode, en plus d'assister à des pièces de théâtre et à des concerts, et de connaître des intellectuels de renom. On sait, par ailleurs, qu'une dame enthousiasmée le harcelait, alors qu'il faisait tout son possible pour s'en libérer. Il se réunit plusieurs fois à Ferney avec Voltaire et, à Paris, avec des philosophes et écrivains comme d'Alembert, Turgot, Helvétius, le baron d'Holbach, Marmontel et, surtout, François Quesnay et les physiocrates, dont il critiquerait férocement les théories économiques dans *La richesse des nations*. Mais la personne de Quesnay, avec qui il eut plusieurs réunions sans doute très polémiques, lui plut beaucoup. Un jour, il déclara que si Quesnay avait été vivant lors de la publication de son livre, il le lui aurait dédié. Le séjour en Europe dut être abrégé ; une maladie du duc de Buccleuch et la mort d'un jeune frère les obligèrent à écourter leur voyage. À la mi-novembre 1766, ils étaient de retour en Angleterre. Adam Smith ne s'éloignerait plus jamais de son pays.

LA RÉDACTION DE *LA RICHESSE DES NATIONS*

À son retour de France, il demeura à Londres environ six mois, jusqu'en mai 1767. Il tarda à revenir en Écosse en raison de la correction des épreuves de la troisième édition de la *Théorie des sentiments moraux* et il travailla un peu à la National Library, l'extraordinaire bibliothèque qui venait d'ouvrir à cette époque. Il partit pour Kirkcaldy avec quatre grosses caisses de livres et y vécut six ans avec sa mère et sa cousine Janet Douglas, six années pendant lesquelles il fit beaucoup avancer le livre ambitieux par lequel il voulait continuer sa recherche sur les systèmes qui entretenaient l'ordre naturel et social. Depuis sa prime jeunesse, il était convaincu que seule la raison – et non la religion – pouvait les comprendre et les expliquer. Il se proposait, à présent, de décrire l'organisation de la vie économique et le progrès au sein d'une société.

Il menait une vie spartiate dédiée à l'étude et la rédaction de son œuvre. Il sortait peu en société ; il avait coutume de faire de longues promenades au bord de la mer et la légende raconte qu'on le voyait apparaître parfois, à bout de souffle, dans des villages à des kilomètres de chez lui, dans un état d'abstraction extrême d'où ne le tiraient que le son des cloches d'une église ou les sonnailles d'un troupeau de moutons. À ses moments libres, il se divertissait grâce à la botanique en classifiant les plantes de son jardin selon les principes du naturaliste suédois Carl Linné dont les recherches l'avaient impressionné. Il voyagea, chose rare, pour assister à un anniversaire de son ancien élève le duc de Buccleuch qui avait épousé Elizabeth, fille du duc de Montagu. Il demeura deux mois auprès du couple dans leur résidence de Dalkeith Palace, aux environs d'Édimbourg.

Alors qu'il avait réuni dans sa splendide bibliothèque de Kirkcaldy une bonne partie des documents économiques et politiques qu'il avait besoin de consulter, nous pouvons suivre à travers sa correspondance – il demandait à ses amis de Grande-Bretagne et d'Europe qu'ils lui envoient livres, bulletins ou informations – la somme et les années de travail que représenta *La richesse des nations*.

Au printemps 1773, il décida de quitter Kirkcaldy pour Londres, où il résiderait les trois années suivantes. C'est là qu'il acheva son livre. Mais avant de partir, il entreprit de rédiger son testament. Il désigna comme exécuteur testamentaire David Hume, à qui devait être envoyé le manuscrit de *La richesse des nations* au cas où il mourrait sans l'avoir terminé. Il laissait également la consigne de détruire tous ses papiers, à l'exception de son *Histoire de l'astronomie*, restée inédite : son ami devait décider si elle valait la peine d'être publiée. On pense que des raisons de santé le conduisirent à faire son testament, mais il est vrai que, pendant les dix-sept années qui lui restaient encore à vivre, il ne connut guère de souffrance physique capable de perturber son existence. Et l'on n'a jamais trouvé d'explication convaincante de la raison qui le poussa à brûler ses manuscrits.

À la différence de son séjour à Kirkcaldy, en total isolement, il mena à Londres une vie sociale intense.

Il se réunissait et discutait avec ses amis dans les deux clubs dont il était sociétaire – The Royal Society et The Club –, tous deux de grand prestige social et intellectuel, et dans les hôtels particuliers de gens fortunés et de haut vol où il connut et fréquenta des politiciens et des intellectuels influents tels qu'Edmund Burke, Edward Gibbon et Samuel Johnson. Il plaisait généralement à ses interlocuteurs qui d'habitude prenaient avec humour ses inévitables distractions. Samuel Johnson fut une exception, avec qui il eut, semble-t-il, une discussion au cours de laquelle Smith, rompant avec sa bonhomie coutumière, se fâcha si fort qu'il l'envoya sur les roses. Il n'est pas surprenant, alors, que le célèbre lexicographe et critique littéraire ait laissé de lui une impression assez cruelle : qu'il était « triste comme un chien », qu'il bavait et qu'« il devenait le plus désagréable des types après avoir bu quelques verres de vin »[1]. Adam Smith a laissé une impression non moins méprisante et sarcastique du grand philologue, voyageur et critique anglais[2].

LA RICHESSE DES NATIONS

Le livre fut publié le 9 mars 1776 et la première édition de cinq cents exemplaires fut épuisée en six mois. Smith reçut trois cents livres de ses éditeurs. Presque en même temps parut en Grande-Bretagne

1. Ian Simpson Ross, *The Life of Adam Smith*, Clarendon Press / Oxford University Press, 1955, p. 251. Traduction d'après celle de l'auteur.

2. Nicholas Phillipson, *op. cit.*, p. 210-211.

un autre chef-d'œuvre de la culture occidentale : *Histoire de la décadence et de la chute de l'Empire romain*, d'Edward Gibbon. La deuxième édition de *La richesse des nations* fut publiée deux ans plus tard avec quelques variantes. La troisième, en 1784, comprenait un grand nombre de corrections et d'ajouts. Du vivant d'Adam Smith, on publia encore la quatrième (1786) et la cinquième (1789) avec de nouvelles modifications, ainsi que les traductions en français (il y en eut trois), allemand, danois et italien. En Espagne, Carlos Martínez de Irujo traduisit l'ouvrage qui fut publié en 1791, mais le livre fut dénoncé auprès du tribunal du Saint-Office (l'Inquisition) et interdit l'année suivante. Trois ans plus tard, en 1794, un petit résumé de l'œuvre fut publié à Valladolid sans que le nom d'Adam Smith apparaisse sur la couverture[1].

Remarquable par la variété des thèmes qu'il expose, monument à la culture de son temps, témoignage sur ce que signifiait dans le dernier tiers du XVIIIe siècle la connaissance en matière de politique, d'économie, de philosophie et d'histoire, le plus important et le plus durable du livre est la découverte du marché libre comme moteur du progrès. Un mécanisme que personne n'avait inventé et auquel l'humanité accéda grâce au commerce. Cet échange continu engendra la division du travail et l'apparition du marché, système de distribution des ressources auquel, sans y prétendre ni même le savoir, tous les membres de la société – vendeurs, acheteurs et producteurs – contribuent, faisant avancer

1. Ian Simpson Ross, *op. cit.*, p. 432.

la prospérité générale. Révéler qu'en travaillant à matérialiser ses propres aspirations et ses rêves égoïstes, l'homme de la rue contribuait au bien-être de tous fut quelque chose d'extraordinaire. Cette « main invisible » qui guide et pousse les travailleurs et les créateurs de richesses à coopérer avec la société fut une découverte révolutionnaire et, en même temps, la meilleure défense de la liberté dans le domaine de l'économie. Le marché libre présuppose l'existence de la propriété privée, l'égalité des citoyens devant la loi, le rejet des privilèges et la division du travail. Personne avant Adam Smith n'avait expliqué avec autant de précision et de lucidité ce système autosuffisant qui fait progresser les nations et pour lequel la liberté est essentielle, ni exposé de manière si éloquente que la liberté économique nourrit et dynamise toutes les autres.

À la lecture de ce livre océanique, qui se ramifie en thèmes et sous-thèmes à l'infini, on a l'impression qu'Adam Smith lui-même n'eut pas conscience de l'importance de ses découvertes. De nombreux lecteurs de *La richesse des nations* furent déconcertés en découvrant que ce ne sont pas l'altruisme ni la charité, mais bien plutôt l'égoïsme qui est le moteur du progrès : « Ce n'est pas de la bienveillance du boucher, du marchand de bière et du boulanger que nous attendons notre dîner, mais bien du soin qu'ils apportent à leurs intérêts. Nous ne nous adressons pas à leur humanité, mais à leur égoïsme ; et ce n'est jamais de nos besoins que nous leur parlons, c'est toujours de leur avantage[1]. »

1. Adam Smith, *Recherches sur la nature et les causes de la*

John Maynard Keynes, disciple accompli, bien qu'un peu rebelle, d'Adam Smith, se moqua de ce que son maître soutenait que le capitalisme reposait sur « la croyance extraordinaire en ce que les pires hommes travaillent d'une manière ou d'une autre pour les pires motifs à obtenir les meilleurs résultats dans le meilleur des mondes possibles ». Toutefois, comme tous les grands penseurs qui lui succédèrent, Marx compris, Keynes finirait par accepter, à contrecœur, la découverte qu'Adam Smith résuma ainsi : « À la vérité, son intention, en général, n'est pas [...] de servir l'intérêt public, et il ne sait même pas jusqu'à quel point il peut être utile à la société. En préférant le succès de l'industrie nationale à celui de l'industrie étrangère, il ne pense qu'à se donner personnellement une plus grande sûreté ; et en dirigeant cette industrie de manière à ce que son produit ait le plus de valeur possible, il ne pense qu'à son propre gain ; en cela, comme dans beaucoup d'autres cas, il est conduit par une main invisible à remplir une fin qui n'entre nullement dans ses intentions[1]. »

Le système que décrit Adam Smith n'est pas *créé*, il est spontané : il est le produit de nécessités pratiques qui commencèrent avec le troc des peuples primitifs, continuèrent avec les formes plus élaborées du commerce, l'apparition de la propriété privée, les lois et les tribunaux, c'est-à-dire l'État et, surtout, la division du travail qui fit exploser la productivité. Cet ordre spontané, comme le nommerait Hayek

richesse des nations, traduction de Germain Garnier revue par Adolphe Blanqui, Paris, GF Flammarion, 1991, vol. I, p. 82. Toutes les citations de ce livre sont tirées de cette édition.

1. Adam Smith, *op. cit.*, vol. II, p. 42.

plus tard, a la liberté – les libertés – pour ciment : liberté de commercer, d'intervenir sur le marché comme producteur et comme consommateur à égalité de condition face à la loi, liberté de signer des contrats, d'exporter et d'importer, de s'associer et de créer des entreprises, etc. Les grands ennemis du marché libre sont les privilèges, le monopole, les subventions, les contrôles, les interdictions. Le caractère spontané et naturel du système s'amenuise à mesure que la société progresse et que se créent des structures légales pour réguler le marché. Toutefois, à condition que ces structures préservent la liberté, au moins en partie, le système sera efficient et donnera des résultats positifs.

Il est vrai que le marché est froid, car il récompense le succès et châtie implacablement l'échec. Mais Adam Smith n'était pas cet être cérébral et déshumanisé à travers qui ses ennemis attaquent le libéralisme. Au contraire, il était sensible à l'horreur de la pauvreté et croyait à l'égalité des chances, même s'il n'employa jamais cette expression. C'est pourquoi il affirmait que, pour contrecarrer l'état d'ignorance et de stupidité que les tâches répétitives pouvaient engendrer chez les travailleurs, l'éducation était indispensable et devait être financée, pour ceux qui ne pouvaient en assumer le coût, par l'État ou la société civile. Il favorisait aussi la compétition dans l'éducation et défendait une éducation publique à côté de l'enseignement privé.

Adam Smith aurait été surpris de voir ses théories accusées, plus tard, par les ennemis du libéralisme et de l'entreprise privée, d'être dépourvues de sensibilité et de solidarité. Il avait la conviction que ses recherches favoriseraient les pauvres et contribueraient à éradiquer la pauvreté. « Assurément, on ne doit pas regarder comme heureuse et prospère une société dont les membres les plus nombreux sont réduits à la pauvreté et à la misère[1] », affirma-t-il. L'idée qu'il avait des riches de son époque était en général sévère : « Dans chacune des différentes branches d'industrie, l'oppression qui frappe les pauvres établit nécessairement le monopole des riches, qui, en se rendant les maîtres de tout le commerce, se mettent à même de faire de très gros profits[2]. » Le monopole fausse l'offre et la demande en conférant à un fabricant ou à un commerçant le pouvoir d'altérer les prix pour satisfaire son appétit de lucre ; si l'on élimine la concurrence, la qualité du produit se dégrade et le commerce, au lieu d'être un service, se transforme en exploitation du client. Les grands bénéficiaires de la théorie d'Adam Smith sont les consommateurs, l'ensemble de la société, au-delà des producteurs, cette minorité qui a, bien entendu, le droit de bénéficier du service qu'ils proposent, parfois avec beaucoup de talent et d'audace, mais il est indispensable pour cela qu'il y ait une concurrence équitable, sans favoritisme et que, bien entendu, l'on respecte la propriété privée.

Selon Adam Smith, « la plus sacrée et la plus inviolable de toutes les propriétés est celle de son propre travail, parce qu'elle est la source originaire de toutes les autres propriétés. Le patrimoine du pauvre est dans sa force et dans l'adresse de ses

1. Adam Smith, *op. cit.*, vol. I, p. 150.
2. *Ibid.*, vol. I, p. 169.

mains, et l'empêcher d'employer cette force et cette adresse de la manière qu'il juge la plus convenable, tant qu'il ne porte de dommage à personne, est une violation manifeste de cette propriété primitive. C'est une usurpation criante sur la liberté légitime, tant de l'ouvrier que de ceux qui seraient disposés à lui donner du travail[1]... ».

L'ouvrage commence par expliquer que « la division du travail » a augmenté notablement la productivité dans la fabrication des biens. Il expose l'exemple célèbre de l'épingle et des dix-huit activités qui se complètent pour la produire. Les machines, en favorisant la division du travail, ont beaucoup allégé la tâche des travailleurs qui, affirme-t-il, en furent les inventeurs.

La civilisation naît de la nécessité pour l'être humain d'avoir recours aux autres pour satisfaire ses besoins. La division du travail a pour limite l'étendue du marché. Il est clair que dans un petit village, un agriculteur doit être également charpentier, maçon ou plombier. Les villes offrirent un progrès en permettant aux uns de se consacrer à une chose et aux autres à d'autres.

La richesse des nations explique l'origine et la fonction de l'argent dans ces sociétés primitives qui évoluèrent peu à peu en sociétés mercantiles. À un moment donné de l'évolution historique, le troc céda la place à une marchandise qui servirait d'intermédiaire aux achats et aux ventes ; cette fonction fut remplie par le bétail, les coquillages, la morue, les cuirs et les peaux et, en fin de compte, les métaux.

1. *Ibid.*, vol. I, p. 198.

L'argent se transformera en instrument universel du commerce. Au début, les pièces de monnaie avaient la quantité de métal qu'elles affichaient. Plus tard, « la cupidité et l'injustice des princes et des gouvernements, abusant de la confiance des sujets, ont diminué par degrés la quantité réelle de métal qui avait été d'abord contenue dans les monnaies[1] ». C'est ainsi qu'ils escroquaient davantage leurs créanciers.

Selon Adam Smith, le prix des marchandises se mesure au travail investi dans leur fabrication[2]. Dans le prix, il faut distinguer le « prix réel » du « prix nominal ». Ce dernier est fixé par le marché en fonction de l'abondance ou de la rareté des métaux avec lesquels on fabrique les produits. Les thèses de Smith, bien qu'il les présente comme « scientifiques », sont chargées de sensibilité. Il affirme que les travailleurs bien payés sont plus productifs et que leur prospérité garantit la paix sociale. En même temps, il décrit l'ampleur de la pauvreté dans des pays comme la Chine et l'Inde où les femmes tuent leurs enfants parce qu'elles n'ont pas de quoi les nourrir, et dans les Highlands écossais où, sur vingt enfants qui naissent, à peine deux survivent.

1. *Ibid.*, vol. I, p. 95.

2. Cette idée, que Marx adopta, est objet de critiques de la part des économistes libéraux de ce qu'on appelle l'École autrichienne comme Mises et Hayek. Ces derniers soutiennent que la « valeur » n'est pas quelque chose d'objectif, comme le croient Smith et Marx, c'est-à-dire que ce n'est pas une valeur « réelle » déterminée par la quantité de travail qui se trouve derrière le produit, mais quelque chose de subjectif, créé par les préférences des gens sur le marché. C'est un sujet de débats intenses parmi les économistes libéraux.

À de minutieuses descriptions de questions économiques succèdent des rappels historiques et des analyses sociologiques parfois si prolixes qu'ils accablent le lecteur. Mais, de temps à autre, surgissent des idées neuves. Par exemple, le dixième chapitre comporte une énumération des cinq circonstances qui expliquent les petits gains que procurent certains emplois et les gros qu'on obtient avec d'autres : 1) si le travail est ingrat ou non ; 2) s'il est facile ou difficile à effectuer et si l'apprentissage du travailleur est plus ou moins coûteux ; 3) si les contrats sont à durée déterminée ou indéterminée ; 4) si la responsabilité que l'on acquiert en l'exerçant est plus ou moins grande ; 5) si le succès est probable ou non.

Les inégalités engendrées par la politique de l'emploi en Europe sont à l'origine d'une critique très dure de toutes les restrictions apportées à la liberté contractuelle, telles que les « statuts des corporations » qui exigeaient à l'époque sept ans de pratique avec un maître avant que l'apprenti ne soit autorisé à travailler. Toute restriction à la liberté – par exemple les lois de résidence qui interdisent à un ouvrier de chercher du travail en dehors de sa paroisse – engendre des injustices et affecte la création d'emplois. Adam Smith insiste sur le fait que l'on doit supprimer tous les privilèges dont jouissent les corporations : « Il est rare que des gens du même métier se trouvent réunis, fût-ce pour quelque partie de plaisir ou pour se distraire, sans que la conversation finisse par quelque conspiration contre le public, ou par quelque machination pour faire hausser les prix[1]. »

1. *Ibid.*, vol. I, p. 205.

Les analyses économiques alternent avec des exposés historiques comme l'évolution du prix du blé du XIIIe au XVIe siècle en Écosse et en Angleterre comparée avec la Hollande et Genève, ou l'effet qu'eut la découverte des mines d'or et d'argent du Pérou sur le commerce des métaux dans le monde.

Sans la division du travail et l'accumulation du capital, il n'y aurait pas eu de développement des forces productives. Le capital est composé d'une part fixe et d'une autre en circulation. La première est constituée des machines, des terres et des locaux où fonctionne l'entreprise, l'autre de l'argent dépensé en salaires, impôts et investissements. L'ensemble des capitaux représente la richesse d'un pays. La stabilité est une condition essentielle pour le développement car, lorsqu'elle n'existe pas, les gens retirent leurs capitaux de la circulation et les mettent à l'abri.

Il poursuit en expliquant le processus de production, l'apparition des banques, comment le crédit permet aux individus isolés (entrepreneurs ou artisans) de mettre en place leur affaire. C'est ce qui fait croître une classe sociale, et lui donne ses caractéristiques. Les banques aident le commerçant à convertir le capital circulant en capital fixe en lui remettant des traites qui lui permettent de dépenser et de faire circuler l'argent qu'il rend ensuite avec un intérêt qui, à l'époque, était de huit pour cent. Il raconte comment les entreprises contournent l'interdiction de dépasser un certain plafond de traites pour élargir le crédit qu'elles reçoivent et il narre l'histoire d'une banque écossaise qui a fait faillite pour avoir concédé des traites à un grand nombre de commerçants dépourvus du sens des responsabilités et qui étaient purement et simplement des escrocs.

Il critique à plusieurs reprises l'interventionnisme d'État ainsi que les gaspillages et dépenses inutiles causés par « les rois et les ministres », appauvrissant ainsi l'ensemble de la société. Le plus important, sans doute, de ces pages est l'éloge d'une société où l'État est réduit et fonctionnel, car il laisse les citoyens travailler et la richesse croître au bénéfice de la société tout entière. Le citoyen idéal, selon Smith, est laborieux, austère, prudent, et ne gaspille jamais son patrimoine en dépenses somptuaires. L'entrepreneur doit toujours donner l'exemple à ceux qu'il emploie : « Si le maître est économe et rangé, il y a beaucoup à parier que l'ouvrier le sera aussi ; mais s'il est sans ordre et sans conduite, le compagnon, habitué à modeler son ouvrage sur le dessin que lui prescrit son maître, modèlera aussi son genre de vie sur l'exemple que celui-ci lui met sous les yeux[1]. » Le chapitre entier manifeste la méfiance de Smith envers l'État en tant qu'ennemi potentiel du citoyen travailleur et respectueux des lois.

Le chapitre suivant est consacré aux prêts avec intérêts. Smith écarte leur interdiction, demandée par certaines Églises – dont la catholique –, car, dit-il, s'ils sont bien administrés, ils accomplissent une fonction utile en permettant une plus grande circulation du capital. Ce n'est pas le cas de l'emprunteur qui utilise le prêt pour le gaspiller en loisirs et activités non rentables. Mais si l'intérêt n'est pas usuraire et si le prêt est fertile en résultats, il

1. Adam Smith, *op. cit.*, vol. II, p. 226.

accomplit une fonction importante sur le marché. Smith cite le cas des pays qui, pour combattre l'usure, ont interdit les prêts bancaires et, de ce fait, les relèguent à la clandestinité et à l'illégalité au lieu de les faire disparaître.

Adam Smith montre comment le capitalisme, à son insu, sape le nationalisme en sautant les frontières nationales lorsqu'il ne trouve pas d'investissements avantageux dans son pays d'origine. Le raisonnement est d'une logique implacable. Quand, dans son pays d'origine, le capital a saturé l'investissement productif, il se voit poussé à sortir ; c'est aussi le cas lorsqu'on importe ce qui est nécessaire au pays pour assurer la consommation ou activer le commerce intérieur. De la même façon, il peut se sentir poussé à servir des pays qui manquent de capitaux. Bien que cela, dit Smith, ne semble pas bénéficier directement au pays d'origine des capitaux, cela lui est en fait indirectement bénéfique en le situant dans un cadre de développement et de progrès plus avancé. En résumé, le capitalisme international est l'ennemi naturel du nationalisme.

La principale activité commerciale se déroule entre la ville et la campagne. Elle consiste en l'échange de produits primaires contre des produits manufacturés. La ville tire toute sa richesse et sa subsistance de la campagne. Si les institutions n'avaient pas frustré les inclinations naturelles des êtres humains, les villes ne se seraient pas développées plus que ne pouvait les soutenir la production agricole des territoires où elles étaient situées. Le destin originel de l'homme était de cultiver la terre, mais la relation entre grands propriétaires et colons ou fermiers, qui paient pour louer la terre et la travailler, a dénaturé cette réalité. Les colons n'ont aucune incitation à investir dans la modernisation, c'est pourquoi l'agriculture ne progresse pas. Smith critique le « droit d'aînesse » qui, en favorisant l'aîné des enfants, pénalise les autres, et condamne le travail des esclaves tant pour des raisons morales que pour des motifs économiques, car c'est le travail le plus improductif vu que ces derniers n'ont aucune motivation pour faire des efforts.

La richesse des nations explique la naissance des villes européennes grâce au commerce, mieux, aux commerçants. Ceux-ci étaient « méprisés » par les « seigneurs » d'Angleterre qui, de même qu'en France et en Espagne, considéraient le commerce comme une activité vile. Les rois permirent la formation des villes en raison de leur antagonisme avec les « seigneurs » et pour lever tribut sur les commerçants. Grâce aux villes, le commerce local et international s'accrut, les manufactures naquirent et vinrent à leur tour renforcer les villes. Cependant, la campagne continua à être le grand fournisseur de matières premières pour l'industrie.

Le commerce et l'industrie contribuèrent au développement des campagnes en créant des marchés pour les produits agricoles. Smith fait une curieuse différence entre le commerçant audacieux que sa profession incite à prendre des risques et le propriétaire terrien frileux qui hésite beaucoup avant d'investir. C'est pourquoi le commerçant est le vrai pionnier du progrès.

Le commerce et l'industrie ont introduit progressivement l'ordre et le bon gouvernement dans la société. Smith émet de sévères critiques en direction des grands propriétaires en raison de leur façon de traiter les colons et de dépenser leur argent en biens somptuaires et futiles, contrairement aux commerçants et entrepreneurs qui investissent dans de nouveaux projets, poussés par la concurrence. En revanche, le grand propriétaire tend à se transformer en rentier.

La croissance des villes implique celle des classes moyennes grâce au commerce et aux fabriques, et par là, celle de la civilisation, c'est-à-dire de la liberté et de la légalité. Ce processus transforme la société : le commerce et l'industrie deviennent la source principale de la richesse et influent sur la modernisation de l'agriculture comme sur la disparition du grand propriétaire féodal.

Dans un essai si développé, il est naturel qu'il y ait des contradictions. Adam Smith est partisan du libre commerce, mais il accepte qu'on applique des taxes et des interdits si c'est pour garantir l'augmentation de l'emploi ou si la liberté totale d'importation menace de ruiner les entrepreneurs et industriels incapables de concurrencer les produits importés. Quelques pages plus loin, il dément cette thèse en démontrant que la liberté du commerce extérieur est la plus efficace et bénéfique pour les pays, bien que les préjugés nationalistes soutiennent le contraire. Il est faux de dire qu'un pays a tout intérêt à ce que ses voisins soient pauvres, cela vaut seulement en cas de guerre. Du point de vue commercial, avoir des voisins riches offre la possibilité de marchés prospères pour ses propres exportations.

Une observation curieuse et inattendue apparaît

plus loin, selon laquelle il y a plus d'ivrognes dans les pays qui ne sont pas de grands producteurs de boissons alcoolisées. Il cite le cas de l'Espagne, de l'Italie et de la France, grands producteurs de vins où, affirme-t-il, l'alcoolisme est moins répandu que dans le centre ou l'est de l'Europe. Et n'est pas moins surprenante l'affirmation selon laquelle tout impôt qui, par son faible poids, n'éveille pas l'intérêt des contrebandiers, n'entraîne pas d'effets commerciaux majeurs.

Les chapitres consacrés aux colonies sont d'une grande portée. Ils s'ouvrent sur un exposé historique : les colonies furent une extension naturelle du peuplement en Grèce puis à Rome jusqu'à ce que, stimulés par les aventures de Marco Polo en Asie, les Portugais et les Espagnols se lancent à la recherche de l'or dans les Indes. Colomb accoste à Saint-Domingue en croyant avoir atteint la Cipango de Marco Polo. D'après Adam Smith, la convoitise humaine, l'avidité pour l'or expliquent le reste des découvertes et la conquête des deux Amériques, du Sud et du Nord. Mais, ajoute-t-il, cette recherche des mines d'or et d'argent provoqua une frustration car les deux métaux n'arrivèrent pas à compenser l'investissement que leur extraction exigeait. Même les mines richissimes du Pérou (il se réfère là à celles de Potosí) n'enrichirent pas la Couronne espagnole.

Toute la sympathie d'Adam Smith est tournée vers les colonies anglaises d'Amérique du Nord, les futurs États-Unis. Il explique qu'elles ont bien plus prospéré que celles d'Espagne et du Portugal parce que l'Angleterre leur donna plus de liberté pour produire et commercer, au contraire de Lisbonne et

Madrid qui imposaient un contrôle sévère sur leurs colonies. Et, une fois de plus, il souligne que limiter le commerce constitue « un crime contre l'humanité ». Il prédit que les États-Unis seront un pays immensément prospère grâce à la vaste étendue de ses terres et à la remarquable liberté dont jouissent ces colonies du Nord. Il critique également l'idée même de colonialisme, qu'il attribue à des aventuriers avides, et met l'accent sur la brutalité avec laquelle les esclaves ont été traités depuis des temps immémoriaux. Il souligne le fait que l'interventionnisme de l'État, en bridant la libre concurrence, est une recette infaillible pour échouer économiquement.

Le colonialisme, en plus d'être immoral, est économiquement négatif car il implique la pratique du monopole qui profite seulement à une petite minorité et pénalise autant le pays colonisateur que le reste du monde. Tout le chapitre est un appel raisonné à prôner la liberté comme le meilleur instrument politique, moral et économique pour assurer le progrès d'une société.

Comme il lui semble difficile que l'Angleterre puisse se défaire de ses possessions américaines, Smith propose une fédération où les anciennes colonies auraient les mêmes droits que la métropole.

Il se peut que l'interdiction la plus inadmissible soit celle qui punit d'une amende et de la prison celui qui incite un artisan lainier à déménager dans un autre pays, ce par quoi, selon Adam Smith, l'Angleterre viole de manière flagrante cette liberté qu'elle se vante tellement de pratiquer.

Il critique (avec beaucoup de respect) Quesnay et

les physiocrates français qui soutiennent que seule la terre produit la richesse et considèrent comme « improductifs » les fabricants et les commerçants. Il montre comment les artisans, les industriels et les négociants sont aussi progressistes que les agriculteurs. Ce qui réduit leur rôle dans la création de la richesse, ce sont les obstacles et les interférences dans le système mercantile. Il multiplie les exemples afin de prouver que la liberté de commerce est juste et apporte la prospérité. Il cite d'innombrables cas historiques – en Chine, en Hindoustan, en Grèce et à Rome – pour illustrer l'idée que plus grande était la liberté, plus les pays avançaient, et que plus elle réduisait, plus ils périclitaient.

De l'économie, Adam Smith passe à l'histoire, à cette époque de l'humanité où elle était divisée entre chasseurs et agriculteurs, puis entre commerçants et fabricants, et les analyse en fonction de la force qui les protégeait ou leur permettait d'attaquer leurs voisins. Chez les peuples chasseurs, tous les membres de la communauté étaient des guerriers et se soutenaient mutuellement. Dans les sociétés d'agriculteurs sont nées les milices, et plus tard les armées. Dans tous les cas, les dépenses sont énormes. Et, en fin de compte, l'État finance la défense de la société. L'armée sera toujours supérieure à une milice (bien que l'histoire des révolutions contredise cette thèse). Et la dépense que nécessite l'entretien d'une armée est chaque fois plus grande, à cause de l'évolution des armes, que l'invention de la poudre révolutionna de fond en comble. Adam Smith examine les risques pour la liberté qu'implique l'existence d'une armée.

L'analyse se déplace vers la justice. Smith explique

comment est né le besoin d'avoir des juges et affirme que c'est la conséquence de la propriété privée. Les juges naissent pour défendre les riches de « la voracité des pauvres ». Ensuite, la société paie les personnes chargées d'administrer la justice. Dans les sociétés les plus primitives, les usagers rétribuaient les juges ou leur faisaient des présents, ensuite l'État assuma cette obligation. Se sentir sûr de ses droits est fondamental pour qu'existe une société libre. Mais les juges devinrent sensibles à la corruption et l'administration de la justice se dégrada quand ceux-là, dont le salaire dépendait du nombre de mots dont ils faisaient usage dans leurs péroraisons, commencèrent à gonfler leurs discours pour gagner plus.

L'analyse que Smith fait de l'entretien du clergé ne manque pas d'intérêt, de même que son idée selon laquelle plus il y a d'églises diverses dans une société, moins il y aura de fanatisme et plus d'esprit de tolérance. Adam Smith était loin d'être un croyant fanatique car il parle à distance égale et avec beaucoup d'objectivité des catholiques comme des protestants. Certains pensent qu'il était athée comme son ami David Hume. En dépit de sa sympathie naturelle pour le presbytérianisme et l'Église écossaise dans laquelle il fut éduqué, il ne fait montre d'aucune partialité et se réfère seulement à des faits objectifs. Même là, on remarque sa sérénité et son ouverture d'esprit. Sans aller jusqu'à l'athéisme, il est probable qu'il y avait en lui un agnostique qui conservait les apparences du croyant parce qu'il voyait dans la religion une de ces institutions qui facilitent la convivialité et, d'une certaine manière, inculquent un ordre moral à la société.

Il parle des sources de revenu qui entretiennent le souverain ou le gouvernement, c'est-à-dire des impôts, soutenant parfois des thèses qu'aujourd'hui nous désignerions comme sociales-démocrates. Suivant en cela lord Kames et Montesquieu, il croit que les impôts doivent servir à « égaliser » les revenus en prélevant plus aux riches et moins aux pauvres, tout en évitant que ces impôts, pour être excessifs et arbitraires, n'invitent à l'évasion fiscale. Il fait allusion, dans une posture très sévère, aux percepteurs qui tondent les contribuables.

Il considère la dîme que l'on paie à l'Église comme un impôt « purement négatif » car il ne génère aucun bénéfice ni pour le propriétaire, ni pour le locataire, ni pour le souverain, uniquement pour l'Église (ce qui confirme la tiédeur de sa foi).

Une discussion détaillée sur la raison d'être des impôts, leur nature, leur prélèvement, en Grande-Bretagne et dans d'autres pays, illustre parfaitement sa doctrine selon laquelle « il n'y a pas d'art qu'un gouvernement apprenne plus tôt d'un autre, que celui de puiser l'argent dans les poches du peuple[1] ». Du fait qu'on ne peut se passer des impôts, il faut éviter autant que possible qu'ils soient injustes et pèsent plus sur les pauvres que sur les riches car, dans le cas contraire, ils stimulent la contrebande et l'évasion fiscale. Et il donne des exemples de ceux qui fraudent, accablés par les impôts confiscatoires qu'ils sont obligés de payer.

Il étudie comment les pays contractent des dettes pour établir leur budget ou financer les guerres, la

1. *Ibid.*, vol. II, p. 498.

manière dont ils paient ces dettes et leurs conséquences sur la vie économique. Une fois qu'une nation s'est accoutumée à l'endettement, conclut-il, il lui est presque impossible de réussir à payer les obligations considérables qu'elle contracte. Il condamne donc durement les États qui, pour régler artificiellement ce qu'ils doivent, dévaluent leur monnaie, grâce à quoi ils paient seulement une partie, généralement modeste, des dettes qu'ils ont contractées.

Cette brève synthèse donne seulement une idée approximative de l'ambition et de l'ampleur de *La richesse des nations*, de la diversité des thèmes abordés dans ses pages et de sa façon de convoquer, au-delà de la préoccupation économique qui prévaut, la philosophie, l'histoire et la sociologie. Les idées d'Adam Smith furent diffusées d'abord dans les îles Britanniques puis en Europe et en Amérique et, peu à peu, dans le reste du monde. D'une certaine façon, au XIXe siècle, elles finirent par influencer presque tout l'Occident. Toutefois, nombre de ces idées, nées au XVIIIe siècle, renvoient à une réalité sociale qui a énormément changé si on la compare à la nôtre. Mais il n'est pas extravagant de dire que ces changements sont dus en grande partie aux découvertes et aux idées exposées pour la première fois dans ce livre capital.

LES DERNIÈRES ANNÉES D'ADAM SMITH

Les répercussions de la publication de *La richesse des nations* furent considérables mais lentes, et il ne semble pas qu'Adam Smith ait suivi avec anxiété ces retentissements. Sa correspondance montre qu'il répondit promptement à ses amis, aux penseurs et aux autorités politiques qui commentèrent son ouvrage, en firent l'éloge ou la critique et lui demandèrent des éclaircissements, mais il ne soupçonna jamais combien ses idées se diffuseraient dans le monde entier et indiqueraient la direction de la vie économique de l'Occident dans les décennies suivantes. Il avait sans doute commencé à planifier en esprit, dans sa maison de Kirkcaldy, ce qui de son point de vue serait la troisième étude décisive – l'étude juridique et légale – du fonctionnement de la société, un livre qu'il n'arriverait jamais à terminer. Toutefois, cet essai n'était pas celui qu'il écrivait sur *les arts d'imitation*[1] quand, de son propre aveu, il dut l'interrompre. Il ne réussirait pas à le terminer non plus.

La maladie de son meilleur ami, le philosophe David Hume, qui commença à se manifester à partir de 1775 avec des douleurs intenses à la vessie et à l'estomac – il s'agissait d'une tumeur cancéreuse – qui deviendraient un supplice des mois durant, l'affecta beaucoup. En janvier de l'année suivante, Hume fit son testament et désigna Adam Smith comme exécuteur testamentaire pour son œuvre en lui laissant deux cents livres sterling en héritage. Il le chargeait de publier son petit opuscule autobiographique, *Ma vie*, et de décider de la publication – ainsi que de sa date – de l'essai polémique *Dialogues sur la religion naturelle*, écrit des années auparavant et qu'il venait

1. Adam Smith, *Essais esthétiques : l'imitation dans les arts*, Paris, Vrin, 2000.

de réviser, où il défendait son athéisme et critiquait sévèrement les religions établies, surtout le christianisme. Les opinions des amis de Hume qui connaissaient cet essai étaient partagées, mais la majorité d'entre eux, parmi lesquels Adam Smith, pensaient qu'il était imprudent, étant donné le climat régnant, de sortir un livre qui serait probablement censuré par la Couronne. Smith voyagea spécialement à Édimbourg pour rendre visite à Hume, qui allait mourir le 25 août 1777, et, en effet, il s'occupa d'éditer *Ma vie*, en y ajoutant quelques lettres de Hume et un texte d'éloge qu'il écrivit lui-même sur son ami. Ce texte provoqua un petit scandale parce que, en s'y référant au domaine de l'éducation, il se permit de critiquer les institutions religieuses, et particulièrement l'université d'Oxford dont il gardait de très mauvais souvenirs.

En 1778, grâce à l'influence de son ancien élève, le duc de Buccleuch, et d'autres amis importants, Adam Smith fut nommé commissionnaire ou chef de la douane d'Édimbourg, un emploi dont son père – qu'il ne connut jamais – s'était prévalu à Kirkcaldy, sous une forme plus modeste. Il reçut pour ce travail, en trois ans d'exercice, huit mille livres sterling, une petite fortune qui lui permit de vivre ses dernières années dans une grande aisance. Mais ses biographes précisent qu'il fut toujours un homme désintéressé, qu'il aida ses amis et dépensa une bonne partie de ses revenus en actions charitables. C'est pourquoi le patrimoine qu'il laissa à sa mort fut modeste. Il installa sa mère et sa cousine Janet Douglas dans une maison élégante, Panmure House, à Canongate, un quartier aristocratique d'Édimbourg.

Dans cette dernière période, il mena une vie sociale intense. Non qu'il fût un fonctionnaire négligent, loin de là. Tous les témoignages coïncident pour affirmer qu'il fut un chef des douanes ponctuel et responsable, qui allait à son bureau toute la semaine sauf le vendredi, jour libre, assistait à toutes les réunions des commissionnaires, écrivait sans cesse des rapports et donnait ses suggestions pour améliorer le service. Il n'en est pas moins paradoxal que le meilleur défenseur du libre commerce qu'il y ait eu au monde ait fini ses jours dans l'exercice d'un emploi dont la seule existence représentait la négation de ses idées les plus chères.

Il n'est pas étonnant qu'avec tant d'obligations aussi exigeantes, il n'eût pas le temps d'écrire ce volume dédié à la jurisprudence avec lequel il pensait compléter ses recherches sur le développement social. Dans ces années, il sollicita une seule fois un congé de plusieurs mois, de janvier à juillet 1787, desquels il passa une bonne partie à corriger la cinquième édition de *La richesse des nations*, qui paraîtrait avec de nombreux ajouts et corrections. Chaque semaine, il avait l'habitude de réunir ses amis intellectuels dans sa maison de Canongate – où vint vivre un neveu âgé de neuf ans, David Douglas, son futur héritier – parmi lesquels Walter Scott, qui en a laissé un témoignage. Il se réunissait également avec les philosophes, écrivains et hommes de culture à la Royal Society d'Édimbourg, qu'il avait aidé à organiser, et à l'Oyster Club, dont il fut aussi fondateur.

Sa mère mourut en mai 1784, à l'âge de quatre-vingt-dix ans. Adam Smith, qui l'adorait et avait vécu presque toute sa vie près d'elle, laissa un témoignage de la solitude et de la détresse qu'il connaîtrait le reste de sa vie sans la personne « qui certainement m'a aimé et m'aimera plus qu'aucune autre[1] ».

En 1787, il reçut un hommage de son *alma mater*. L'université de Glasgow l'élut comme lord recteur. Janet Douglas, qui avait consacré sa vie à le servir, mourut l'année suivante. La nouvelle l'affecta, une fois de plus, profondément.

Comme Hume, Adam Smith commença à avoir des problèmes au bas-ventre au début de 1790. Il avait toujours souffert de constipation et, pendant les quatre mois de congé qu'il passa à Londres, il se soumit à une petite intervention chirurgicale qui n'atténua pas le problème, mais plutôt l'aggrava, gâchant les dernières années de sa vie. La légende affirme, par la bouche de son ami Henry Mackenzie, que la nuit du 16 juillet 1790, lors d'une réunion dans sa maison de Canongate, il prit congé de ses visiteurs par ces paroles : « J'adore votre compagnie, messieurs, mais je crois que je dois vous abandonner pour m'en aller dans un autre monde. » Et de fait, il mourut le matin suivant. Il est enterré à Édimbourg, dans le quartier où il vécut, à l'entrée de l'église de Canongate. Une sobre pierre tombale rappelle qu'il fut l'auteur de *Théorie des sentiments moraux* et de *La richesse des nations*.

1. Lettre à son éditeur, citée par Nicholas Phillipson, *op. cit.*, p. 262. Traduction à partir de celle de l'auteur.

JOSÉ ORTEGA Y GASSET

(1883-1955)

José Ortega y Gasset a été l'un des plus intelligents et des plus élégants philosophes libéraux du XXe siècle que diverses circonstances – la guerre civile en Espagne, les quarante ans de dictature franquiste, l'essor des doctrines marxistes et révolutionnaires dans la seconde moitié du XXe siècle en Europe et en Amérique latine – ont injustement remisé au grenier des vieilleries ou, pire encore, dénaturé et converti en référence de la pensée conservatrice.

Même s'il n'est jamais parvenu à synthétiser sa philosophie en un corps d'idées organique, Ortega y Gasset, dans les innombrables essais, articles, conférences et notes de son œuvre prolifique, a développé un discours indubitablement libéral, dans une société comme l'espagnole où cela était plutôt insolite – il aurait dit « radical », un de ses mots favoris –, aussi critique de l'extrémisme dogmatique de gauche que du conservatisme autoritaire, nationaliste et catholique de droite. Une bonne partie de cette pensée conserve sa valeur de nos jours et, après la faillite du marxisme et de ses doctrines parasitaires, ainsi que de l'économisme excessif où s'est confiné un certain libéralisme, elle acquiert une remarquable actualité.

La révolte des masses, livre publié en 1930 et annoncé par divers articles et essais deux ou trois ans plus tôt, le démontre à merveille. Comme il en allait fréquemment chez lui, l'œuvre d'Ortega s'est moins construite à partir de volumes monographiques que de conférences et de textes brefs, écrits pour des journaux et des revues, qu'il rassemblait ensuite en livres. Avant cet essai capital, Ortega y Gasset avait réfléchi à des thèmes qui connaîtraient, les années suivantes, une grande actualité politique dans la vie espagnole et européenne, comme la recrudescence du nationalisme et, dans le domaine de l'art et la littérature, ce qu'il appellerait pertinemment leur « déshumanisation ».

INDÉPENDANTISME ET DÉCADENCE

Il était né à Madrid le 9 mai 1883, fils du journaliste et écrivain José Ortega Munilla et de Dolores Gasset Chinchilla, dont le père était propriétaire du journal libéral *El Imparcial*. Il fut éduqué par les Jésuites au collège et à l'université de Deusto, mais obtint sa licence et son doctorat à l'Université centrale de Madrid. En 1905 il partit pour l'Allemagne, à Leipzig d'abord, puis à Nuremberg, Munich, Cologne et Berlin, bien qu'il ait résidé et étudié surtout à Marbourg, où il demeura jusqu'en 1907. Il obtint à Madrid la chaire de métaphysique en 1911 ; une bourse le fit retourner en Allemagne, toujours à Marbourg. Il revint en Espagne occuper sa chaire tout en multipliant les conférences et les articles. Son propos avoué était d'« européiser l'Espagne » et de la tirer de l'isolement dans lequel elle avait vécu – dans le domaine culturel autant que politique –, ce qui l'amena à polémiquer avec un autre penseur éminent, plus âgé que lui, Miguel de Unamuno, qui, entre autres extravagances dont il était coutumier, soutenait que l'objectif devrait être plutôt d'« espagnoliser l'Europe ».

En 1922, Ortega publia son premier livre : *España invertebrada* (Espagne invertébrée), réunissant deux séries d'articles publiés auparavant dans le journal *El Sol de Madrid*, sur le problème du séparatisme catalan et basque (il appelait ce dernier *bizcaitarrismo*)[1].

Ortega a toujours eu bon flair pour percevoir, avant le grand public, les événements politiques et culturels importants de son temps comme « la déshumanisation de l'art » et « la révolte des masses », deux phénomènes qui allaient caractériser la culture occidentale à l'apogée intellectuel du philosophe, tout comme il sut deviner que le mouvement indépendantiste de la Catalogne et du Pays basque, deux importantes régions de l'Espagne, allait poser à l'avenir un des problèmes les plus graves que son pays aurait à affronter. Un problème qui, un siècle plus tard, n'a toujours pas été résolu et qui, de temps en temps, menace la stabilité démocratique et le progrès économique de l'Espagne moderne.

1. José Ortega y Gasset, *España invertebrada y otros ensayos*, Madrid, Alianza Editorial, 2014. Toutes les traductions des citations de cet ouvrage sont des traducteurs. Il n'en existe pas d'édition en français. *(NdT)*

L'ouvrage sur l'Espagne invertébrée connut un succès immédiat, le premier à toucher un vaste public et à s'enrichir de plusieurs éditions dans les mois et les années qui suivirent.

Pour Ortega, le séparatisme catalan et basque est « le plus grand mal actuel de notre Espagne[1] ». Mais il ne voit pas dans ces tendances centrifuges un mouvement profond et populaire, aux racines historiques, il voit seulement deux manifestations de la longue et lente désintégration de l'Espagne remontant à plusieurs siècles, précisément depuis qu'elle cessa d'être « une réalité active et dynamique » pour devenir une société sans ambitions ni illusions, « une existence passive et statique comme le tas de pierres au bord du chemin »[2].

C'est dans ce livre qu'on trouve la fameuse définition de la nation « comme un projet suggestif de vie en commun[3] », complémentaire de celle de Renan qu'il cite avec enthousiasme : « Une nation est un plébiscite de tous les jours[4]. »

Ortega ne croit pas aux doctrines nationalistes, il est convaincu que ce sont de simples prétextes pour exprimer la désillusion répandue dans toutes les régions d'Espagne – qui, « plutôt qu'une nation », est « une série de compartiments étanches »[5] –, du fait de cette décadence désarticulant l'intégration qui avait agglutiné autour de la Castille toutes les

1. José Ortega y Gasset, *op. cit.*, p. 153.
2. *Ibid.*, p. 69.
3. *Ibid.*, p. 65.
4. Ernest Renan, « Qu'est-ce qu'une nation ? », conférence du 11 mars 1882, à la Sorbonne. *(NdT)*
5. José Ortega y Gasset, *op. cit.*, p. 91.

régions en vertu d'un grand projet partagé et valu à l'Espagne dans le passé son rôle primordial dans le monde, sa force impériale et sa grandeur. Ce projet n'était pas la conquête mais « la colonisation » : « Pour moi, il est évident que c'est là la seule chose véritablement grande qu'a faite l'Espagne[1]. » Et la colonisation, d'après lui, n'a pas été l'œuvre de la monarchie, ni de la noblesse, mais « du peuple », de l'Espagne anonyme et populaire, de ses individus obscurs et héroïques qui, dans des conditions difficiles et souvent épouvantables, se sont lancés vers le monde inconnu pour gagner à Dieu des terres, des hommes, des richesses : l'empire et une idée de l'Espagne qui fleurissait et rayonnait alors sur toute la nation espagnole en la maintenant unie et vivante. Cela, c'était autrefois ; depuis lors, en même temps qu'elle entre en décadence, l'Espagne se « dévertèbre », générant « un particularisme » qui affecte tout le pays : le catalanisme et le *bizcaitarrismo* sont les symptômes les plus visibles de cette maladie générale. Et il ajoute, sur un ton dramatique : « Ce qui est pire que d'avoir une maladie, c'est d'être une maladie[2]. »

Ce mal toxique qui entraîne l'Espagne depuis un passé lointain se traduit au présent par la pauvreté intellectuelle et politique de sa noblesse, par la médiocrité et l'inculture de ses hommes politiques, tout comme par l'orphelinage de ses hommes de science. Sa critique de l'état de choses du pays est très dure et, dans ce contexte, Ortega juge les

1. *Ibid.*, p. 138.
2. *Ibid.*, p. 100.

mouvements séparatistes de Catalogne et du Pays basque ainsi : « Les théories nationalistes, les programmes politiques du régionalisme et les phrases de ses hommes manquent d'intérêt et sont en grande partie des artifices. Mais dans ces mouvements historiques, qui sont une mécanique de masses, ce qui se dit est toujours pur prétexte, élaboration superficielle, transitoire et fictive, qui n'a de valeur symbolique que comme expression conventionnelle et presque toujours incongrue de profondes émotions, ineffables et obscures, qui opèrent au tréfonds de l'âme collective[1]. »

Il y a beaucoup de justesse dans ce que dit Ortega. Pendant les années de la dictature franquiste, sous la dure répression de toute forme de « particularisme » dans les régions d'Espagne, les mouvements indépendantistes catalan et basque ont semblé s'éteindre, sauf de sporadiques actes terroristes de l'ETA (l'organisation extrémiste basque). J'ai vécu cinq ans à Barcelone, du début au milieu des années 70, et à cette époque la mobilisation du secteur intellectuel et des avant-gardes politiques – malgré la répression – se concentrait sur la récupération démocratique. L'indépendantisme languissait, confiné à de minuscules secteurs traditionalistes et marginaux. Cependant, dès l'instauration de la démocratie et la création d'un régime d'autonomie, en Catalogne comme au Pays basque, grâce au transfert d'importantes responsabilités administratives, politiques et surtout éducatives aux autonomies régionales, les milieux nationalistes au pouvoir allaient

1. *Ibid.*, p. 60.

entreprendre une active campagne de diffusion idéologique, assortie de falsifications historiques, ainsi qu'une politique opiniâtre d'expansion du catalan et de l'euskera et d'éradication de l'espagnol qui, au fil des ans, devait porter ses fruits, ressuscitant le thème indépendantiste jusqu'à en faire la plus grande menace pour la démocratie espagnole. Ortega y Gasset fut prophétique.

LA DÉSHUMANISATION DE L'ART

Trois ans après la publication de *España invertebrada* paraît, en 1925, un autre livre important d'Ortega qui est aussi une compilation d'essais diffusés auparavant dans la presse : *La déshumanisation de l'art*[1].

Cet ouvrage s'ouvre sur une affirmation audacieuse : les masses détestent l'art nouveau parce qu'elles ne le comprennent pas. La raison est évidente : l'art romantique, qui a enflammé le XIXe siècle, ainsi que le naturalisme étaient à la portée de tous par leur représentation exaltée de la vie sentimentale et ses effusions mièvres, ou par leur traitement clinique des problèmes sociaux ; mais les nouvelles tendances de la musique, de la peinture, du théâtre et de la littérature, qui n'aspirent pas à montrer la vie telle qu'elle est mais à créer une « autre » vie, exigent un effort intellectuel laborieux – un changement de la perspective et de l'idée même

1. *La déshumanisation de l'art*, trad. de Bénédicte Vauthier et Adeline Struvay, Paris, Éditions Allia, 2014.

de ce qu'est l'art –, que « le grand troupeau des philistins » n'est pas disposé à faire. Cela a causé un divorce irrémédiable – un abîme – entre l'art nouveau, ses adorateurs et ses défenseurs, et le reste de la société.

Selon Ortega, ce que le commun des mortels appréciait dans l'art romantique et naturaliste du passé était ce qu'il y avait en lui de moins artistique, la projection de la vie véritable qui se manifestait dans les opéras, les tableaux, les drames, les romans, dans la description des activités de la famille, les passions amoureuses, les faits historiques, les problèmes sociaux, tout ce qui composait l'existence quotidienne où les spectateurs, les auditeurs et les lecteurs croyaient reconnaître leurs propres expériences. Or de nos jours l'artiste ne veut pas que son art apparaisse comme une illustration de la « vie véritable » ; bien au contraire, il aspire à créer une vie différente de la vie réelle, une vie dissociée de la vie vécue, forgée du début à la fin par l'art au moyen de techniques exclusivement artistiques, par exemple, la métaphore. C'est, nous signale Ortega, ce qu'ont fait Debussy en musique (« Debussy a déshumanisé la musique, c'est pourquoi la nouvelle ère de l'art sonore commence avec lui[1] »), Mallarmé en poésie (« … le vers de Mallarmé annule toute résonance vitale et il nous présente des figures tellement extraterrestres que leur simple contemplation nous procure déjà un plaisir extrême[2] »), Pirandello au théâtre avec ses *Six*

1. José Ortega y Gasset, *op. cit.*, p. 45.
2. *Ibid.*, p. 47-48.

personnages en quête d'auteur (« Le théâtre traditionnel nous propose de voir dans ses personnages des personnes et dans leurs simagrées l'expression d'un drame “humain”. Ici, au contraire, on arrive à nous intéresser aux personnages en tant que tels, c'est-à-dire en tant qu'idées ou purs schémas[1] »). En littérature, il cite Joyce, Proust et Gómez de la Serna, et en peinture, les mouvements expressionniste et cubiste comme équivalents (« On est passé de la peinture des choses à la peinture des idées : l'artiste est devenu aveugle au monde extérieur et a retourné ses pupilles vers les paysages internes et subjectifs[2] »), car ils évitent de représenter la réalité que nous connaissons à travers notre expérience pour créer une réalité purement et exclusivement inventée.

Ortega signale qu'en dépit des variations et des mouvements divers qu'on y trouve, il y a dans cet art nouveau des dénominateurs communs dont tous participent : la déshumanisation, la mise à l'écart des formes vives, l'art considéré comme un jeu imprégné d'une ironie essentielle, le rejet de toute fausseté et l'aveu que les nouveaux objets artistiques manquent de transcendance. Il s'agit d'un art sans prétention qui, contrairement à celui qui précédait, ne se propose pas de buts politiques ni sociaux, car il sait que l'art n'opère pas dans ces domaines ni, en général, sur des questions pratiques, qu'il a perdu sa gravité et veut plutôt divertir et faire rire les spectateurs en les renvoyant à l'innocence enfantine.

1. *Ibid.*, p. 57-58.
2. *Ibid.*, p. 57.

Ortega a montré dans cet essai, avec une remarquable acuité, une orientation de la culture moderne qui, avec des écarts momentanés, devait se fortifier durant les décennies suivantes dans tout le monde occidental, surtout dans quelques pratiques comme celle des arts plastiques, révolutionnant et niant la tradition à un degré invraisemblable. Le tiers-monde en subirait très vite la contagion, de sorte qu'en quelques années la planète entière allait contracter cette conception de l'art comme spectacle. Les normes qu'Ortega avait signalées allaient être débordées les années suivantes. Une confusion et une banalisation si grandes se sont imposées dans ce domaine que sous l'étiquette d'« art » figurent de nos jours les expérimentations les plus puériles et les plus grandes arnaques qu'ait connues la culture au long de son histoire. Dans la « Conclusion » de son essai, Ortega précise que, comme il a été guidé dans son écriture « exclusivement par le désir de tenter de comprendre », il l'a fait dans « un état d'esprit rempli d'une bienveillance préalable » : « Des œuvres jeunes j'ai tenté d'extraire l'intention, c'est-à-dire la substantifique moelle, et je me suis désintéressé de leur réalisation. Qui sait le parti que l'on pourra tirer de ce style naissant ! »[1] Ortega n'aurait jamais pu imaginer que l'« art nouveau », qu'il accueillait avec enthousiasme, allait produire des artefacts aussi exquisément célébrés – et valant des millions de dollars – que les photographies coloriées d'Andy Warhol, les requins découpés en morceaux et conservés dans du formol, ainsi que les crânes incrustés de

1. *Ibid.*, p. 78.

diamants de Damien Hirst ou les ballons multicolores de Jeff Koons.

LA RÉVOLTE DES MASSES

La révolte des masses est structuré autour d'une intuition géniale : la primauté des élites a pris fin ; les masses, libérées de leur tutelle, ont fait irruption dans la vie de façon décisive, provoquant un profond bouleversement des valeurs civiques et culturelles et des formes de comportement social. Écrit en plein essor du communisme et des fascismes, du syndicalisme et des nationalismes, ainsi que des premières émergences d'une culture populaire de consommation massive, cet ouvrage montre que l'intuition d'Ortega fut exacte et établit, avant tout le monde, un des traits marquants de la vie moderne.

Son intuition est également exacte quand sa critique de ce phénomène s'appuie sur la défense de l'individu, dont il voit la souveraineté menacée – déjà laminée dans bien des sens – par cette irruption irrésistible de la foule – du collectif – dans la vie contemporaine. Le concept de « masse » pour Ortega ne recouvre en rien celui de classe sociale et s'oppose à la définition qu'en fait le marxisme. La « masse » à laquelle se réfère Ortega embrasse transversalement hommes et femmes de différentes classes sociales, les égalisant en un être collectif dans lequel ils se fondent, abdiquant leur individualité souveraine pour acquérir celle de la collectivité et n'être rien d'autre qu'une « partie de la tribu ». La masse, dans l'ouvrage d'Ortega, est un ensemble d'individus qui se sont désindividualisés en cessant d'être des unités humaines libres et pensantes, dissoutes en un amalgame qui pense et agit pour eux, plus par réflexes conditionnés – émotions, instincts, passions – que par des raisonnements. Ces masses sont celles que, ces années-là, concentrait autour de lui en Italie Benito Mussolini, et qui, les années suivantes, allaient se regrouper de plus en plus en Allemagne autour d'Hitler, ou en Russie vénérer Staline, « le Petit Père des peuples ». Le communisme et le fascisme, dit Ortega, « deux clairs exemples de régression substantielle », sont des exemples typiques de la conversion de l'individu en homme-masse. Mais Ortega y Gasset n'inclut pas uniquement dans ce phénomène de massification ces foules enrégimentées et cristallisées dans les régimes totalitaires autour des figures du caudillo et chef suprême. D'après lui, la masse est aussi une réalité nouvelle dans les démocraties où l'individu tend à être toujours plus absorbé par des ensembles grégaires qui jouent désormais le premier rôle dans la vie publique, un phénomène où il voit, sous couvert de modernité, un retour au primitivisme (l'« appel de la tribu ») et de certaines formes de barbarie.

Cette vision craintive de l'hégémonie croissante du collectivisme dans la vie des nations est celle d'un penseur libéral qui voit dans la disparition de l'individu à l'intérieur du grégaire un recul historique et une menace gravissime pour la civilisation démocratique.

L'ouvrage est aussi une défense précoce et surprenante, à la veille de la Seconde Guerre mondiale, d'une Europe unie où les nations du Vieux

Continent, sans rien perdre de leurs traditions et de leurs cultures, se fondraient en une communauté. L'Europe sera la « super-nation », proclame-t-il. Ce n'est que dans cette union qu'Ortega voit une possibilité de salut pour un continent qui a perdu le leadership historique dont il jouissait dans le passé – et qui est entré en décadence – tandis que, sur ses flancs, la Russie et les États-Unis s'efforcent de lui passer devant. Cette audacieuse proposition d'Ortega en faveur d'une Union européenne qui n'allait prendre forme qu'un demi-siècle plus tard est une des grandes idées du livre et une preuve de la lucidité visionnaire manifestée parfois par son auteur.

L'essai postule aussi un autre principe libéral indiscutable. Le déclin de l'Europe est dû en partie à la croissance démesurée de l'État qui, dans ses mailles bureaucratiques et interventionnistes asphyxiantes, a « jugulé » les initiatives et la créativité des citoyens.

Ortega signale que, dans le domaine culturel, un des effets de cette irruption des masses dans la vie politique et sociale sera la dévalorisation et la vulgarisation, le remplacement du produit artistique authentique par sa caricature, ou sa version stéréotypée et mécanique, et par une vague de mauvais goût, de grossièreté et de stupidité. Ortega était élitiste en matière de culture, mais son élitisme ne contrariait pas ses convictions démocratiques, car il concernait la création de produits culturels et leur position sur une échelle de valeurs exigeante. Quant à la diffusion et à la consommation des produits culturels, sa position était universaliste et démocratique : la culture devait être à la portée de tout le monde. Simplement, Ortega entendait que les patrons esthétiques et intellectuels de la vie culturelle devaient être fixés par les grands artistes et les meilleurs penseurs, ceux qui avaient renouvelé la tradition et établi formes et modèles nouveaux, en introduisant une nouvelle manière de comprendre la vie et sa représentation artistique, et que s'il n'en était pas ainsi, si les références esthétiques et intellectuelles pour l'ensemble de la société étaient établies par le goût moyen de la masse – l'homme du commun –, il en résulterait un appauvrissement brutal de la vie culturelle et rien de moins que l'asphyxie de la créativité. L'élitisme culturel d'Ortega est inséparable de son cosmopolitisme, de sa conviction que la véritable culture n'a pas de frontières régionales et encore moins nationales, que c'est un patrimoine universel. C'est pourquoi sa pensée est profondément antinationaliste.

Dans sa défense du libéralisme, Ortega insiste sur le caractère laïque que doit avoir l'État dans une société démocratique (« L'histoire est la réalité de l'homme. Il n'en a point d'autre[1] ») et l'incompatibilité profonde qui existe entre la pensée libérale et celle d'un catholique dogmatique, qualifié par lui d'antimoderne. L'histoire n'est pas écrite, n'a pas été tracée à l'avance par une divinité toute-puissante. Elle est seulement une œuvre humaine et c'est pourquoi « tout, absolument tout est possible dans

1. José Ortega y Gasset, *La révolte des masses*, traduction Louis Parrot, Delamain et Bartelleau, 1937, p. XVIII.

l'histoire – le progrès triomphal et indéfini comme la régression périodique[1] ».

Le moins qu'on puisse dire de thèses et d'affirmations de cette nature, c'est qu'Ortega y Gasset manifeste dans cet essai une grande indépendance d'esprit et de solides convictions capables de résister aux pressions intellectuelles et politiques dominantes de son temps. C'était, ne l'oublions pas, une époque où la classe intellectuelle perdait de plus en plus la foi en la démocratie, dénigrée pareillement par les deux extrêmes, la droite fasciste et la gauche communiste, et cédait souvent à la tentation de s'affilier à l'un de ces deux camps, avec une préférence marquée pour le communisme.

Cependant, le libéralisme d'Ortega y Gasset, bien qu'authentique, est partial. La défense de l'individu et de ses droits souverains, d'un État petit et laïque qui stimule la liberté individuelle au lieu de l'étouffer, de la pluralité d'opinions et de critiques, ne s'accompagne pas de la défense de la liberté économique, du marché libre, un aspect de la vie sociale envers lequel Ortega éprouve une méfiance proche du dédain et pour lequel il montre parfois une méconnaissance surprenante chez un intellectuel aussi curieux et ouvert à toutes les disciplines. Il s'agit, sans doute, d'une limite générationnelle. Tout comme les libéraux latino-américains de son temps, les libéraux espagnols plus ou moins contemporains d'Ortega, tels Ramón Pérez de Ayala et Gregorio Marañón, avec qui il allait fonder en février 1931 l'*Agrupación al Servicio de la República*

1. José Ortega y Gasset, *op. cit.*, p. 77.

(« Regroupement au service de la République »), le furent au sens politique, éthique, civique et culturel, mais pas économique. Sa défense de la société civile, de la démocratie et de la liberté politique a ignoré une pièce maîtresse de la doctrine libérale, celle qu'avait révélée Adam Smith : sans liberté économique et sans une garantie légale et ferme de la propriété privée et des contrats, la démocratie politique et les libertés publiques sont toujours entravées. Bien que libre-penseur, éloigné de la formation catholique reçue au collège et à l'université jésuite, il y a toujours eu chez Ortega une réminiscence du mépris ou du moins de la méfiance invétérée de la morale catholique envers l'argent, les affaires, le succès financier et le capitalisme, comme si cette dimension de l'activité sociale reflétait l'aspect le plus bassement matérialiste de l'animal humain, fâché avec son versant spirituel et intellectuel. De là, sans doute, au fil des pages de *La révolte des masses*, les allusions dépréciatives aux États-Unis, « le paradis des masses[1] », qu'Ortega juge du haut de sa supériorité culturelle comme un pays qui, dans sa croissance tellement rapide en termes quantitatifs, aurait sacrifié ses « qualités » en créant une culture superficielle. D'où l'une des rares inepties de ce livre : l'affirmation que les États-Unis sont incapables par eux-mêmes de développer la science comme l'a fait l'Europe. Une science qui, en raison de l'essor de l'homme-masse, est maintenant, selon Ortega, en passe de décliner.

C'est un des aspects les plus faibles de *La révolte*

1. *Ibid.*, p. 121.

des masses. Une des conséquences de la primauté de l'homme-masse dans la vie des nations est, dit-il, le désintérêt de la société affectée de primitivisme et de vulgarité pour les principes généraux de la culture, c'est-à-dire pour les bases mêmes de la civilisation. À l'ère de l'apogée du grégaire, la science passe au second plan et l'attention des masses se concentre sur la technique, les merveilles et les prodiges que réalise ce sous-produit de la science, car, sans celle-ci, ni la luxueuse auto aux lignes aérodynamiques ni les analgésiques contre les migraines ne seraient possibles. Ortega compare la déification du produit de consommation fabriqué par la technique à l'éblouissement du primitif d'un village africain devant les objets de l'industrie la plus moderne, dans lesquels il voit, tout comme les fruits ou les animaux, de purs prodiges de la nature. Pour qu'il y ait science, dit Ortega, il faut qu'il y ait civilisation, un long développement historique qui la rende possible. C'est pourquoi il imagine que, quelle que soit leur puissance, les États-Unis ne pourront jamais dépasser ce stade simplement technologique qu'ils ont atteint. « Ce serait une bien lourde erreur de croire que si l'Europe disparaissait, les Américains pourraient *perpétuer* la science[1] ! » Il s'agit d'une des prédictions erronées d'un livre plein de prophéties réalisées.

Dans *La révolte des masses*, Ortega critique le nationalisme comme un phénomène typique de cette hégémonie croissante du collectif ou du grégaire sur l'individuel. Il repousse comme mythe l'idée qu'une

1. *Ibid.*, p. 84.

nation se constitue sur la communauté de race, religion ou langue, et penche plutôt pour la thèse de Renan selon laquelle une nation est « un plébiscite de tous les jours » dont les membres réaffirment quotidiennement, par leur conduite et leur attachement aux lois et aux institutions, leur volonté de constituer une « unité de destin » (la formule est d'Ortega)[1]. Une telle idée de la nation est souple, moderne et compatible avec sa conviction que l'Europe finira bientôt par former une unité supranationale où les nations européennes s'uniront en une pluralité solidaire, ce qui semblait une fantaisie utopique dans ce contexte de nationalismes agressifs qui, quelques années plus tard, allaient précipiter l'Europe dans la boucherie de la Seconde Guerre mondiale.

L'« Épilogue pour les Anglais », critique du pacifisme, est écrit sept ans après la première édition de *La révolte des masses*, en 1937 et en pleine guerre civile espagnole. Il contient une critique des versions stéréotypées que l'on présente souvent dans les pays étrangers de ce qui se passe au sein d'une société. Ortega donne comme exemple le cas des intellectuels anglais qui, « commodément assis dans leur bureau ou dans leur club », signent des textes où ils appellent « défenseurs de la liberté » les communistes qui, en Espagne, contraignent des écrivains à signer des manifestes ou à parler à la radio dans le sens qui convient à leurs intérêts. Il en déduit que l'opinion publique étrangère constitue dans certains cas « une intervention guerrière » dans les affaires internes d'un pays, ce qui peut avoir un effet « chimique »

1. *Ibid.*, p. 84.

(létal) sur son devenir. La thèse n'est évidemment pas soutenable : l'accepter équivaudrait à justifier la suppression de la liberté d'expression et d'opinion en arguant de la sécurité nationale. Elle méconnaît que, dans le cas de toute dictature, il est courant que l'étranger connaisse mieux ce qui se passe à l'intérieur, parce que la censure empêche ceux qui la subissent d'être bien informés de leur situation. (Je rappellerai qu'en 1958, dans la pension de la rue Doctor Castelo où je vivais à Madrid, j'écoutais tous les soirs les bulletins d'information de Radio-Paris pour savoir tout ce que la presse censurée d'Espagne cachait ou déformait.)

À dire vrai, cette étrange affirmation reflète le malaise et le déchirement d'Ortega face à la guerre civile où, à son avis, les intellectuels européens enjolivaient la République pour des raisons idéologiques, sans tenir compte des exactions et des excès antidémocratiques qui se commettaient aussi en son sein. C'est pourquoi Ortega ne pouvait ni ne voulait prendre parti pour l'un des camps opposés, surtout depuis qu'il était arrivé à la conclusion que le combat n'était pas tant entre la République démocratique et le fascisme qu'entre ce dernier et les communistes, alternative qu'Ortega repoussait pareillement. Il est vrai, pourtant, que, sans le rendre public, à travers sa correspondance et les témoignages de proches, il semble évident qu'il ait pu croire, à un moment donné, que Franco et les « nationalistes » représentaient un moindre mal. Cela ne signifiait en aucune manière une quelconque sympathie pour le fascisme, mais un choix désespéré. Cette erreur lui serait reprochée sans merci par la postérité et contribuerait à éloigner de son œuvre les milieux intellectuels dits progressistes. Assurément, il n'y a pas de moindre mal quand il s'agit de choisir entre deux totalitarismes – comme s'il fallait choisir entre le sida et un cancer incurable –, ce dont Ortega put se rendre compte à son retour en Espagne en 1945, à la fin de la Seconde Guerre mondiale, croyant qu'après la victoire des Alliés contre le fascisme on allait pouvoir faire quelque chose de l'intérieur pour démocratiser son pays. Il ne put faire grand-chose, si ce n'est vivre comme un exilé intérieur, pas tout à fait dans les limbes, sans retrouver sa chaire universitaire, surveillé de près et risquant en même temps de voir son œuvre dénaturée par des phalangistes qui voulaient se l'approprier, avec une impression permanente de frustration et d'échec. C'est pourquoi il passa les dix dernières années de sa vie sur le qui-vive, avec de continuels déplacements au Portugal.

ORTEGA Y GASSET ET LA RÉPUBLIQUE

Ortega y Gasset salua l'avènement de la République comme le début d'une ère de progrès civique et culturel pour l'Espagne. Lors des premières élections républicaines, il présenta sa candidature aux Cortes et fut élu député de la province de León. En décembre 1931 il publia à Madrid, dans la *Revista de Occidente*, un essai intitulé *Rectificación de la República (Artículos y discursos)* qui traduit son enthousiasme pour le nouveau régime. Celui-ci compte déjà une année d'existence, et Ortega lui adresse quelques critiques et observations, tout en l'appuyant et se montrant solidaire. Ses interventions à l'Assemblée constituante des Cortes, tout comme ses articles dans la presse en cette première année républicaine, il les formule non seulement en son nom, mais aussi en celui de son « petit groupe », l'*Agrupación al Servicio de la República*, d'ailleurs pas si petit que cela. Selon Shlomo Ben Ami, deux semaines après sa fondation, ce mouvement comptait déjà quelque quinze mille membres, surtout des étudiants, des professeurs et des intellectuels[1]. Ortega dissout l'*Agrupación* en octobre 1932, en arguant que la République était maintenant « suffisamment consolidée[2] ».

Ce livre contient aussi le discours prononcé par Ortega le 6 décembre 1931 au cinéma de l'Opéra à Madrid, où, en l'argumentant fortement, il proposait la création d'un grand parti national républicain pour défendre le nouveau régime, en suggérant quelques rectifications à son action. Le projet de diriger une grande force politique avorta en raison des positions extrêmes et des violentes confrontations essuyées par la République dans les années qui suivirent, refroidissant ainsi l'enthousiasme pour le nouveau système des démocrates comme Ortega, jusqu'à son désenchantement exprimé dans l'article emblématique : « Ce n'est pas cela, ce n'est pas cela ! »

Son idée de la République flambant neuve était

1. Shlomo Ben Ami, *Origin of the Second Republic in Spain*, Oxford, Oxford University Press, 1978, p. 44.

2. Rockwell Gray, *The imperative of modernity, an intellectual biography of José Ortega y* Gasset, University of California Press, 1989.

quelque peu naïve et idéaliste – « faire une République robuste, féconde et pimpante[1] » –, mais son refus de la monarchie était sans ambiguïté : il l'accuse d'être devenue « un désordre substantiel » et de servir les « classes conservatrices » dont il critique énergiquement l'« absentéisme » et qu'il fustige aussi pour placer leur argent à l'étranger et se désintéresser complètement du sort de l'Espagne dans ces moments où se forge une nouvelle nation. Il proclame qu'il n'est pas catholique et explique que sa condition de libéral et de démocrate a fait de lui un républicain : « Je suis venu à la République, comme beaucoup d'autres, mu par l'espoir enthousiaste qu'enfin, au bout des siècles, il serait permis à notre peuple, à la spontanéité nationale, de corriger sa propre fortune, de se réguler lui-même, comme le fait tout organisme sain ; de réarticuler ses impulsions selon son bon vouloir, sans aucune violence de personne, de sorte que dans notre société chaque individu et chaque groupe soient authentiquement ce qu'ils sont, sans que leur sincère réalité ne soit déformée sous la pression ou la faveur[2]. »

Ses idées sur la nouvelle République étaient très générales et rhétoriques – il se prononce pour l'autonomisme et contre le fédéralisme – et, en tout cas, ne prévoyaient nullement la violence déchaînée dans le pays par l'extrémisme de droite et de gauche, une violence qui ferait déchanter ceux qui, comme lui-même, attendaient du régime une ère de progrès

1. José Ortega y Gasset, « Rectificación de la República (Artículos y discursos) », *Revista de Occidente*, décembre 1931, p. 63.
2. *Ibid.*, p. 156.

économique, de tranquillité et de stabilité, de liberté et de coexistence civilisée entre les forces politiques. Ortega avoue son ignorance de l'économie ; son instinct, pourtant, lui laisse deviner que c'est là un sujet absolument capital et déterminant pour le succès ou l'échec du nouveau régime. Aussi recommande-t-il la formation d'un corps d'économistes qui assistent le gouvernement dans sa politique économique, fût-ce en faisant appel à des spécialistes étrangers s'il n'y a pas en Espagne de techniciens et de spécialistes des finances suffisamment qualifiés.

LA POLITESSE DU PHILOSOPHE

Lire Ortega est toujours un plaisir, une jouissance esthétique pour la beauté et l'aisance de son style, clair, souple, intelligent, savant, d'un vocabulaire inépuisable, parsemé d'ironies et à la portée de n'importe quel lecteur. En raison de cette dernière caractéristique de sa prose, certains se refusent à le considérer comme un philosophe et le tiennent plutôt pour un littérateur ou un journaliste. Je serais ravi, quant à moi, qu'il en soit ainsi car, si ce jugement exclusif était avéré, la philosophie serait de trop, la littérature et le journalisme remplaceraient haut la main sa fonction.

Il est certain que son style était parfois guindé, comme lorsqu'il écrivait *rigoroso* au lieu de *riguroso* (« rigoureux ») et que, dans les deux objectifs qu'il avait fixés à l'intellectuel – s'opposer et séduire –, sa coquetterie et sa vanité l'amenèrent quelquefois à négliger la première obligation au bénéfice de la seconde. Mais ces faiblesses occasionnelles sont plus que compensées par la vigueur et la grâce que son talent était capable d'injecter aux idées qui, dans ses essais, ressemblent souvent aux personnages vivants et imprévisibles de la balzacienne *Comédie humaine* qui ravit tellement son adolescence. Cette vocation réaliste contribua à humaniser sa pensée en demeurant, à l'instar de la grande tradition picturale et littéraire espagnole, inséparable de sa vocation intellectuelle. Ni la philosophie en particulier, ni la culture en général ne devaient être un pur exercice d'acrobatie rhétorique, une gymnastique narcissique d'esprits privilégiés. Pour cet « élitiste », la mission de la culture ne pouvait être plus démocratique : s'immiscer dans la vie de tous les jours et s'en nourrir. Bien avant que les existentialistes français ne développent leurs thèses sur l'« engagement » de l'intellectuel dans son temps et sa société, Ortega avait fait sienne cette conviction et la mit en pratique dans tout ce qu'il écrivit. Ce qui ne signifie pas qu'il ait écrit sur tout ; par exemple, on lui a reproché de ne s'être pas fermement prononcé sur le résultat de la guerre civile et la dictature de Franco. Mais j'ai déjà expliqué les raisons cachées de ce silence.

Une de ses célèbres phrases fut : « La clarté est la politesse du philosophe », maxime qu'il honora toujours au moment d'écrire. Je ne crois pas que cet effort pour être accessible, inspiré par le désir de Goethe d'aller toujours « de l'obscurité à la clarté » et qu'il qualifiait de « volonté luciférienne », ait appauvri sa pensée et l'ait réduit au simple rôle de divulgateur. Au contraire, l'un de ses grands mérites est d'avoir été capable de mettre à la portée d'un public non spécialisé et de lecteurs profanes les grands thèmes de la philosophie, de l'histoire et de la culture en général, de sorte qu'ils puissent les comprendre et se sentir concernés par eux, sans vulgariser ni trahir pour autant les sujets qu'il abordait. Il fut en cela induit par le journalisme, certes, et les conférences où il s'adressait à de vastes publics hétérogènes qu'il s'efforçait de toucher, convaincu que la pensée confinée à la chaire ou au conclave professionnel, loin de la place publique, s'étiolait. Il croyait fermement que la philosophie aide les êtres humains à vivre, à résoudre leurs problèmes, à affronter avec lucidité le monde qui les entoure, et qu'en conséquence elle ne devait pas être le patrimoine exclusif des philosophes mais atteindre les gens du commun.

Cette obsession acharnée à se faire comprendre de tous ses lecteurs est une des leçons les plus précieuses qu'il nous ait léguées, une marque de sa vocation démocratique et libérale, d'une importance lumineuse en ces temps où, de plus en plus, dans les différentes branches de la culture, s'imposent sur le langage commun les jargons ou dialectes spécialisés et hermétiques à l'ombre desquels, le plus souvent, se cachent non pas la complexité et la profondeur scientifique, mais la prestidigitation verbale et la supercherie. Que nous soyons d'accord avec lui ou que nous nous écartions de ses thèses et de ses affirmations, une chose est toujours évidente avec Ortega : il ne triche pas, la transparence de son discours l'en empêche.

Sa volonté luciférienne de clarté ne l'empêcha pas d'être audacieux et de proposer, avant tout le monde, une interprétation des tendances dominantes de son époque dans la vie sociale et dans l'art qui semblaient fantaisistes et que l'histoire, ensuite, a ratifiées. Dans *La révolte des masses* (1930), il a souligné, dans une vision aiguë, qu'au XXe siècle, contrairement à ce qui s'était produit avant, le facteur décisif de l'évolution sociale et politique ne serait plus les élites, mais ces couches populaires anonymes, travailleurs, paysans, chômeurs, soldats, étudiants, collectivités de toute sorte, dont l'irruption – pacifique ou violente – dans l'histoire allait révolutionner la société future et tracer une nette frontière avec celle du passé. Et dans *La déshumanisation de l'art* (1925), il a décrit avec un luxe de détails et une remarquable justesse le divorce progressif qui, sous l'impulsion du formidable renouvellement des formes introduites par les avant-gardes en musique, peinture et littérature, interviendrait entre l'œuvre d'art moderne et le public en général, un phénomène sans précédent dans l'histoire de la civilisation. Ce sont là deux exemples importants, mais non uniques, de la lucidité avec laquelle Ortega a examiné sa circonstance et y a remarqué, à l'avance, la tendance et la ligne de force qui allaient s'imposer dans l'avenir immédiat. Son œuvre est parsemée de remarquables anticipations et d'heureuses intuitions.

Que fut-il, politiquement parlant ? Libre-penseur, athée (ou, du moins, agnostique), spécialiste de droit civil, cosmopolite, européen, adversaire du nationalisme et de tous les dogmatismes idéologiques, démocrate, son mot favori fut toujours « radical ». L'analyse, la réflexion devaient toujours aller à la racine des problèmes, ne jamais demeurer à la périphérie ou à la surface. Cependant, en politique, d'une certaine façon, il est resté parfois loin du radicalisme qu'il prônait. Par son attitude ouverte et sa tolérance envers les idées et positions autres, il fut un libéral. Mais un libéral limité par sa méconnaissance de l'économie, un vide qui le conduisit parfois, quand il proposait des solutions à des problèmes tels que le centralisme, le clientélisme ou la pauvreté, à recommander l'interventionnisme étatique et un dirigisme volontariste complètement étrangers à cette liberté individuelle et citoyenne qu'avec tant de conviction et de bonnes raisons il défendait.

Par ailleurs, il fut un des rares intellectuels espagnols de son temps à s'intéresser à l'Amérique latine. Il se rendit en Argentine pour la première fois en 1916 et y resta près de six mois. Et il y retourna à deux reprises, en 1928 (année où il visita aussi le Chili), et y vécut de 1939 à 1942, en exil volontaire. Ses conférences et cours universitaires à Buenos Aires, tout comme ses collaborations à *La Nación*, contribuèrent grandement à son prestige et il se lia d'amitié avec maints écrivains argentins, comme Victoria Ocampo ; on dit que c'est lui qui lui suggéra le nom de *Sur* comme titre de la célèbre revue qu'elle dirigeait, assistée de Jorge Luis Borges. Ses essais d'interprétation de l'histoire et de la culture argentines provoquèrent, comment s'en étonner ?, des polémiques passionnées et, dans certains milieux nationalistes, une hostilité déclarée contre lui, ce qui, sans doute, contribua à son retour en Europe en 1942.

L'échec de la République et le bain de sang de la guerre civile espagnole traumatisèrent les idéaux politiques d'Ortega y Gasset. Il avait placé beaucoup d'espoirs dans l'avènement de la République, mais il fut saisi d'effroi par les désordres et les crimes qu'elle entraîna. Ensuite, le soulèvement franquiste et la polarisation extrême qu'accéléra la guerre le firent se retrancher dans une sorte de catacombe idéologique. À son sens, la démocratie libérale « porte à l'extrême la résolution de compter avec autrui[1] », elle est celle qui a montré un esprit de tolérance sans précédents dans l'histoire, étant donné que le libéralisme est « le droit que la majorité octroie aux minorités[2] », manifestant « sa résolution de vivre en commun avec l'ennemi[3] ». Une telle position était-elle possible au milieu d'une guerre civile ? Ce qu'il défendait – une société éclairée, libre, de coexistence et de légalité, européenne et civile – se révélait irréel dans une Europe secouée par l'avancée symétrique des totalitarismes qui écrasaient sur leur passage les fondements mêmes de la civilisation à laquelle il rêvait pour l'Espagne. Ortega ne surmonta jamais l'effondrement de ces illusions.

Lorsqu'on fréquente, pendant aussi longtemps que je l'ai fait avec Ortega, ne fût-ce qu'à petites doses quotidiennes, l'œuvre d'un écrivain, on se familiarise tellement avec lui – je veux dire avec sa

1. José Ortega y Gasset, *La révolte des masses*, p. 74.
2. *Ibid.*, p. 74.
3. *Ibid.*, p. 75.

personne – qu'après l'avoir tant lu et relu, j'ai l'impression de m'être trouvé dans son intimité, d'avoir assisté à ces rencontres d'amis qui, selon ce qu'ont décrit Julián Marías et d'autres disciples, étaient souvent éblouissantes. Il devait être un extraordinaire causeur, conférencier, professeur. En lisant les meilleurs essais d'Ortega, on l'entend : ses silences mesurés, la saillie cinglante de l'adjectif insolite, la phrase labyrinthique qui, soudain, se referme autour d'un argument, avec un aplomb rhétorique de matador. Tout un spectacle.

Dans ses dernières années, Ortega a été fort dénigré par la gauche qui l'accusa, comme le fait Gregorio Morán dans *El maestro en el erial : Ortega y Gasset y la cultura del franquismo*[1], d'avoir été un complice discret des nationalistes pendant la guerre civile, affirmation qui s'appuie sur des arguments fragiles comme celui selon lequel deux fils du philosophe auraient combattu dans le camp rebelle, ou la mention de son amitié et de sa correspondance avec quelques diplomates franquistes, ou sa volonté de publier dans *The Times* de Londres, grâce à l'appui d'un délégué des nationalistes en Grande-Bretagne, un texte où il critiquait les intellectuels européens soutenant la République sans connaître à fond la problématique espagnole. Pas plus sérieux, mais relevant plutôt de la pure médisance, est le bruit qui courait selon lequel Ortega aurait, par quelque intermédiaire, proposé ses services à Franco pour la rédaction de ses discours. Quelle stupidité ! On n'a

1. Gregorio Morán, *El maestro en el erial : Ortega y Gasset y la cultura del franquismo*, Barcelona, Tusquets Editores, 1998.

jamais découvert la moindre preuve de la chose et l'on n'en trouvera aucun indice dans sa correspondance. La vérité, et le livre de Morán le prouve à l'envi, c'est que si Ortega avait voulu participer au régime franquiste, celui-ci, en même temps qu'il l'attaquait ou l'étouffait et avait tenté à maintes reprises de le gagner à sa cause, l'aurait reçu par la grande porte. Il aurait suffi qu'il y adhère publiquement. Ce qu'il ne fit jamais.

Ce n'est pas non plus un argument pour le discréditer que d'arguer qu'il continua de recevoir son salaire de professeur d'université après son départ en retraite – homme aux modestes ressources, il avait gagné ce salaire par son travail pendant de nombreuses années –, mais il aurait été sans doute préférable qu'il ne retourne jamais en Espagne et meure en exil, ou qu'il assume une position frontale et sans équivoque contre la dictature. Car alors, combien de confusions auraient été évitées sur ce qu'il fut, qu'il crut et défendit, et comme il aurait été facile d'en faire aujourd'hui une figure politiquement correcte. Le véritable enjeu d'Ortega n'était pas de prendre parti, lorsque éclata la guerre civile, pour l'un ou l'autre des deux camps : le conflit fit voler en éclats l'option qui fut la sienne – à vrai dire, avant même le conflit, dans les tumultes, les assassinats et la polarisation politique sous la République – et le relégua dans un no man's land. Malgré cela, et bien qu'il fût vulnérable et isolé dans sa position, il y resta fidèle jusqu'à sa mort. Cette position était invivable dans cette situation de rupture violente de la société et de manichéisme agressif qui faisaient fi des nuances et de la modération, mais elle n'était pas malhonnête.

Le régime civil, républicain, démocratique et pluraliste qu'il avait défendu en 1930 et 1931 dans son AgrupaciÓn al Servicio de la República, aux Cortes et dans la presse, n'avait aucun point de contact avec ce qui s'installa en Espagne à la chute de la monarchie. Ce n'était pas non plus un soulèvement fasciste et c'est pourquoi il s'abstint de prendre parti publiquement pendant la guerre pour aucun des deux camps opposés puis d'adhérer au régime installé par le camp victorieux.

Quand Ortega rentre en Espagne en 1945, il est convaincu que la fin de la guerre mondiale amènera une transformation de la dictature de Franco. Il s'est trompé et a payé très cher cette erreur, vivant en Espagne tout en faisant de longues fugues au Portugal, entre parenthèses, vilipendé d'un côté par les milieux les plus ultramontains du régime qui ne lui pardonnaient pas son laïcisme, et de l'autre se dérobant comme un chat aux tentatives de récupération de ceux qui voulaient l'instrumentaliser et en faire un proto-idéologue de la Phalange. Ces tentatives frisèrent le ridicule pendant la semaine d'exercices spirituels organisés par la Faculté des humanités de l'université Complutense de Madrid en vue de la « conversion d'Ortega y Gasset », ainsi que dans les campagnes systématiques orchestrées dans les églises pour que le philosophe emboîte le pas de son collègue Manuel García Morente qui, lui, fut touché par l'Esprit-Saint et regagna le bercail catholique. Ortega, malgré ce tempérament timoré que certains critiques lui reprochaient, résista à l'immense pression dont il était l'objet – non seulement officielle, mais aussi de la part de gens qui le respectaient et qu'il respectait – et n'écrivit pas une seule ligne pour se dédire de ces idées qui conduisirent le régime franquiste, à la veille de la mort d'Ortega, par la bouche du ministre de l'Information de Franco, Arias-Salgado, à donner cet ordre grotesque à la presse espagnole : « Devant la possible éventualité du décès de don José Ortega y Gasset, ce journal annoncera la nouvelle par une manchette sur deux colonnes maximum avec, si on le souhaite, l'insertion d'un seul article d'éloge, sans omettre ses erreurs politiques et religieuses, et dans tous les cas l'on éliminera toujours la dénomination de "maître". »

Les erreurs d'Ortega ne furent pas celles d'un lâche ou d'un opportuniste ; tout au plus, celles d'un naïf attaché à incarner une solution alternative modérée, civile et réformiste à un moment où celle-ci n'avait pas la moindre chance de se concrétiser dans la réalité espagnole. Ses tiédeurs et ses doutes n'ont pas lieu de lui être jetés au visage, comme une accusation. Ils manifestent le destin dramatique d'un intellectuel viscéralement et raisonnablement allergique aux extrêmes, à l'intolérance, aux vérités absolues, au nationalisme et à toute espèce de dogme, qu'il soit religieux ou politique, d'un penseur qui, pour cela même, eut l'air déphasé, une antiquaille, quand la coexistence démocratique disparut sous le choc féroce de la guerre civile et, ensuite, pendant la nuit totalitaire. Ce n'est pas seulement Ortega, mais aussi sa position démocratique et libérale, qui furent mis à mal et annulés dans l'hécatombe de la guerre civile. Qu'en est-il maintenant ? Ces idées d'Ortega y Gasset que fascistes et marxistes dédaignaient pareillement ne sont-elles pas, à bien des égards, une réalité vivante et des plus actuelles dans l'Espagne d'aujourd'hui, pluraliste, libre et éclatante ? Au lieu de l'abolir et de l'effacer, l'histoire contemporaine a confirmé Ortega y Gasset comme le penseur le plus lumineux et cohérent qu'ait donné l'Espagne dans toute son histoire à la culture laïque et démocratique. Et aussi celui qui avait la meilleure plume.

La pensée libérale contemporaine a beaucoup à apprendre des idées d'Ortega y Gasset. Avant tout, la redécouverte que, contrairement à ce que semblent supposer ceux qui s'entêtent à réduire le libéralisme à une recette économique de marchés libres, de règles du jeu équitables, de droits de douane réduits, de contrôle de la dépense publique et de privatisation des entreprises, celui-ci est, avant tout, une attitude devant la vie et la société fondée sur la tolérance et le respect, sur l'amour de la culture, sur une volonté de coexistence avec l'autre, avec les autres, et sur une ferme défense de la liberté comme valeur suprême. Une liberté qui est, en même temps, moteur du progrès matériel, de la science, des arts et des lettres, et de cette civilisation qui a rendu possible l'individu souverain avec son indépendance, ses droits et ses devoirs en permanent équilibre avec les autres, défendus par un système légal qui garantit la coexistence dans la diversité. La liberté économique est une pièce maîtresse, mais en aucune façon l'unique, de la doctrine libérale. Nous devons regretter, certes, que maints libéraux de la génération d'Ortega l'aient ignoré. Mais il n'est pas moins grave de réduire le libéralisme à une politique de fonctionnement du marché avec une minime intervention étatique.

L'échec, ces dernières décennies, de tant d'essais de libéralisation de l'économie en Amérique latine, en Afrique et même en Europe n'est-il pas la preuve flagrante que les recettes économiques par elles-mêmes peuvent échouer lamentablement si elles ne sont pas soutenues par tout un corps d'idées qui les justifient et les rendent acceptables pour l'opinion publique ? La doctrine libérale est une culture au sens le plus large du terme et les essais d'Ortega y Gasset la reflètent de façon stimulante et lucide dans chacune de leurs pages.

S'il avait été français, Ortega serait aujourd'hui considéré et lu à l'égal de Sartre, dont il anticipa la philosophie existentialiste de l'« homme en situation » en l'exposant avec une meilleure prose dans sa thèse sur l'homme et sa circonstance. S'il avait été anglais, il aurait été un autre Bertrand Russell, comme lui grand penseur et en même temps remarquable divulgateur. Mais il était seulement espagnol, quand Cervantès, Quevedo et Góngora restaient au sous-sol (l'image est de lui) de ce qu'on considérait comme les grandes cultures modernes. Aujourd'hui, les choses ont changé et les portes de ce club exclusif s'ouvrent au valeureux langage qu'il enrichit et actualisa autant qu'un Jorge Luis Borges ou un Octavio Paz. Il est temps que la culture de notre temps connaisse et reconnaisse enfin, comme il le mérite, José Ortega y Gasset.

FRIEDRICH AUGUST VON HAYEK
(1899-1992)

Si je devais désigner les trois penseurs modernes à qui je dois le plus, politiquement parlant, je n'hésiterais pas une seconde : Karl Popper, Friedrich August von Hayek et Isaiah Berlin. J'ai commencé à les lire tous les trois dans les années 70 et 80 du siècle dernier, quand j'émergeais des illusions et des sophismes du socialisme et que je cherchais, parmi les philosophies de la liberté, celle qui avait le mieux décortiqué les mensonges constructivistes (la formule est de Hayek) et qui proposait les idées les plus radicales pour obtenir, démocratiquement, ce que le collectivisme et l'étatisme avaient promis sans jamais l'atteindre : un système capable de conjuguer ces valeurs contradictoires que sont l'égalité et la liberté, la justice sociale et la prospérité.

Parmi ces penseurs, aucun n'est peut-être allé aussi loin et plus à fond que Friedrich von Hayek, le vieux maître né presque avec le siècle (1899) dans une famille aisée de Vienne, alors capitale de l'Empire austro-hongrois. Étudiant apathique mais lecteur vorace, randonneur et alpiniste depuis son adolescence jusqu'à son grand âge, sa première vocation, encore enfant, fut, sous l'influence de son père, la botanique, la confection d'un herbier, l'ébauche d'une petite monographie sur une orchidée (*Orchis condigera*) qu'il ne vit jamais. Curieux de tout, il s'intéressa pendant son adolescence à la paléontologie, à la théorie de l'évolution, au théâtre. C'est seulement des années plus tard, alors qu'il servait à l'armée comme jeune officier d'artillerie sur le front italien pendant la Première Guerre mondiale, qu'il allait découvrir, grâce à un livre de Carl Menger, *Principes d'économie politique* (1871), sa passion pour l'économie, en même temps que pour la psychologie. Cette lecture dissiperait les velléités socialistes de ses années de jeunesse et ferait de lui un défenseur de l'individualisme, de l'entreprise privée et du marché. Bien qu'il choisît d'étudier la première de ces deux sciences, il ne perdit jamais son intérêt pour la seconde, sur laquelle il écrirait des années plus tard un curieux essai : *L'ordre sensoriel*[1].

De ses années à l'université de Vienne, où il obtint en 1921 son doctorat en droit, il garda toujours le souvenir de Carl Menger qui, disait-il, fut le premier à concevoir l'idée de génération spontanée des institutions qui serait plus tard l'un des piliers de sa théorie économique et politique. Son diplôme en poche, il travailla près de cinq ans dans son pays natal sous les ordres d'un autre grand penseur libéral, Ludwig von Mises, et fit partie de son célèbre *Privatseminar*. Il dit de lui « qu'il était la personne

1. F. A. von Hayek, *L'ordre sensoriel : une enquête sur les fondements de la psychologie théorique*, traduction Philippe R. Mach, Paris, CNRS Éditions, 2001.

de qui il avait le plus appris[1] ». De mars 1923 à mai 1924, il résida à New York. Il y alla à ses frais, avec très peu d'argent, et survécut avec soixante dollars mensuels durant les quinze mois pendant lesquels il se laissa pousser la barbe, travailla comme assistant de Jeremiah Jenks, professeur à la New York University, et lut sans désemparer à la New York Public Library. Sa pauvreté était si grande que, selon ce qu'il raconta plus tard, il avait seulement deux paires de chaussettes trouées qu'il enfilait en même temps contre le froid.

À son retour à Vienne, il se maria une première fois en 1926 avec Hella Berta Maria von Fritsch, de qui il aurait deux enfants : Christine Maria Felicitas (née en 1929) et Laurence Joseph Heinrich (né en 1934). Avant de partir à New York, il était tombé amoureux d'une lointaine cousine, Helene Bitterlich, mais elle le quitta et se fiança avec un autre alors qu'il séjournait aux États-Unis. Cette ancienne relation sentimentale ressusciterait des années plus tard.

En 1931, il fut invité à Londres à donner des conférences à la London School of Economics où, l'année suivante, on lui attribua la chaire des sciences et études économiques qu'il occuperait jusqu'à la fin de l'année 1949. Au début, ses étudiants avaient du mal à suivre son anglais embrouillé teinté d'accent germanique mais, après avoir fait l'effort nécessaire, ils restaient en général, fascinés par ses cours. À Londres, en 1935, il fit la connaissance de Karl

1. Dans *Hayek on Hayek. An Autobiographical Dialogue*, édition de Stephen Kresge et Leif Wenar, Chicago, The University of Chicago Press, 1994, p. 68.

Popper, à qui il fut lié à partir de cette époque par une solide amitié ajoutée à une parfaite coïncidence entre leurs idées philosophiques et civiques. Il dédicacerait à Popper son livre *Essais de philosophie, de science politique et d'économie* (1967). Popper, qui fut éternellement reconnaissant à Hayek de l'avoir aidé à chercher un éditeur pour *La société ouverte et ses ennemis* (1945) et à obtenir un poste de lecteur à la London School of Economics, avait dédié à Hayek *Conjectures et réfutations* (1963) quelques années auparavant. Il obtint la nationalité britannique en 1938. Plus tard, il enseignerait dans les universités de Chicago (1950-1962), Fribourg (1962-1969) et Salzbourg (1969-1977). Il fut un vrai citoyen du monde. Il mourut dans la splendeur de ses quatre-vingt-treize ans en 1992, à Fribourg-en-Brisgau (Allemagne).

Le destin offrit à Hayek la plus belle récompense à laquelle un intellectuel puisse aspirer : voir l'histoire contemporaine – ou, au moins, les gouvernements de Ronald Reagan aux États-Unis et de Margaret Thatcher au Royaume-Uni – confirmer une grande partie de ses idées et désavouer celles de ses adversaires, parmi lesquels le célèbre John Maynard Keynes (1883-1946). La plus connue de ses thèses, si bien vérifiée aujourd'hui qu'elle est devenue rien de moins qu'un lieu commun, est celle qu'il exposa dans son petit pamphlet de 1944 (devenu livre par la suite), *La route de la servitude*, selon laquelle la planification centralisée de l'économie sape inévitablement les fondements de la démocratie et fait du fascisme et du communisme deux expressions d'un même phénomène, le totalitarisme, dont les virus contaminent n'importe quel régime, même le plus libre en apparence, qui prétendrait « contrôler » le fonctionnement du marché.

HAYEK ET KEYNES

La célèbre polémique entre Hayek et Keynes dont on parle tant ne fut jamais équitable, bien qu'ils eussent un échange intellectuel, bref mais intense, en 1931 à la suite d'une très sévère critique par Hayek de l'essai de Keynes « A Treatise of Money » dans *Economica*, la revue de la London School of Economics. Mais, comme le dit Robert Skidelsky, qui a fait la recension de cette polémique dans un essai convaincant, « Hayek versus Keynes[1] », en dépit de leurs différences il y avait entre eux un important dénominateur commun que l'on perçoit mieux maintenant qu'à cette époque, quand la quasi-totalité des milieux économiques et politiques concernés partageaient les idées de Keynes. Le plaidoyer radical de Hayek était alors minoritaire, pour un temps inutile : la lutte donquichottesque d'un homme aux fermes convictions contre la culture dominante de son temps. Mais tous deux étaient des libéraux, même si Keynes croyait qu'une intervention de l'État pouvait mieux protéger le capitalisme.

1. Robert Skidelsky, « Hayek versus Keynes », *The Cambridge companion to Hayek*, édition d'Edward Feser, Cambridge, Cambridge University Press, 2006, p. 82-111. (La traduction en français est des traducteurs.) Sur ce sujet, il existe un autre livre plus récent de Thomas Hoerber : *Hayek VS Keynes, A Battle of Ideas*, Londres, Reaktion Books, 2017.

Hayek refusait pareille idée. Selon Skidelsky, dans la célèbre opposition établie par Isaiah Berlin entre renards et hérissons que relate son essai sur Tolstoï, Hayek était le hérisson (qui sait une seule grande chose) et Keynes le renard (qui sait beaucoup de choses). Tous deux étaient parvenus à l'économie par le biais de la philosophie et tous deux croyaient à l'importance de l'élément subjectif dans l'activité intellectuelle, qu'ils se refusaient à soumettre au scientifique pur. Aucun ne fut un ardent démocrate et ils se déclaraient ensemble admirateurs de Hume, Burke et Mandeville. Et tous deux croyaient que la civilisation occidentale était « précaire » mais ils divergeaient sur la manière de la sauver. Même s'ils se connurent et se considérèrent avec respect, ils ne furent jamais amis et entretinrent une maigre correspondance. Keynes lut *La route de la servitude* en se rendant à la conférence de Bretton Woods en 1944. Le 28 juin de la même année, il écrivit à Hayek pour le féliciter d'avoir écrit « un grand livre ». « Nous devons tous vous remercier pour avoir dit ce qu'il était nécessaire de dire », ajoutait-il. « Moralement et philosophiquement, je suis virtuellement d'accord avec ce que vous dites, et non seulement d'accord, mais d'un accord profondément senti. » Mais, plus loin, il formule ses critiques : « Vous admettez que le problème [de la planification] réside là où se trouve la limite [...]. Mais vous ne nous donnez pas de guide pour savoir où la fixer. Il est vrai que vous et moi, nous la fixerions sans doute dans des lieux différents. D'après mes conceptions, vous sous-estimez le moyen terme. » Sur ce dernier point, il ne fait pas de doute que Keynes avait raison : Hayek détestait les moyens termes et les eaux tièdes, c'était un homme des extrêmes, ce qui faisait qu'au milieu de ses grandes trouvailles, il commettait parfois des erreurs grossières. Mais il est certain qu'en dépit de leurs différences, il éprouva toujours un grand respect pour Keynes. Il le confirma à sa veuve, Lydia Lopokova, quand Keynes mourut en 1946 : « [Votre époux est] le seul grand homme que j'ai connu et pour qui j'ai toujours ressenti une admiration sans limites[1]. »

Les théories interventionnistes du brillant John Maynard Keynes, d'après lesquelles l'État pouvait et devait réguler la croissance économique et assurer le plein emploi en suppléant aux carences et en corrigeant les excès du *laisser-faire**, se transformeraient avec les années (probablement au-delà de ce que souhaitait Keynes lui-même) en un axiome incontestable des socialistes, démocrates, conservateurs et même libéraux supposés de l'ancien et du nouveau monde. Elles l'étaient déjà quand Hayek lança au grand public cette formidable alerte, résumant ce qu'il soutenait dans ses travaux universitaires et techniques depuis que, dans les années 30, avec Ludwig von Mises, il avait entrepris en Autriche la revendication et l'actualisation du libéralisme classique d'Adam Smith.

Bien que *La route de la servitude* ait atteint une large diffusion en Grande-Bretagne et aux États-Unis, où le populaire *Reader's Digest* en donna une

1. Alan Ebenstein, *Friedrich Hayek, A Biography*, New York, Palgrave, 2001, p. 344. La traduction en français est l'œuvre des traducteurs.

version abrégée, il fut interdit dans l'Allemagne d'après guerre par les puissances d'occupation qui ne voulaient pas entrer en conflit avec l'URSS. Ses idées trouvèrent alors un écho limité dans les groupes marginaux du monde universitaire et politique et, par exemple, le pays où le livre avait été écrit, la Grande-Bretagne, commença dans ces années-là sa marche vers le populisme du parti travailliste et l'État providence, c'est-à-dire vers l'inflation et la décadence que viendrait interrompre des décennies plus tard le formidable (mais, malheureusement, tronqué) sursaut libérateur de Margaret Thatcher. Au lieu de lui attirer le respect de ses collègues économistes, *La route de la servitude* servit plutôt à le déconsidérer, ce qui finirait par s'effacer dans les années ultérieures, surtout après qu'il eut obtenu le prix Nobel d'économie en 1974.

Comme von Mises, Popper ou Berlin, Hayek ne peut être enfermé dans une spécialité, l'économie, car ses idées sont aussi novatrices dans le domaine économique qu'en philosophie, droit, sociologie, politique, psychologie, science, histoire et morale. Dans toutes ces disciplines, il fit montre d'une originalité et d'une radicalité qui n'ont pas leur pareil chez les penseurs modernes, en maintenant toujours un respect scrupuleux pour la tradition libérale classique et les formes rigoureuses de la recherche universitaire. Mais ses travaux sont imprégnés de fièvre polémique, d'irrévérence envers le conventionnel, d'une créativité intellectuelle qui coïncide avec une certaine rigidité et une froideur dans l'analyse et, souvent, de propositions explosives comme celle qu'il fit en 1950 d'intégrer l'Allemagne occidentale aux États-Unis et qu'ensuite elle soit imitée par d'autres pays européens (il pensait surtout aux pays scandinaves). Ou comme sa recommandation, non moins polémique, de privatiser et de livrer au marché la fabrication de l'argent des nations, une idée que le gouvernement de Margaret Thatcher fut sur le point de proposer à l'Union européenne à travers son ministre de l'Économie, Nigel Lawson, d'après ce qu'elle raconte dans ses Mémoires[1]. Il pouvait défendre, au nom de la liberté individuelle, des choses qui le dégoûtaient, comme le droit d'être homosexuel sans se voir persécuté ou marginalisé, et, en même temps, il ne renonça jamais à un certain pragmatisme, comme lorsque, concernant la vente libre des armes à feu, il défendit l'idée que seules des personnes d'un certain niveau intellectuel et moral vérifié pourraient exercer ce commerce.

Mais quelques-unes de ses convictions sont difficilement acceptables pour un authentique démocrate, comme de dire qu'une dictature qui pratique une économie libérale est préférable à une démocratie qui ne le fait pas. Ainsi, il alla jusqu'à affirmer à deux reprises que, sous la dictature de Pinochet, il y avait au Chili bien plus de liberté que sous le gouvernement démocratique, populiste et socialisant d'Allende, ce qui lui valut une volée de bois vert, y compris de ses admirateurs[2].

À partir des années 60, après la publication de

1. Margaret Thatcher, *The Downing Street Years*, Londres, Harper Collins, 1995, p. 715.

2. Il le fit dans *The Times* de Londres, le 3 août 1978 (« *More recently I have not been able to find a single person even in much maligned Chile who did not agree that personal freedom was much*

La constitution de la liberté, il commença à souffrir de périodes de dépression qui, pendant un certain temps, paralysaient son activité intellectuelle. Ces baisses de moral s'accentuèrent dans sa vieillesse, surtout quand les maux de l'âge l'empêchaient de travailler.

En avril 1947, Hayek convoqua trente-neuf penseurs éminents, dont Karl Popper, Milton Friedman, George Stigler, Ludwig von Mises, Lionel Robbins et Maurice Allais entre autres économistes et chercheurs prestigieux d'Europe et des États-Unis, pour une réunion à Vevey (Suisse), auprès du lac de Genève, où ils eurent dix jours de débats et de conférences. C'est ainsi que naquit la Société du Mont-Pèlerin dont l'objectif était d'actualiser et de défendre le libéralisme classique et dont le premier président fut Hayek lui-même. Son influence sur l'horizon intellectuel et politique serait de longue portée.

À la fin de 1949, il connut un drame personnel qui affecterait sa relation avec quelques-uns de ses amis dont le plus intime, son camarade de la London School of Economics Lionel Robbins. Ce fut quand Hayek abandonna sa première femme, Hella, et obtint le divorce en Arkansas où il s'installa pour pouvoir bénéficier des lois locales. Plus tard, il se remarierait avec cette cousine, Helene Bitterlich, son amour d'adolescence. Cette rupture indigna plusieurs de ses amis, dont Robbins, qui mit fin à son amitié et à toute relation avec Hayek des années

---

greater under Pinochet that it had been under Allende »). Et il le répéta dans *El Mercurio* de Santiago du Chili le 12 avril 1981.

durant. Ils se réconcilieraient seulement onze ans après, comme l'indique Alan Ebenstein, à l'occasion du mariage du fils de Hayek, Larry.

Son chef-d'œuvre est *La constitution de la liberté* (1960), que viendraient enrichir les trois gros volumes de *Droit, législation et liberté* (1973-1979) dans les années 70. Dans ces livres, il explique, avec une lucidité conceptuelle qui s'appuie sur une connaissance encyclopédique de la praxis, ce qu'est le marché, un système quasi infini de relations entre les êtres qui composent une société et entre les sociétés elles-mêmes pour se communiquer réciproquement leurs besoins et leurs aspirations, les satisfaire et organiser la production et les ressources en fonction de ces besoins. Personne, pas même von Mises, n'a mieux résumé que Hayek les bénéfices de tous ordres qu'apporta à l'être humain ce système d'échanges que personne n'inventa, qui naquit et se perfectionna en fonction du hasard et, surtout, de l'irruption de la liberté, cet accident dans l'histoire humaine.

Quand l'idée socialiste d'organiser la société selon un plan prémédité pour en finir avec l'exploitation des pauvres par les riches et remplacer la lutte des classes par une prétendue fraternité universelle surgit-elle ? Elle surgit au même moment que l'idée d'aborder les questions sociales avec la même méthode scientifique que celle qu'on applique à la nature, ce que Hayek vit comme une façon astucieuse de justifier le « constructivisme », c'est-à-dire la planification, ennemie de la liberté. Cette idée est antérieure au « socialisme scientifique » de Marx et Engels, c'est un produit du XIXe siècle, celui des grandes constructions idéologiques, ces créations intellectuelles acharnées à fonder la société parfaite ou, selon le vocabulaire de l'époque, « faire descendre le paradis sur terre ». Dans un livre, publié pour la première fois en 1952, qui réunit des études d'époques diverses portant discussion sur la validité des méthodes scientifiques pour faire face aux questions sociales, Hayek démontre que l'idée de « planification socialiste » trouve en réalité son origine dans le saint-simonisme et que cette doctrine est la préfiguration la plus évidente et sans équivoque du socialisme marxiste-léniniste et de sa vocation obsessionnelle pour la planification[1].

Les essais que Hayek consacre au comte Henri de Saint-Simon, à Auguste Comte, à Barthélemy-Prosper Enfantin et, au passage, à Charles Fourier, Victor Considérant et Pierre-Joseph Proudhon – c'est-à-dire aux saint-simoniens, fouriéristes et autres mouvements et sectes d'idéologues en conflit entre eux mais tous s'efforçant de reconstruire une société de fond en comble selon des modèles intellectuels préfigurés – constituent une fresque murale animée de vies trépidantes, de fantaisies idéologiques audacieuses et d'aventures romanesques où prévaut la conviction que la réalité humaine peut se construire comme une œuvre d'ingénierie (rappelons que Staline voulait que les écrivains soient les « ingénieurs de l'âme »). Le saint-simonisme élimine tout ce qui peut être cause de divisions et d'inégalités entre

1. F. A. von Hayek, *The Counter-Revolution of Science. Studies on the Abuse of Reason*. 2e édition, Indianapolis, Liberty Fund, 1979.

les êtres humains : la propriété privée, le marché, la concurrence et, en dernier ressort, cette liberté qui est source d'inégalités, d'abus et d'exploitation dans le monde capitaliste. La science et l'ordre se substitueraient ainsi à l'anarchie et à la convoitise dans le domaine économique. La vie productive serait sous la surveillance d'une Banque centrale par laquelle l'État exercerait sa bienveillante autorité, soutenue par la compétence de ses ingénieurs, entrepreneurs et techniciens, héros intellectuels du moment, surtout s'ils sortaient de l'École polytechnique, que les saint-simoniens considéraient comme une véritable fabrique de génies. Quelque temps après, Marx et Engels écarteraient de manière un peu méprisante ce qu'ils appelaient le « socialisme utopique ». Hayek montre que ce séduisant délire visant à refaire la société pour la faire passer de perfectible à parfaite selon un modèle fonctionnant comme une machine – ce que le socialisme marxiste adopterait – dérive sans équivoque du rêve saint-simonien grâce auquel l'intrépide comte croyait que les êtres humains atteindraient enfin la vraie liberté.

C'est seulement pour les ignorants et ses ennemis, acharnés à caricaturer la vérité pour mieux la réfuter, que le marché est uniquement un système de libre-échange. Toute l'œuvre de Hayek est un prodigieux effort scientifique et intellectuel pour démontrer que la liberté de produire et de commercer ne sert à rien – comme le prouvèrent l'ex-Union soviétique, les ex-républiques socialistes d'Europe centrale et les démocraties mercantilistes d'Amérique latine – sans un ordre légal rigoureux et efficace qui garantisse la propriété privée, le respect des contrats et un pouvoir judiciaire honnête, compétent et indépendant du pouvoir politique. Sans ces exigences de base, l'économie de marché est une rhétorique derrière laquelle se poursuivent les exactions et la corruption d'une minorité privilégiée aux dépens de la majorité de la société, ce que les libéraux appellent « le mercantilisme ».

Ceux qui, par ingénuité ou mauvaise foi, agitent comme preuve de l'échec du libéralisme les difficultés que traversent la Russie et certains de ses pays satellites qui sont passés d'un régime totalitaire à la tentative d'une démocratie dotée de politiques de marché ignorent Hayek ou l'ont mal lu. Parce que personne n'a insisté autant que lui sur le fait que le libéralisme ne consiste pas à libérer les prix et ouvrir les frontières à la concurrence internationale, mais plutôt à réformer intégralement un pays, privatiser et décentraliser à tous les niveaux, et transférer à la société civile – suivant l'initiative d'individus souverains – les décisions économiques essentielles. Ajoutons-y l'existence d'un consensus sur les règles du jeu qui privilégient toujours le consommateur par rapport au producteur, le producteur par rapport au bureaucrate, l'individu par rapport à l'État et l'individu vivant et concret, ici et maintenant, par rapport à cette abstraction avec laquelle les autocrates justifient toutes leurs impostures : l'humanité future.

L'individualisme est un facteur central de la philosophie libérale et, bien entendu, de la pensée de Hayek. Individualisme ne signifie évidemment pas cette vision romantique selon laquelle tous les grands faits historiques, de même que les progrès accomplis dans les domaines scientifiques, culturels et sociaux, sont le produit des prouesses d'individus exceptionnels – les héros – mais plus simplement que les individualités ne sont pas de purs épiphénomènes des collectivités auxquelles ils appartiennent et qui les modèleraient de la même façon que les machines les produits industriels. L'individu jouit de sa souveraineté et, bien qu'une partie de ce qu'il est s'explique par le milieu dans lequel il naît et se forme, il y a chez lui une conscience et un pouvoir d'initiative qui l'émancipent de ce placenta grégaire et lui permettent d'agir librement, selon sa vocation et son talent, et souvent d'imprimer sa marque sur l'environnement dans lequel il vit. L'ambition est, chez l'individu, la force qui dynamise l'économie de marché, ce qui rend possible le progrès. C'est pourquoi les formules keynésiennes qui confient à l'État la conduite et l'orientation de la vie économique au moyen de la planification lui paraissent émousser cette « ambition » et produire de profondes distorsions dans le fonctionnement du marché.

Cette conception dérive de l'idée de la liberté qui est au cœur de la doctrine libérale. Les destins humains ne sont pas écrits d'avance, ils ne se trouvent pas tracés de manière fatidique. Individus et sociétés peuvent dépasser les conditionnements géographiques, sociaux et culturels et modifier l'ordre des choses par des actes en optant pour certaines décisions et en en écartant d'autres. Pour cette raison, parce qu'ils jouissent de cette marge de liberté, ils sont responsables de leur propre destin. Tout cela est admirablement décrit par Hayek dans un essai dont l'objet est de montrer les similitudes entre deux penseurs qu'on croirait très éloignés l'un de l'autre : « Comte et Hegel[1] ».

Le respect de la loi est chez Hayek inséparable de sa foi dans le marché libre, mais il a toujours fait la distinction – et il l'explique très clairement dans les trois volumes de *Droit, législation et liberté* – entre loi et législation : *kosmos*, qui est l'ordre légal spontané, et *taxis*, la légalité imposée par le pouvoir. La première est cette forme de légalité naturelle, créée et perfectionnée par la coutume et la tradition en réponse au besoin de créer un ordre pour résoudre les litiges et éviter le chaos et la violence au sein d'une société. La seconde est cette justice planifiée et rationnellement sanctionnée par les parlements et les tribunaux qui, parfois, fracture et déforme la première au point d'être aussi préjudiciable, dans le domaine juridique, que la planification économique, chose qui, dans le système d'idées de Hayek, constitue toujours une menace pour la liberté.

Le grand ennemi de celle-ci est le constructivisme, la fatidique prétention – c'est ainsi que s'intitule le dernier ouvrage de Hayek : *La présomption fatale* (1989) – de vouloir organiser, de quelque centre de pouvoir que ce soit, la vie de la communauté, en substituant aux institutions surgies sans préméditation ni contrôle (la loi commune, le *kosmos*) des structures artificielles et tournées vers des objectifs tels que « rationaliser » la production, « redistribuer » la richesse, imposer l'égalitarisme et uniformiser le tout social en une idéologie, une culture ou une religion.

1. F. A. von Hayek, *The Counter-Revolution of Science*, *op. cit.*

La critique féroce que fait Hayek du constructivisme ne s'arrête ni au collectivisme des marxistes, ni à l'État providence des socialistes et des sociaux-démocrates, ni à ce que le christianisme social appelle le « principe de subsidiarité », ni à cette forme dégradée du capitalisme qu'est le mercantilisme – les alliances mafieuses du pouvoir politique et des entrepreneurs influents pour se répartir, en prostituant le marché, cadeaux, monopoles et prébendes. En vérité, rien ne l'arrête, pas même le système dont il fut l'un des hérauts les plus pugnaces de notre temps : la démocratie, que l'indomptable Hayek, surtout dans ses dernières années, s'employa à autopsier de façon très critique en décrivant ses déficiences et ses déformations, l'une d'entre elles étant le mercantilisme et une autre la dictature des majorités sur les minorités. Ce sujet le conduisit à proclamer ses craintes sur l'avenir de la liberté dans le monde à ce moment précis où l'on célébrait, avec la chute des régimes communistes, ce qui paraissait l'apogée du système démocratique sur la planète.

Pour contrecarrer ce monopole du pouvoir que les majorités exercent dans les sociétés ouvertes et garantir la participation des minorités au gouvernement et à la prise de décision, Hayek imagina un système complexe – qu'il n'hésita pas à baptiser « utopie » – appelé *démarchie*. Une assemblée législative, élue pour quinze ans par les citoyens de plus de quarante-cinq ans, y veillerait aux droits fondamentaux. En même temps, un parlement, semblable à celui qui existe dans les pays démocratiques, s'occuperait des affaires courantes et des questions d'actualité.

La seule fois où je me suis entretenu avec Hayek, à Lima, en novembre 1979, à l'occasion d'une conférence intitulée « Droit et économie de marché », qui souffla un vent de modernité et de libération sur un pays qui souffrait déjà de onze ans de dictature militaire, je suis parvenu à lui dire qu'en le lisant, j'avais eu parfois l'impression que certaines de ses théories paraissaient matérialiser cet ambitieux feu follet : la récupération, par le libéralisme, de l'idéal anarchiste d'un monde sans coercition, de pure spontanéité, avec un minimum d'autorité et un maximum de liberté, entièrement construit autour de l'individu. Il m'a regardé avec bienveillance et a fait une citation moqueuse de Bakounine pour qui, naturellement, il ne pouvait avoir la moindre sympathie.

Et pourtant, il y avait quelque ressemblance entre ce principe échevelé du XIXe siècle d'une vie aventureuse cherchant à rompre les chaînes qui freinent les impulsions créatives de l'être humain et le méthodique professeur érudit à la vie tranquille qui, avant de mourir, affirmait dans un entretien : « Tout libéral doit être un agitateur. » Ils avaient en commun la méfiance envers la raison humaine, orgueilleuse au point de se croire capable de remodeler la société sans tenir compte des institutions créées spontanément, et la foi démesurée que tous deux professèrent pour cette fille du hasard et de la nécessité qu'est la liberté, la plus précieuse créature que l'Occident ait donnée à la civilisation pour fournir une solution à ses problèmes et catapulter l'aventure humaine vers de nouveaux et périlleux exploits.

La présomption fatale[1] (1989), dernier essai que Hayek écrivit alors qu'il avait déjà quatre-vingts ans, est un des livres les plus importants du XXe siècle, et aussi l'un des plus originaux et révolutionnaires. Ce n'est pas un essai d'économie, plutôt un traité philosophique et moral, écrit par un penseur ayant une solide formation économique qui, comme Adam Smith et John Stuart Mill, ses prédécesseurs et maîtres, ne crut jamais que l'économie fût capable de résoudre seule tous les problèmes humains.

Le sujet central du livre est la civilisation et le progrès, ce qui distingue l'homme du reste des êtres vivants, toujours égaux à eux-mêmes, prisonniers de leurs instincts ou d'une structure biologique inamovible, incapables, de ce fait, de se transformer.

Au soir de sa vie, d'une longue existence dédiée à l'étude, à la recherche et à l'enseignement, Hayek explique dans ce livre sans notes, avec simplicité et clarté pour le lecteur moyennement cultivé, sa conception de la manière et des raisons qui ont poussé les êtres humains au long de leur histoire millénaire à changer ou à modifier l'environnement dans lequel ils vivaient et, en même temps, à se transformer eux-mêmes jusqu'à atteindre, aujourd'hui, à la civilisation, mot qui, dans la bouche de Hayek, signifie liberté, légalité, individualisme, propriété privée, marché libre, droits de l'homme, convivialité et paix. Que personne n'a inventé la civilisation,

1. F. A. Hayek, *La présomption fatale*, trad. Raoul Audouin, Paris, PUF, 1993.

qu'elle est née peu à peu et de manière plutôt inattendue était une vieille idée de Hayek : « Mais en réalité notre civilisation est en grande partie un résultat imprévu et non recherché de notre soumission aux règles morales et légales qui n'ont jamais été inventées pour un résultat prédéterminé, mais qui ont prospéré parce que les sociétés qui peu à peu les avaient développées s'imposèrent dans chaque cas aux autres groupes qui suivaient des règles différentes, moins favorables au développement de la civilisation[1]. » Le processus qui a permis à l'être humain de sortir de la vie animale de ses ancêtres – la vie de la caverne et de la tribu – et de parvenir aux étoiles et à la démocratie a été possible, selon Hayek, grâce à ce qu'il appelle « les ordres spontanés » surgis, comme leur nom l'indique, de manière imprévue, ni planifiée ni dirigée, comme un mouvement de grands ensembles sociaux occupés à dépasser leurs conditions de vie et qui découvrent de cette façon des instruments déterminés ou des modes de relation capables de faciliter cette mutation pour améliorer la vie qu'ils mènent.

Le langage, la propriété privée, la monnaie, le commerce et le marché sont des exemples typiques de ces « ordres spontanés ». Aucune de ces institutions n'a été inventée par une personne, une communauté ou une culture particulière. Elles sont apparues de manière naturelle, en différents lieux, comme conséquence de conditions déterminées

1. *The collected essays of F. A. Hayek, vol. 4, The fortunes of liberalism : essays on Austrian economics and the ideal of freedom*, Routledge, 1992.

auxquelles la communauté a répondu de façon créative, suivant plus une intuition ou un instinct qu'un raisonnement intellectuel, et qu'ensuite l'expérience vécue légitimerait, la modifiant, l'éliminant ou la remplaçant par une autre.

Ces ordres spontanés sont, pour Hayek, des institutions pragmatiques mais également morales parce que, grâce à elles, non seulement la réalité matérielle et les conditions de vie ont évolué, mais aussi les coutumes, la manière de se comporter avec le prochain, le civisme, l'éthique. Dit autrement, grâce à l'apparition du commerce, des contrats, de la légalité, de la communication et du dialogue, l'homme s'est dé-barbarisé, le fauve qui était en lui a disparu pour laisser place au citoyen respectueux et solidaire des autres, égaux et différents de lui. D'après Hayek, le facteur-clé de la civilisation n'est ni la raison, ni la connaissance – toujours fragmentaire, incomplète et éparse – mais une certaine soumission des deux à une tradition épurée par l'expérience vécue.

Les ordres spontanés sont loin d'être tous bons. Au cours du long processus de la civilisation, les êtres humains ont élu ces institutions qui contribuaient à son progrès réel et abandonné celles qui l'affectaient. L'expérience vécue fut la grande maîtresse et conseillère au moment de procéder à cette sélection, de même que les religions qui aidèrent les ensembles sociaux à comprendre plus clairement le caractère positif ou négatif des institutions créées par l'« ordre spontané ». Tout cela sans prendre en compte, bien entendu, la prétention de toutes les religions à exprimer une vérité ultime et définitive, ce qui a fait et continue à faire couler beaucoup de sang dans l'histoire. Hayek, qui se déclarait agnostique et incapable d'accepter l'anthropomorphisme de Dieu postulé par le christianisme, estimait le rôle positif des religions en termes strictement historiques et sociaux.

Le grand adversaire de la civilisation, d'après Hayek, est le constructivisme ou l'ingénierie sociale, la prétention d'élaborer intellectuellement un modèle économique et politique et de vouloir ensuite l'implanter dans la réalité, ce qui n'est possible que par la force – par une violence qui dégénère en dictature – et qui a échoué dans tous les cas où on l'a essayé. Les intellectuels ont été, pour Hayek, des constructivistes-nés et, de ce fait, de grands ennemis de la civilisation (il existe des exceptions à cette croyance extrémiste, bien entendu, à commencer par lui-même). Ils ne sont pas enclins à croire au marché, ce système impersonnel qui agrège les initiatives individuelles selon un ordre et génère emploi, richesse, opportunités et, en fin de compte, le progrès humain. Comme le marché est le produit de la liberté, les intellectuels sont souvent les grands ennemis de la liberté. L'intellectuel est convaincu du fait qu'en élaborant rationnellement un modèle juste et équitable de société, celui-ci peut s'imposer à la réalité. D'où le succès du marxisme dans les milieux intellectuels. Cette croyance est pour Hayek « l'expression d'une prétention intellectuelle aux antipodes de l'humilité intellectuelle qui constitue l'essence du véritable libéralisme, lequel considère avec respect ces forces spontanées par lesquelles les individus créent des choses plus importantes que celles qu'ils pourraient créer intentionnellement[1] ». L'effet pratique de cette croyance est le socialisme (que Hayek identifie à la planification économique et au dirigisme d'État), un système qui, pour s'imposer, nécessite l'abolition de la liberté, de la propriété privée, du respect des contrats, de l'indépendance de la justice et la limitation de la libre initiative individuelle. Il a pour résultat l'inefficacité productive, la corruption et le despotisme.

La conception de la civilisation selon Hayek s'est profondément érodée depuis sa mort. Les idées qui, pour lui, avaient un rôle si important dans la vie des nations libres se sont beaucoup dégradées et, dans le monde moderne, les images ont accaparé le rôle que celles-là avaient auparavant. D'une certaine manière, les écrans ont remplacé les livres comme source première de la connaissance et de l'information pour ce qu'on appelle l'opinion publique.

D'un autre côté, Hayek n'aurait jamais pu imaginer que le phénomène de la corruption s'étende, comme cela s'est produit, au sein des institutions qui, pour cette raison, ont perdu une grande partie de l'autorité qu'elles détenaient auparavant. C'est le cas de la justice, sujette un peu partout à de spectaculaires affaires de corruption sous l'effet de l'argent ou sous l'influence du pouvoir.

Cela s'est répercuté aussi dans l'entreprise – publique et privée – et sur le fonctionnement du marché qui n'a pas été seulement affecté par

1. F. A. von Hayek, « Discours lors de la première réunion de la Société du Mont-Pèlerin le 1er avril 1947 », Mont-Pèlerin, Vevey, Suisse. La traduction française est des traducteurs.

l'interventionnisme d'État, mais aussi, souvent, par des trafics et des influences qui favorisent certaines entreprises ou des particuliers grâce au pouvoir politique ou économique dont ils disposent.

La morale publique, à laquelle Hayek accorde tant d'importance, s'est aussi disloquée partout en raison de l'appétit de lucre qui prime sur toutes les valeurs et qui conduit de nombreuses entreprises et des particuliers à tricher en violant les règles qui régulent la libre concurrence.

La grande crise financière moderne a été l'expression dramatique de cet effondrement des idées et des valeurs hayékiennes.

LA ROUTE DE LA SERVITUDE

Hayek réfléchissait aux principaux éléments de *La route de la servitude* – autre grand panégyrique, paru en 1944, en faveur de la liberté au XXe siècle – depuis 1933, si l'on en croit le rapport qu'il écrit cette année-là sur l'arrivée du nazisme au pouvoir en Allemagne. Ils consistent à soutenir qu'en dépit de leur haine réciproque, il existe entre le communisme et le nazisme un dénominateur commun : le collectivisme, c'est-à-dire leur haine de l'individualisme et de la pensée libérale fondée sur le respect de la propriété privée, la coexistence d'idées et de croyances distinctes au sein d'une société démocratique, la libre entreprise, l'économie de marché et la liberté politique.

Pour Hayek, seuls l'individualisme, la propriété privée et le capitalisme de marché garantissent la liberté politique. Le contraire conduit à plus ou moins brève échéance à l'échec économique, à la dictature et au totalitarisme. L'idée qu'il y a une identité fondamentale entre le communisme, le socialisme et le nazisme était révolutionnaire quand Hayek l'ébaucha pour la première fois en 1933. Il se trompa en ne reconnaissant pas l'importance qu'avaient, dans le cas du nazisme, son nationalisme et son racisme, la croyance délirante selon laquelle la race aryenne était supérieure et, pour cette raison, pouvait exercer une domination brutale sur toutes les autres. Sur ce point, il existait une différence substantielle avec le collectivisme communiste qui défendait l'« internationalisme prolétarien » et ne soutenait aucun préjugé théorique sur une supériorité supposée de la race aryenne ni ne discriminait les Juifs comme race inférieure et se proposait encore moins de les exterminer.

Les critiques de Hayek sur la planification qu'il condamne, en premier lieu, en tant que tentative de contrôle économique sur la société condamnée à l'échec et, en second lieu, comme processus qui conduit inévitablement à la disparition des libertés et à l'installation d'une dictature, sont d'une pénétrante lucidité. Innovantes par leur radicalité, elles constituaient une dérive logique de sa méfiance envers les grandes constructions rationnelles visant à transformer la société et de sa défense des « ordres spontanés » comme le marché libre et le régime de concurrence qui, d'après lui, mirent en mouvement le processus de modernisation en Occident.

Hayek fait preuve d'une grande perspicacité en signalant comment, dans les démocraties occidentales, l'idée de la planification économique s'est ouvert la voie sans que ses promoteurs comprennent que ses conséquences politiques seraient, tôt ou tard, la réduction des libertés dans tous les domaines, non seulement l'économique, mais aussi le politique, le culturel, l'individuel. C'est pourquoi le livre est dédié aux « socialistes de tous les partis », c'est-à-dire à ceux qui, se croyant adversaires des socialistes, acceptent une politique économique interventionniste capable, à plus ou moins brève échéance, de détruire la démocratie. Hayek prend pour exemple le cas de H. G. Wells qui se déclarait un fervent défenseur de la planification économique et en même temps écrivait un livre en faveur des droits de l'homme : « Les droits individuels que Monsieur Wells espère sauver – l'admoneste Hayek – se verront inévitablement obstrués par la planification qu'il désire. » Son cas s'oppose à celui de Max Eastman, ancien défenseur du communisme et de l'URSS qui, après avoir visité ce pays et découvert la distance qu'il y avait entre l'utopie collectiviste et la réalité, comprit que « la propriété privée » avait donné à l'homme « la liberté et l'égalité que Marx espérait rendre infinies en abolissant cette institution ».

On peut apporter quelques nuances aux thèses de Hayek. L'État de droit, qu'il défend avec des arguments solides, est une forme atténuée de planification, car il oriente les activités sociales et économiques dans une direction déterminée et leur applique certaines limites. Ce type de planification – la légalité – est indispensable, à condition, bien sûr, que soient respectées la propriété privée et la libre concurrence et que l'interventionnisme de l'État soit réduit au minimum requis pour garantir la sécurité des citoyens et leur coexistence pacifique. Ce « minimum requis » varie d'un pays à l'autre, et aussi d'une époque à l'autre.

Un sujet que Hayek n'aborde ni dans cet essai ni dans aucun autre, du moins selon l'importance que cette question a atteinte de nos jours, est celui de la corruption. Il s'agit d'un des phénomènes qui affaiblissent le plus l'État de droit, le fonctionnement d'une démocratie en général, et, bien entendu, le marché libre. La croissance immodérée de l'État facilite la corruption sans aucun doute, mais, de nos jours, la raison primordiale pour laquelle elle a peut-être atteint l'ampleur qu'elle possède – ce que partagent pays développés et sous-développés, démocratiques ou autoritaires – est l'effondrement des valeurs morales, portées par la religion ou laïques, qui par le passé donnaient sa force à la légalité et qui aujourd'hui sont tellement faibles et minoritaires qu'au lieu de la brider, elles stimulent la transgression des lois à cause de la convoitise. La dernière crise financière qui a ébranlé les États-Unis et l'Europe depuis 2008 est en partie le résultat de cette volonté de lucre qui conduisit banques et entreprises à de grossières violations de la loi. Celles-ci précipitèrent la chute des économies, celles-là se ruinèrent et durent être secourues par l'argent public, c'est-à-dire l'argent de leurs victimes. Cela a fait un tort énorme au capitalisme et à l'économie de marché en redonnant quelque vitalité à ce qui avait l'air d'un collectivisme moribond. Il est donc opportun de rappeler la vieille idée des fondateurs de la pensée libérale comme Adam Smith, selon laquelle sans convictions morales solides (qui étaient pour lui inséparables de la religion), le libéralisme ne fonctionne pas.

Dans *La route de la servitude* comme dans d'autres livres, Hayek emploie le mot « socialisme » dans une acception qui se confond avec « communisme » : c'est un concept qui signifie collectivisme, dirigisme économique ou planification, disparition des libertés et du pluralisme politique, totalitarisme. Pourquoi n'établit-il jamais de différence entre ce socialisme marxiste-léniniste et le socialisme démocratique que pratiquaient, entre autres, les travaillistes anglais ? C'était celui qu'il avait vu de près car il vécut de nombreuses années en Angleterre où, précisément, il écrivit ce livre pendant les années de la Seconde Guerre mondiale.

La raison en est simple et se trouve expliquée dans *La route de la servitude*. Il croyait – ce fut une de ses grandes erreurs – que la distinction entre socialisme totalitaire et socialisme démocratique était une illusion, quelque chose de provisoire et de superficiel qui, dans la pratique, finirait par s'effacer au profit du premier. Selon Hayek, tout socialisme, lorsqu'il active la planification économique et met fin à la concurrence et à la propriété privée, établit automatiquement un mécanisme qui, à plus ou moins brève échéance, liquide le pluralisme politique et les libertés, que les planificateurs le veuillent ou non.

Se trompait-il avec semblable raisonnement ? Si un gouvernement met fin à la concurrence dans le champ économique et n'admet aucune autre possibilité dans ce domaine, il se voit obligé tôt ou tard d'exercer une coercition, d'imposer sa politique par-dessus les critiques qu'elle peut mériter, comme cela s'est produit en Union soviétique. Il n'y a aucun doute possible là-dessus. Mais Hayek ne se rendit pas compte du fait qu'une partie importante des socialistes – ceux précisément qui entendaient préserver les libertés et qui, pour cette raison, avaient pris leurs distances par rapport aux communistes – renonça à la planification économique et décida de respecter le marché, la concurrence et l'entreprise privée, recherchant plutôt l'égalité au travers de la redistribution, des mesures fiscales et des institutions à vocation sociale, comme les assurances médicales et les allocations. C'est ce que firent les socialistes suédois et, en général, les partis sociaux-démocrates européens. Il est vrai que, dans de nombreux pays occidentaux, ce socialisme est démocratique parce qu'il n'est plus un socialisme au sens traditionnel du mot et se trouve plus proche du libéralisme que du marxisme. Mais que Hayek ne le signale pas et qu'il regroupe indistinctement tous les socialismes dans sa vive critique de la planification et des planificateurs prête à confusion et peut le faire apparaître comme intolérant, ce qu'en vérité il ne fut jamais.

Le livre *Hayek on Hayek* (1994) est une excellente preuve de la diversité des opinions qui existent sur les questions économiques entre les libéraux eux-mêmes, et de l'incompatibilité de cette doctrine avec toute forme de dogmatisme et de sectarisme.

On prend communément Hayek, Mises et Friedman pour trois économistes libéraux, et ils le sont sans aucun doute. Cela signifie uniquement qu'ils ont davantage de points communs que de désaccords.

Mais leurs divergences sont importantes et Hayek fut celui qui les manifesta le plus, avec sa franchise caractéristique et parfois terrible.

Il éprouvait une profonde admiration pour Ludwig von Mises (1881-1973) avec qui il avait travaillé dans sa jeunesse à Vienne, peu après avoir obtenu son diplôme. Comme je l'ai rappelé, il dit de Mises que « c'était la personne de qui il avait le plus appris », bien qu'il ne fût jamais son professeur. En 1921, Mises le recommanda pour un poste au gouvernement autrichien et, dans les années suivantes, ils furent très proches. Hayek reconnaît que Mises lui donna des fonctions et des responsabilités qu'il aurait dû confier à des gens ayant plus d'expérience que lui. Hayek, de plus, suivit le célèbre séminaire (*Privatseminar*) que tenait Mises dans son propre bureau deux fois par mois depuis 1920. Ils se réunissaient à sept heures du soir dans un local spacieux qui pouvait contenir entre vingt et vingt-deux personnes. Ils parlaient économie, philosophie, sociologie, logique et « épistémologie de la science de l'action humaine ». Pendant qu'ils discouraient, Mises avait l'habitude de distribuer des chocolats aux participants. Tous venaient volontairement, comme des disciples, et finissaient par devenir ses amis. À dix heures du soir, ils allaient dîner dans un restaurant italien et ensuite, certains restaient au café Küstler à discuter jusqu'à l'aube[1]. Mises aida Hayek de manière décisive à fonder l'Austrian Institute for Business Cycle Research, conçu par lui, et où l'épouse de Hayek trouva également un emploi.

1. Ce que raconte Alan Ebenstein dans *Hayek. A Biography*, New York, Palgrave, 2001, p. 42.

Hayek signale que leurs différences se firent explicites en 1937 quand il publia un article sur « The Economics of Knowledge », où il essayait de persuader Mises qu'il se trompait en soutenant que la *market theory* était une priorité. Ce qui est prioritaire, dit Hayek, c'est « la logique de l'action individuelle ». Il ajoute que, bien que Mises fût très réticent à accepter les critiques de ses disciples, il ne voulut jamais se montrer informé de la critique qu'il lui avait faite dans cet article.

Il ajoute qu'étant aussi agnostique que Mises, il croyait cependant que la pensée libérale n'aurait pas été possible uniquement en fonction d'un effort intellectuel sans une « tradition morale » (c'est-à-dire religieuse et, sans doute, chrétienne).

Par ailleurs, il accuse Mises d'être « un utilitariste », un rationaliste strict qui croit que tout peut se « résoudre selon notre plaisir » (« *arrange according to our pleasure* »). Il insiste ensuite sur le fait qu'un « strict rationaliste » est autant dans l'erreur qu'un socialiste.

Au sujet de Milton Friedman (plus jeune que Hayek de quelques années car il était né en 1912), il dit qu'ils étaient « d'accord sur tout sauf sur la politique monétaire ». Et il lui reprochait d'être « un positiviste logique » du point de vue méthodologique. Il lui reconnaît, certes, un superbe pouvoir d'exposition et regrette de ne pas avoir fait une critique en profondeur de la compilation de Friedman, *Essais d'économie positive*, qui lui semble « un livre dangereux[1] ». Friedman lui renvoya ses flèches.

1. *Hayek on Hayek*, p. 144-145.

Dans un dialogue avec le biographe de Hayek, Alan Ebenstein, il dit qu'il était un grand admirateur de Hayek « sauf en économie » et que, tout en croyant que *La route de la servitude* était « un des grands livres de notre temps », la théorie du capital exposée par Hayek dans *Prix et production* était pour lui « illisible »[1].

N'est-ce pas là une preuve convaincante que le libéralisme est une ample doctrine aux courants divers et que les libéraux, quelle que soit leur sagesse, sont aussi des humains, c'est-à-dire des êtres sujets à l'envie, la susceptibilité et la vanité, tout comme le reste des mortels ?

Dans *La route de la servitude*, Hayek insiste beaucoup sur un des thèmes qui reviendront de temps à autre avec de nouvelles nuances et précisions dans nombre de ses essais futurs : comment, avec les meilleures intentions du monde, l'ignorance conduit de nombreux gouvernements démocratiques et des partis politiques qui croient avoir une vocation clairement antiautoritaire à saper les bases économiques sur lesquelles est assise la société ouverte. Cet interventionnisme dans l'économie prétend être modéré et obtenir des résultats moralement justes, juguler les excès du marché, créer une égalité des chances qui donne aux pauvres les mêmes avantages que ceux dont jouissent les riches, empêcher que ne surgissent des inégalités économiques si excessives qu'elles provoquent des explosions de violence sociale et, surtout, garantir la sécurité de l'emploi et de la rémunération des travailleurs eux-mêmes. Au

1. Alan Ebenstein, *op. cit.*, p. 81.

nom de cette sécurité, on a justifié dans nombre de pays un interventionnisme dans la vie économique qui a affaibli la liberté, parfois jusqu'à la faire disparaître. D'après Hayek, l'interventionnisme d'État possède une dynamique propre qui, une fois mise en marche, ne peut ni s'arrêter, ni revenir en arrière et oblige le planificateur à accroître son intrusion dans les libres échanges jusqu'à les supprimer et les remplacer par un système où l'État finit par fixer le prix des produits, les produire, les commercialiser et même déterminer le nombre de travailleurs que doit compter chaque industrie. De cette façon, la liberté s'éclipse peu à peu jusqu'à disparaître dans le domaine économique. Sa disparition, conclut Hayek, est le début de la fin de toutes les autres libertés, le chemin fatidique vers l'autoritarisme. C'est ce qui est arrivé en 1933, affirme-t-il, quand Hitler se hissa au pouvoir en Allemagne : la démocratie était déjà rongée en grande partie par l'interventionnisme d'État dans la vie économique et il ne restait plus qu'à lui donner le coup de grâce politique.

Un autre facteur que Hayek n'a pas pu prendre en compte dans son combat acharné contre l'interventionnisme d'État dans la marche de la société et dans la vie des citoyens, c'est le terrorisme. Bien qu'il ait existé depuis les temps les plus reculés, il a crû de telle manière à notre époque et provoqué de tels cataclysmes – comme ceux de New York, Paris, Madrid, Londres, Bruxelles et Barcelone ces dernières années – que le sentiment d'insécurité et la peur d'une nouvelle apocalypse déchaînée par l'islamisme fanatique se sont aiguisés. Cela fait que l'opinion tourne son regard vers l'État, en quoi elle voit la seule institution capable de protéger l'ensemble de la société de ce danger, la rendant moins réticente à accepter un « grand » État et, même, regardant avec sympathie, tel un indice de sa volonté de protéger les citoyens, l'interventionnisme d'État dans la vie en général, y compris dans l'économie.

Un des plus brillants chapitres de *La route de la servitude* est l'avant-dernier : « La fin de la vérité ». Il n'est pas consacré à l'économie, mais à la politique et à la philosophie. Il porte sur la fonction primordiale des mensonges et sur la manière dont ils deviennent des vérités dans les régimes totalitaires. Il part d'une différence essentielle entre gouvernements dictatoriaux et totalitaires : les premiers s'intéressent à l'exercice du pouvoir autoritaire et à lui seul (exercice qui consiste souvent aussi à voler) ; les seconds, en revanche, bien qu'ils aient aussi l'habitude de voler, s'attachent aux idées qu'ils considèrent comme des vérités absolues et, de ce fait, déploient des efforts inédits pour les faire entrer dans la tête du public. Comment ? En le persuadant, au moyen de la propagande, que ces idées sont les siennes propres, celles auxquelles le peuple a toujours aspiré même s'il ne le savait pas clairement, quelque chose que le régime, par son effort pédagogique, lui permettra maintenant de comprendre de manière limpide. Et d'autant plus irréfutables que les idées contraires à celles qu'il défend pour justifier sa politique seront abolies, sans canaux d'expression possibles, censurées dans les moyens de communication, éradiquées des programmes pédagogiques, condamnées dans les amphithéâtres universitaires, les livres, les revues, les périodiques, les radios, les stations de télévision. Ainsi la « vérité » officielle – celle du marxisme-léninisme, du national-socialisme, du fascisme, du maoïsme, du djihadisme – sera intronisée, changée en une chose plus importante qu'une simple idée : une atmosphère culturelle, l'air qu'on respire à travers toutes les disciplines et connaissances, qui souffle dans les sciences, les techniques, les arts et les lettres. L'idéologie et la religion atteignent ainsi à la condition d'avers et de revers d'une même médaille, la connaissance devient, comme la théologie, un acte de foi. Voilà une dérive inévitable, selon Hayek, de la planification. Celle-ci ne pourra jamais se restreindre à programmer une politique économique, elle est obligée par sa dynamique interne de se projeter, de contrôler et d'orienter toutes les activités sociales, y compris le champ intellectuel et les idées. De là s'ensuit non seulement une catastrophe économique, mais aussi une perversion et une dénaturalisation profonde de la vérité. Celle-ci cesse d'être quelque chose d'indépendant, un produit de la recherche scientifique ou intellectuelle, pour devenir une vérité fabriquée – dans la majorité des cas un mensonge présenté comme vérité pour des raisons politiques de contrôle du pouvoir – diffusée par les organismes officiels, une chose qui finit par imprégner toutes les disciplines, même les plus abstraites comme les mathématiques ou la métaphysique. Sur ce thème, Hayek exprime une réflexion sans appel : « La liberté de penser ne compte réellement que pour une minorité assez restreinte. Mais cette circonstance ne confère à personne la compétence et le pouvoir de choisir les élus auxquels on accordera cette liberté. [...] Le fait que sous tout régime la majorité du peuple suit les directives de quelqu'un n'implique nullement que tout le monde doive suivre les directives d'un même chef[1]. »

LA CONSTITUTION DE LA LIBERTÉ

Le livre le plus important de Hayek, *La constitution de la liberté*[2] (1960), auquel il faudrait ajouter, car c'est comme son complément, *Droit, législation et liberté*[3] (1973-1979), n'est pas de lecture facile. Hayek était un essayiste rigoureux et convaincant, mais son génie intellectuel manquait de grâce et d'élégance dans l'expression, il était dense, un peu raide, et parfois, comme dans ce traité exceptionnel, il s'embrouillait dans ses développements, ce qui rend difficile la compréhension de ses idées. (Une des raisons, sans doute, est que sa langue maternelle était l'allemand et que nombre de ses livres, comme *La constitution de la liberté*, furent écrits en anglais.) Ses arguments sont souvent interrompus par d'étouffantes notes de bas de page qui font perdre le fil du discours principal. Son immense culture économique le conduit fréquemment à tomber dans une érudition si extrême que les idées générales se perdent

1. F. A. von Hayek, *La route de la servitude*, traduit par G. Blumberg, PUF, 2013, p. 174.
2. F. A. von Hayek, *La constitution de la liberté*, traduit par Raoul Audouin et Jacques Garello avec la collaboration de Guy Millière, Paris, Litec, coll. Liberalia – économie et liberté, 1994.
3. F. A. von Hayek, *Droit, législation et liberté*, trad. Raoul Audoin, Paris, PUF, 2007.

dans les détails, comme cela arrive habituellement chez les grands érudits. En dépit de tout cela, le livre est un chef-d'œuvre, un des piliers intellectuels du XXe siècle, indispensable pour comprendre la culture de la liberté.

L'effort qu'exigea de lui l'écriture de ce livre dut être énorme, si grand qu'en le terminant, la fatigue accumulée et, sans doute, la tension nerveuse causée par le fait de cesser de fumer, le plongèrent dans une dépression qui durerait près d'un an (1960-1961). Plus tard, il dirait en plaisantant qu'il essaya de sortir de cet état en commençant à fumer la pipe. Mais il y réussit seulement après, quand il apprit à troquer le cigarillo contre le tabac à priser.

La constitution de la liberté devait être, selon le projet initial de son auteur, une étude sur l'avènement de la liberté – le commencement de la civilisation – dans la vie de l'Occident et sur la façon dont cette liberté se consolida au travers de traditions, de coutumes et de lois, jusqu'à imprégner toutes les manifestations de la vie sociale, l'économie, la politique, la culture, la religion, la famille, le travail, l'individu souverain, le public et le privé. Le livre est aussi cela, bien entendu. Mais il devint surtout ce qui est développé dans la seconde partie intitulée « La liberté dans l'État providence » : comment cette liberté s'est amoindrie et l'interventionnisme s'est développé de nos jours avec la naissance de l'État providence. Hayek tire presque toujours ses exemples de la Grande-Bretagne, bien qu'il fasse de fréquentes références à l'Allemagne et aux États-Unis. Le livre examine par une abondante documentation et de solides arguments comment les responsabilités de l'individu ont été progressivement expulsées par l'étatisme et le collectivisme croissants en réduisant sa marge de liberté et en augmentant la capacité de l'État à prendre des décisions dans des affaires qui concernent essentiellement la vie privée. Cette « étatisation » est menée dans les pays libres de manière discrète, parfois invisible, et souvent avec le consentement des individus expulsés de ces marges de liberté individuelle, qui considèrent ces mesures « liberticides » comme utiles ou justifiées du point de vue moral. Hayek analyse soigneusement tous les domaines où se produit cette étatisation rampante dans la vie contemporaine : emploi, santé, politique monétaire, éducation, logement, agriculture, etc.

La sécurité sociale et l'assurance maladie – services qui, bien que privés à une époque, sont, maintenant et dans le monde entier, de plus en plus des prestations de l'État – constituent une preuve typique de ce que, avec les meilleures intentions, l'on crée parfois des problèmes insolubles. Par exemple, le financement de ces services se trouve souvent hors de portée de ces mêmes gouvernements. Et parfois, par des mesures comme l'impôt progressif – *progressive taxation* – que l'on prend dans l'intention de corriger les inégalités excessives et de stimuler l'égalité des chances, on obtient des effets contre-productifs en décourageant l'investissement et la créativité entrepreneuriale, en annihilant la concurrence et en ouvrant les portes à un contrôle de la vie économique qui appauvrit la nation et la plonge dans la léthargie étatique.

Dans le chapitre XXI, « La charpente monétaire », un des plus lucides et brillants de l'ouvrage, Hayek aborde les phénomènes négatifs de l'inflation et de la déflation (le premier étant plus nocif que le second) et les possibilités restreintes dont l'État dispose pour les combattre à travers la banque centrale dans une société libre. Il explique que, par exemple, ceux qui préconisent des politiques inflationnistes, en suivant l'argument selon lequel elles permettent d'obtenir le plein emploi, sont presque toujours ceux qui souhaitent un contrôle plus grand de l'État sur la vie économique : « Ceux qui veulent défendre les libertés devraient reconnaître, en revanche, que l'inflation est sans doute l'élément le plus décisif de ce cercle vicieux où une action gouvernementale en entraîne d'autres et aboutit à toujours plus de contrôles[1]. »

Dans *La constitution de la liberté*, Hayek explique et défend l'inégalité en réfutant l'ancienne croyance démocratique selon laquelle « tous les hommes naissent égaux ». Cela ne signifie absolument pas que Hayek propose un traitement discriminatoire entre les êtres humains, au contraire, il affirme de manière péremptoire qu'il est nécessaire que tous les hommes « soient égaux devant la loi ». Mais précisément, selon Hayek, cette « égalité devant la loi » fait que surgissent ces différences entre les êtres humains qui résultent de leurs inégalités de talent, d'ambition, de capacité de travail, d'inventivité, d'imagination, de formation, etc. Toutes ces différences, dans une société libre, impliquent une participation distincte dans la production et les résultats qu'apporte le travail individuel à la société. Si les différents niveaux de revenu correspondent à cette contribution inégale

1. F. A. von Hayek, *La constitution de la liberté*, *op. cit.*, p. 336.

à la production, cela n'affecte en rien le principe d'égalité devant la loi et ne fait que récompenser les divers apports de manière juste et équitable.

Par ailleurs, l'inégalité qui résulte de ce système est une stimulation importante pour l'ensemble de la société et les individus isolés, car elle établit des performances et des records qui rendent possible l'émulation par le dépassement de soi.

Au sujet des pays sous-développés, Hayek dit que, pour leur bénéfice, les pays occidentaux ont pu prospérer et avancer grâce à leur propre système, de telle manière qu'ils ont maintenant un modèle à suivre et qu'ils peuvent également recevoir une aide des pays du premier monde dans leur combat pour le progrès. Cela aurait été bien pire si le progrès de l'Occident avait été limité et annulé par une justice distributive et égalitariste qui l'aurait maintenu dans le sous-développement en l'obligeant à répartir sa richesse. Répartir la pauvreté n'apporte de richesse à personne et contribue seulement à universaliser la pauvreté. La liberté, nous dit Hayek, est inséparable d'une certaine inégalité. Il faut préciser que, pour être éthiquement acceptable, cette inégalité devrait seulement refléter les différences de talent et d'effort des entreprises humaines et ne provenir en aucun cas du privilège ou d'une certaine forme de discrimination ou d'injustice.

Dans ce livre, Hayek ne manifeste pas toujours l'assurance absolue avec laquelle il émet des opinions et lance des affirmations sur nombre de sujets. L'éducation publique est l'une de ces exceptions[1].

1. F. A. von Hayek, *op. cit.*, chapitre XXIV.

En principe, Hayek accepte l'idée qu'il existe une éducation publique accessible aux étudiants issus de secteurs sociaux qui, sans elle, n'auraient pas accès à une bonne formation qui leur permette ensuite de travailler, gagner leur vie, progresser et contribuer au bien commun. Mais il signale les difficultés qu'il y a à trouver un système qui garantisse cette égalité des chances par une éducation publique de haut niveau sans que cela autorise l'État à établir un modèle unique d'éducation ni que se confondent le juste principe de l'égalité des chances et une égalité qui homogénéiserait arbitrairement l'ensemble de la société et empêcherait le libre développement des individus en fonction de leurs mérites propres et de leur effort. L'idéal est que les différences ne soient pas le résultat du privilège mais du travail et de la créativité de chacun dans un système de libre concurrence. Hayek décrit les difficultés et les contradictions à créer des écoles et instituts pour une « élite intellectuelle » d'étudiants doués sans installer des privilèges injustifiés et favoriser involontairement une précoce différence de classes, mais ne donne pas de formule qui résoudrait ce dilemme.

Le même genre de chose se produit en ce qui concerne la recherche scientifique et les établissements scientifiques et techniques de recherche créés ou subventionnés par l'État. Sur ce point, il se contente de dire qu'il est fondamental qu'aucun critère unique ne leur soit imposé mais qu'il faut garantir la liberté aux chercheurs, permettant ainsi des orientations idéologiques diverses et contradictoires. Avec quelques limites, bien entendu, comme celle-ci : « *Tolerance should not include the invocacy of intolerance* » (La tolérance ne doit pas accepter la promotion de l'intolérance). Il ajoute que, pour cette raison, il pense qu'il ne faudrait pas avoir de professeurs communistes à demeure dans les universités – ce qui n'est pas compatible avec la liberté du marché que défendait Hayek – mais que, si on le leur permet, ils doivent être respectés dans tout ce qu'ils enseignent et dans leurs orientations idéologiques.

« POURQUOI JE NE SUIS PAS UN CONSERVATEUR »

En conclusion de *La constitution de la liberté* figure un essai intitulé « Pourquoi je ne suis pas un conservateur » que Hayek avait lu en 1957 pour le dixième anniversaire de la Société du Mont-Pèlerin. Il y explique la différence entre un libéral et un conservateur, indispensable à notre époque où la gauche s'emploie habituellement à les confondre. C'est un texte capital où est précisée la ligne idéologique, morale et civique qui fait, en dépit de nombre de choses partagées, que le libéralisme est essentiellement éloigné du conservatisme, et que les conservateurs et les socialistes, qui se croient adversaires incompatibles, coïncident très souvent, bien qu'ils se situent à des extrêmes opposés.

Un conservateur, dit Hayek, ne propose aucune solution alternative à la direction dans laquelle le monde avance alors que pour un libéral, *ce vers quoi nous allons* est essentiel.

Le dessein d'un conservateur est dicté par la peur du changement et de l'inconnu, par son naturel enclin à « l'autorité » et qui, en général, souffre d'une grande ignorance des forces qui gouvernent l'économie. Il a tendance à voir avec bienveillance la coercition et le pouvoir arbitraire qu'il peut finir par justifier s'il croit que, par l'usage de la violence, il arrive à de « bonnes fins ». Ce dernier point creuse un abîme infranchissable avec le libéral pour qui « ni les idéaux moraux, ni les religieux justifient la coercition », ce que croient aussi bien les socialistes que les conservateurs. Par ailleurs, ces derniers ont l'habitude de rendre « la démocratie » responsable de tous les maux dont souffre la société. Et d'un autre côté, à la différence des libéraux convaincus de la capacité des idées à transformer l'histoire, les conservateurs, « ligotés par les idées héritées du passé », voient dans l'idée même du changement et de la réforme une menace pour leurs idéaux sociaux. Ainsi, les conservateurs sont fréquemment obscurantistes, c'est-à-dire rétrogrades en matière politique. Ils sont souvent aussi nationalistes et ne comprennent pas que les idées qui changent la civilisation ne connaissent pas de frontières et ont la même valeur dans des cultures et des zones géographiques distinctes. Un conservateur comprend difficilement la différence que font les libéraux entre nationalisme et patriotisme : pour lui, ce sont deux choses identiques. Ce n'est pas le cas pour un libéral. Le patriotisme, pour lui, est un sentiment bienfaisant de solidarité et de tendresse pour la terre où il est né, pour ses ancêtres, pour la langue qu'il parle, pour l'histoire qu'ont vécue les siens, quelque chose de parfaitement sain et légitime, alors que le nationalisme est une passion négative, une affirmation pernicieuse et une défense du bien propre contre ce qui est étranger, comme si le national constituait une valeur en soi, quelque chose de supérieur, idée source de racisme, de discrimination et d'étroitesse d'esprit.

Libéraux et conservateurs partagent une certaine méfiance envers la raison et la rationalité. Un libéral est conscient du fait que « nous n'avons pas toutes les réponses » et qu'il n'est pas sûr que nos réponses soient toujours les plus justes et les plus exactes, ni même que nous puissions trouver toutes les réponses aux questions que nous nous posons sur tant de choses dans tant de domaines différents. Les conservateurs jouissent le plus souvent d'une assurance très ferme sur toute chose, ce qui les empêche de douter d'eux-mêmes. Et, d'après Hayek – semblable en cela à Karl Popper –, le doute permanent et l'autocritique sont indispensables pour faire avancer la connaissance dans tous les champs du savoir.

Un libéral est habituellement « un sceptique », quelqu'un qui considère comme provisoires même les vérités qui lui sont les plus chères. Ce scepticisme à son endroit est justement ce qui lui permet d'être tolérant et conciliant envers les convictions et les croyances des autres, bien qu'elles soient très différentes des siennes. Cet esprit ouvert, capable de changer et de dépasser ses propres convictions, n'est pas fréquent et même souvent inconcevable pour qui croit, comme tant de conservateurs, avoir acquis des vérités absolues, imperméables à tout questionnement et à toute critique.

Les conservateurs sont en général identifiés à une religion alors que beaucoup de libéraux sont agnostiques. Mais cela ne signifie pas que les libéraux soient ennemis de la religion. Beaucoup sont croyants et pratiquants, comme l'était Adam Smith, père du libéralisme. Simplement, ils croient que le spirituel et le terrestre sont des sphères différentes et qu'il est opportun de maintenir cette indépendance réciproque parce que, quand elles se confondent en une seule entité, la violence éclate, comme le montre l'histoire de toutes les religions et comme le confirment ces derniers temps l'islamisme extrémiste et ses assassinats collectifs. Ainsi, à la différence des conservateurs qui croient que la vraie religion pouvait s'imposer aux païens, même au prix de l'usage de la force, les libéraux tendent à ne pas favoriser une religion par rapport aux autres en termes sociaux et économiques et, surtout, ils refusent qu'une religion s'arroge le droit de s'imposer à quiconque par la force. Dans *Hayek on Hayek. An Autobiographic Dialogue* (1994), édité par Stephen Kresge et Leif Wenar, est reproduit un entretien, probablement de ses dernières années, où Hayek dit que « récemment » il a découvert qu'il se sentait plus attiré par le bouddhisme que par « les religions monothéistes d'Occident » car celles-ci sont « épouvantablement intolérantes ». Et il lui paraît « admirable » qu'au Japon, les gens puissent être à la fois shintoïstes et bouddhistes[1].

Hayek admet que le mot « libéral » signifie de nos jours des choses différentes – aux États-Unis par exemple, il a changé de sens au point de vouloir dire « radical » et même « socialiste » – mais il

1. *Op. cit.*, p. 41.

n'en a trouvé aucun autre pour le remplacer. Et il ajoute avec humour que le terme *Whig*, bien qu'il soit assez exact, serait excessivement inactuel. Mais son contenu est très clair quand des intellectuels comme lui l'emploient, lui qui dans toute son œuvre a contribué de manière si décisive à donner au libéralisme un contenu très clair et à lui assigner des frontières très précises.

SIR KARL POPPER

(1902-1994)

UNE VIE DANS LE SIÈCLE

Sans Hitler et les nazis, Karl Popper n'aurait jamais écrit *La société ouverte et ses ennemis* (1945), ce livre-clé de la pensée démocratique et libérale moderne, et sa vie aurait probablement été celle d'un obscur professeur de philosophie des sciences confiné dans sa Vienne natale. On connaissait très peu l'enfance et la jeunesse de Popper – son autobiographie, *La quête inachevée* (1976), un témoignage exclusivement intellectuel, les escamote presque totalement – avant l'apparition de l'ouvrage de Malachi Haim Hacohen, *Karl Popper. The Formative Years 1902-1945* (2000), recherche exhaustive sur cette étape de sa vie dans le cadre éblouissant de la capitale de l'Empire austro-hongrois. La Vienne de la fin du XIXe siècle et des premières années du XXe était une ville multiculturelle, multiraciale et cosmopolite, d'une bouillonnante créativité littéraire et artistique, riche d'esprit critique et d'intenses débats intellectuels et politiques. C'est probablement là que fut en gestation, à l'état embryonnaire, l'idée poppérienne de la « société ouverte » par opposition aux « sociétés closes » du totalitarisme.

Comme depuis l'occupation nazie de l'Autriche en mars 1938 la vie culturelle traversait là une étape d'obscurantisme et de décadence dont ce pays ne se remettra jamais tout à fait – ses meilleurs talents avaient émigré ou avaient été exterminés ou étouffés par la censure et la terreur –, on a du mal à imaginer que la Vienne où Popper a fait ses premiers pas, découvert sa vocation pour la recherche, la science et la dissidence, appris le métier de menuisier, été maître d'école et a milité au parti socialiste, était sans doute la ville la plus cultivée d'Europe. C'était alors un monde où catholiques, protestants, juifs assimilés ou sionistes, libres-penseurs, francs-maçons et athées coexistaient, polémiquaient et contribuaient à révolutionner les formes artistiques, la musique surtout, mais aussi la peinture et la littérature, les sciences sociales, les sciences exactes et la philosophie. Un ouvrage de William Johnston, *L'esprit viennois : une histoire intellectuelle et sociale, 1848-1938* (1972)[1], reconstruit rigoureusement cette tour de Babel où, très tôt, Popper apprit à détester le nationalisme, qu'il désignait comme une « horrible hérésie » (« *dreadful heresy* ») de la civilisation occidentale, une de ses bêtes noires qu'il identifia toujours comme l'ennemi mortel de la culture de la liberté. En revanche, il a toujours été un défenseur déterminé des minorités, des pauvres et du « choc entre les cultures » qui, à son sens, pouvait être aussi

1. William M. Johnston, *L'esprit viennois : une histoire intellectuelle et sociale, 1848-1938*, trad. P.-E. Dauzat, Paris, PUF, 1985.

enrichissant que le « miracle grec » à l'époque de Périclès.

La famille de Popper, d'origine juive, s'était convertie au luthéranisme deux générations avant sa naissance, le 28 juillet 1902. Son grand-père paternel avait une formidable bibliothèque de quelque quinze mille volumes où l'enfant contracta la passion de la lecture et des livres depuis que, selon son propre aveu, il avait lu, ou on lui avait lu, une histoire de Selma Lagerlöf. Il ne se consola jamais de la vente de cette bibliothèque après dissipation des finances de sa famille qui, pendant son enfance, était encore très prospère. Dans sa vieillesse, quand pour la première fois de sa vie il perçut quelques droits d'auteur, il essaya naïvement de la reconstituer, mais sans y parvenir. Son éducation fut protestante, stoïque et puritaine, et, bien qu'il épousât une catholique, Hennie, sa camarade d'études à l'université, cette morale stricte, calviniste, de renoncement à toute sensualité, d'auto-exigence et d'extrême austérité, l'accompagna sa vie durant. D'après les témoignages recueillis par Malachi Hacohen, ce que Popper reprochait le plus à Marx et à Kennedy, ce n'étaient pas leurs erreurs politiques, mais leurs maîtresses.

Dans la Vienne de sa jeunesse – la Vienne rouge – prévalait un socialisme libéral et démocratique, propice au multiculturalisme, et maintes familles juives assimilées, comme la sienne, occupèrent des positions privilégiées dans la vie économique, universitaire, voire politique. Son rejet précoce de toute forme de nationalisme – le retour à la tribu – l'amena à s'opposer au sionisme et il pensa toujours que la création d'Israël fut « une tragique erreur ».

Sur le brouillon de son *Autobiographie*, il écrivit cette phrase très dure que cite Haim Hacohen : « Initialement je me suis opposé au sionisme parce j'étais contre toute forme de nationalisme. Mais je n'aurais jamais cru que les sionistes deviendraient racistes. Cela me rend honteux de mon origine, car je me sens responsable des actions des nationalistes israéliens[1]. »

Il pensait alors que les Juifs devaient s'intégrer aux sociétés dans lesquelles ils vivaient, comme l'avait fait sa famille, parce que l'« idée du peuple élu » lui semblait dangereuse ; cela annonçait, d'après lui, les visions modernes de la « classe élue » du marxisme ou de la « race élue » du nazisme. Cela dut être terrible pour quelqu'un qui avait de telles pensées de voir comment, dans la société autrichienne qu'il croyait ouverte, l'antisémitisme commençait à gonfler comme l'écume sous l'influence idéologique venue d'Allemagne, et de se sentir soudain menacé, asphyxié et contraint de s'exiler. Peu après, une fois dans son exil en lointaine Nouvelle-Zélande où, grâce à ses amis Friedrich von Hayek et Ernst Gombrich, il avait obtenu un modeste emploi de lecteur au Canterbury College de Christchurch, il allait apprendre que seize de ses proches parents – oncles, tantes, cousins, cousines –, outre d'innombrables collègues et amis autrichiens d'origine juive qui, comme lui, se croyaient parfaitement intégrés, seraient anéantis ou mourraient dans les camps de concentration, victimes du racisme démentiel des nazis.

1. La traduction française est des traducteurs.

Dans une lettre personnelle que quatorze ans plus tard il rendrait publique, en 1984, sous le titre « Contre les grandes phrases[1] », Popper synthétisa les croyances juvéniles qui le menèrent du socialisme au libéralisme de cette manière : « J'ai fait mes débuts comme élève, socialiste, d'un collège d'enseignement général et le jugeant peu attrayant, je quittai la sixième ; baccalauréat passé comme élève libre. À dix-sept ans (en 1919), j'étais toujours socialiste, mais adversaire de Marx (suite à des expériences avec des communistes). Dès avant le fascisme, d'autres expériences (avec des bureaucrates) me font comprendre que la puissance grandissante de la machine d'État représente le pire des dangers pour la liberté de l'individu et que cette machine, il faut donc la combattre en permanence. Mais tout cela n'était pas simple théorie ; j'appris le métier de menuisier (en opposition à mes amis intellectuels socialistes) et passai l'examen de compagnon ; je travaillai dans des centres d'accueil pour enfants ; je devins instituteur ; avant d'avoir terminé mon premier livre [...], je n'avais pas l'intention de devenir professeur de philosophie (*Logik der Forschung* [repris *in* trad. fr. *Logique de la découverte scientifique*] parut en 1934 ; on me proposa une chaire en Nouvelle-Zélande à Noël 1936.) [...] Je suis un antimarxiste et un libéral[2]. »

Le nazisme, l'exil et la guerre constituèrent le contexte qui conduisit Popper à s'écarter pendant

1. « Contre les grandes phrases », chapitre 6 de l'ouvrage *À la recherche d'un monde meilleur*, traduit de l'allemand par Jean-Luc Evard, Paris, Les Belles Lettres, 2011, p. 125-141.

2. *À la recherche d'un monde meilleur*, *op. cit.*, p. 126-127.

quelques années de ses recherches scientifiques et à prêter ce qu'il appellerait sa « contribution intellectuelle » à la résistance contre Hitler et la menace totalitaire. Avant de quitter l'Autriche il avait déjà publié, en 1934, *La logique de la découverte scientifique*, qui ne serait réédité, fortement augmenté, qu'un quart de siècle plus tard, en 1959. Dans cet essai, il réfute la connaissance inductive selon laquelle une hypothèse scientifique pourrait être validée au moyen de l'accumulation d'observations qui la confirment, et soutient que les vérités scientifiques, toujours contestables, ne le sont que pour autant qu'elles résistent à l'épreuve de la « falsifiabilité », c'est-à-dire tant qu'elles ne peuvent être objectivement réfutées, thèse qu'il allait élaborer et polir tout au long de sa vie.

LA SOCIÉTÉ OUVERTE ET SES ENNEMIS

En exil, il écrivit d'abord *Misère de l'historicisme* (1944-1945), et ensuite son chef-d'œuvre, *La société ouverte et ses ennemis* (1945). Malachi Haim Hacohen trace une histoire minutieuse et captivante des conditions rien de moins qu'héroïques – il dut apprendre le grec classique pour lire Platon et Aristote dans le texte – dans lesquelles Popper travailla à ces deux livres de philosophie politique en volant des heures aux cours et aux obligations administratives à l'université, demandant de l'aide bibliographique à ses amis européens et vivant dans une pauvreté qui, par moments, était proche de la misère. Il fut grandement aidé par la loyauté et le dévouement de

Hennie qui déchiffrait son manuscrit, le dactylographiait et, en outre, le soumettait à sa critique sévère.

L'ouvrage suit à la trace, dans leurs origines et leur développement au long de l'histoire, les idées qui impulsent et nourrissent les théories et doctrines ennemies de la liberté humaine. Après cinq ans de travail acharné, en 1945, parut cet essai qui allait faire de Popper le penseur libéral le plus audacieux de son temps. Il s'agit d'une description fouillée et d'un formidable plaidoyer contre la tradition qu'il appelle « historiciste », commencée avec Platon, renouvelée au XIXe siècle et enrichie avec Hegel et que Marx porte au pinacle. Popper voit au cœur de ce courant, matrice de tous les autoritarismes, une peur panique inconsciente de la responsabilité que la liberté impose à l'individu, lequel tend pour cela à sacrifier celle-ci pour se dégager de celle-là. D'où ce désir nostalgique de retourner au monde collectiviste, tribal, à la société immobile et sans changements, à l'irrationalisme de la pensée magico-religieuse antérieure à la naissance de l'individu, qui s'est émancipé du placenta grégaire de la tribu et a rompu avec son immobilisme grâce au commerce, au développement de la raison et à la pratique de la liberté. La mise en question systématique de toutes les prédictions de Marx est dévastatrice, mais ce dernier est traité dans ce livre par son plus implacable adversaire intellectuel avec respect et même, parfois, avec admiration. Ses bonnes intentions pour éliminer l'exploitation et les injustices sociales sont reconnues, tout comme son sérieux comme chercheur et son honnêteté intellectuelle. Popper dit qu'avoir libéré la sociologie du « psychologisme » est l'un des plus grands mérites de Marx et il en vient même à affirmer que, sans le savoir, l'auteur du *Capital* a été un secret défenseur de la société ouverte. Sa grande erreur fut de succomber à l'historicisme, de croire que l'histoire obéissait à des lois inflexibles et qu'elle pouvait être prévue par le chercheur en sciences sociales. Il met également en question la thèse de Marx selon laquelle les « conditions matérielles de production » (la structure sociale) expliquent et précèdent toujours les idées (la superstructure culturelle). Et il montre comment, parfois, les idées anticipent les changements sociaux et les conditions matérielles de production. Il donne comme exemple la révolution russe elle-même qui se serait difficilement produite en prenant la direction qu'elle a prise sans les idées marxistes qui guidèrent Lénine, son conducteur initial. Bien évidemment, ces idées avaient déjà dévié de la direction conçue par Marx, convaincu que le communisme adviendrait d'abord dans les pays capitalistes les plus développés, comme l'Angleterre et l'Allemagne, et non dans une société rétrograde et semi-féodale telle que la Russie.

Le grand méchant de *La société ouverte et ses ennemis* est Hegel, que Popper passe au crible et disqualifie avec une dureté rare chez lui (il le traite de « charlatan[1] », dénonce son « verbiage prétentieux », sa « phraséologie » et ses « élucubrations »[2], comme l'avait fait, avant lui, Schopenhauer). Parce que cet

1. Karl Popper, *La société ouverte et ses ennemis*, tome II, traduit par Jacqueline Bernard et Philippe Monod, Paris, Éditions du Seuil, 2018, p. 30.

2. *Ibid.*, p. 25-26.

homme bon et simple, d'une délicate humanité, fut toujours intransigeant en matière de liberté.

Il n'y a pas que Platon qui fasse l'objet d'une critique frontale dans ce livre. Aristote aussi, dont l'« essentialisme », dit Popper, est le lien le plus direct de la Grèce antique avec la philosophie de Hegel. Aristote, fondateur du « verbalisme », de la langue pompeuse qui ne dit rien, a légué, selon *La société ouverte et ses ennemis*, cette tradition à Hegel qui l'a amplifiée de façon effarante. Dans la toile d'araignée de mots où Hegel monte son système, on trouve les fondements de cet État totalitaire – collectiviste, irrationnel, dictatorial, raciste, anti-démocratique – originellement conçu par Platon. Et même perfectionné et perverti. Pour Hegel, l'Esprit, source de la vie, toujours en mouvement, progresse avec l'histoire en s'incarnant dans l'État, forme suprême de la modernité. Cet État, manifestation de l'essence de tout ce qui existe, est supérieur à l'ensemble des êtres humains qui forment la société ; au sommet de l'État se trouve le monarque, souverain absolu auquel on doit obéissance et soumission totales. L'État se renforce au moyen de l'action, comme cela s'est produit avec l'État prussien, et la forme supérieure de l'action est la confrontation, la guerre contre les autres États, auxquels celui-là doit s'imposer pour se justifier lui-même. La victoire militaire consacrera sa supériorité sur les autres. Le progrès humain est jalonné de héros, d'hommes qui accomplissent des actions glorieuses, à travers lesquels l'État se réalise et grandit. Le monarque – leader ou caudillo – est un être supérieur. Il peut tromper, mentir et manipuler les masses, comme

Platon autorisait à le faire les gardiens de *La République*, pour les maintenir dans la soumission, et être implacable contre ceux qui osent se révolter, car le plus grand crime que puisse commettre un citoyen est de se dresser contre l'esprit incarné par l'État, dont le souverain ou dictateur suprême est, à son tour, la projection quintessenciée. N'est-ce pas là la meilleure description de ces surhommes que furent Hitler, Staline, Mussolini, Mao ou Fidel Castro ?

Chef-d'œuvre absolu, la grande nouveauté du livre est que Popper ait trouvé l'origine et la racine de toutes les idéologies verticales et antidémocratiques en Grèce et chez Platon. Autrement dit, dans la culture même qui jeta les bases de la démocratie et de la société ouverte. La peur de la liberté naît donc avec elle et c'est nul autre que Platon, l'intellectuel le plus brillant de son temps, qui fut le premier à mettre la raison au service de l'irrationalisme (le retour à la culture close de la tribu, à l'irresponsabilité collectiviste et au despotisme politique, esclavagiste et raciste du chef suprême). Entre rationalisme et irrationalisme, Popper se livre à une défense serrée du premier et affirme que le second conduit, à court ou à long terme, au crime, et que, bien qu'elle ait commencé avec Platon, c'est « une des pires escroqueries intellectuelles de notre époque[1] ».

Est-il exact d'identifier l'irrationnel avec le collectivisme et la nostalgie de l'unité perdue de la tribu ? Des aspects pleinement humains tels que l'inconscient, les rêves, l'intuition, les instincts et les

1. *Ibid.*, p. 77.

passions ne relèvent-ils donc pas de l'irrationnel ? Il est vrai qu'ils entraînent, comme l'affirme Popper, des manifestations destructrices, parmi lesquelles le fanatisme et le dogmatisme politique et religieux qui conduisent à l'oppression et à la terreur. Mais l'irrationnel a produit aussi, sublimé, des créations artistiques extraordinaires comme la poésie mystique de Jean de la Croix ou moderniste de Rimbaud à Lautréamont, et un grand pan de l'art moderne se nourrit, du moins partiellement, de cette source non rationnelle de l'humain.

Popper a-t-il donné une interprétation fidèle de la pensée platonicienne ? Beaucoup d'hellénistes, de philosophes et d'essayistes politiques le contestent. Mais quand bien même Popper aurait chargé sa critique des idées de Platon et d'Aristote, son livre constituerait toujours une parfaite analyse des mécanismes psychologiques et sociaux qui amènent l'individu souverain à repousser les risques qu'implique la liberté et à préférer un régime dictatorial.

Malachi Haim Hacohen a dû travailler autant sur la jeunesse de Popper que ce dernier dans ses recherches sur les origines du totalitarisme dans la Grèce classique. Car, par moments, il donne l'impression qu'au cours de ces années d'intense investissement, malgré son admiration dévote et quasi religieuse pour Popper, il déchante au fur et à mesure qu'il découvre dans sa vie privée ses défauts et d'inévitables manies, son intolérance, son ingratitude envers ceux qui l'ont aidé, ses dépressions, sa réticence à accepter de nouvelles formes, idées et modes de la modernité. Certaines de ses critiques sont fort injustes, mais elles ne sont pas de trop dans un ouvrage consacré à celui qui a toujours soutenu que l'esprit critique est la condition indispensable du progrès véritable dans la science et la vie sociale, et soumis à l'épreuve de l'essai et de l'erreur – autrement dit, essayant de tester leur « falsifiabilité », de démontrer qu'elles sont erronées – les doctrines, théories et interprétations qui prétendent expliquer l'individu isolé ou plongé dans le tissu social.

Par ailleurs, Malachi Haim Hacohen établit clairement, à l'encontre de ce qu'on a pu croire pendant les années de la guerre froide, que Popper n'était nullement le philosophe-né du conservatisme, et que ses thèses sur la société ouverte et la société close, l'essentialisme, l'historicisme, le « troisième monde », l'ingénierie sociale fragmentaire, l'esprit tribal et ses arguments contre le nationalisme, le dogmatisme et les orthodoxies politiques et religieuses recouvrent un large spectre philosophique libéral où peuvent se reconnaître pareillement toutes les formations politiques démocratiques – des sociaux-démocrates aux conservateurs – à condition qu'elles acceptent la séparation des pouvoirs, les élections, la liberté d'expression et de marché. Voyez à ce sujet la récupération sociale-démocrate que fait de Popper le philosophe travailliste Bryan Magee dans son ouvrage *Popper*[1], ainsi que Jeremy Shearmur, qui fut assistant de Popper à la London School of Economics, dans son livre *The Political Thought of Karl Popper*[2]. Et Popper lui-même, dans

1. Bryan Magee, *Popper*, coll. Fontana Modern Masters, Londres, Fontana Books, 1973.

2. Jeremy Shearmur, *The Political Thought of Karl Popper*, Londres & New York, Routledge, 1996.

sa brève et schématique autobiographie, *La quête inachevée*, affirme : « Si la conjonction du socialisme et de la liberté individuelle était réalisable, je serais socialiste aujourd'hui encore[1]. » Mais pour ajouter : « ce n'était qu'un beau rêve[2] ».

Le libéralisme de Popper est profondément progressiste parce qu'il est imprégné d'une volonté de justice qui se trouve parfois absente chez ceux qui ramènent le destin de la liberté à l'existence de marchés libres, en oubliant que ceux-ci, par eux seuls, finissent, selon la métaphore d'Isaiah Berlin, par permettre aux loups de manger tous les agneaux. La liberté économique défendue par Popper devait être complétée par une éducation publique de haut niveau et diverses initiatives d'ordre social, comme la création d'institutions « pour protéger l'économiquement faible de l'économiquement fort » – retraite, assurance chômage, assurance contre les accidents du travail, éducation gratuite à l'école publique, interdiction du travail des enfants – et par une vie culturelle intense, accessible au plus grand nombre, afin de créer une *equality of opportunity* (égalité des chances) capable de contrecarrer, à chaque génération, les dogmes religieux et l'esprit tribal. Dans *La société ouverte et ses ennemis*, d'où proviennent ces citations, Popper est tout à fait clair : « *economic power may be nearly as dangerous as physical violence* » (« le pouvoir économique peut être presque aussi dangereux que la violence physique »)[3].

1. Karl Popper, *La quête inachevée*, Presses Pocket, 1989, p. 46.
2. *Ibid.*, p. 47.
3. *The Open Society and its Enemies.* Cette citation se trouve au chapitre 17 / III : « The Legal and the Social System ».

En Nouvelle-Zélande, Popper écrivit ses deux grands essais de philosophie politique, et les années suivantes, une fois rentré en Europe, il retournerait à ses recherches scientifiques et à ses réflexions philosophiques sans jamais abandonner les préoccupations sociales et politiques. En cela son installation en Angleterre, en 1946, fut décisive : « C'était en 1944. Mon épouse et moi-même venions de passer quelques jours de vacances à skier sur les pentes du mont Cook. Il faisait un froid de loup dans l'autocar qui nous ramenait chez nous, lorsque nous nous arrêtâmes, en pleine campagne, dans un de ces petits bureaux de poste néo-zélandais perdus dans la neige. À ma grande surprise, j'entendis quelqu'un m'appeler par mon nom, et l'on me tendit un télégramme – le télégramme qui devait changer notre vie. Il était signé par F. A. Hayek, lequel me proposait un poste de lecteur à la London School of Economics. La nomination suivit en 1945, et en 1949, on m'attribua une chaire de "Logique et Méthode scientifique"[1]. »

Ce fut, en effet, son ami Hayek qui lui procura ce travail à la London School of Economics. Il mena en Angleterre une vie consacrée à l'étude et à l'enseignement, et à écrire ses livres, articles et conférences. Malgré une discrétion et une modestie invétérées – à Salzbourg, à l'ouverture du festival consacré à Mozart, il dit que, depuis 1950, Hennie et lui menaient une vie de reclus à Chiltern Hills, « sans appareil de télévision, sans presse quotidienne[2] »,

1. Karl Popper, *Un univers de propensions. Deux études sur la causalité et l'évolution*, traduit et présenté par Alain Boyer, Paris, L'Éclat, 1992, p. 51.

2. Karl Popper, *À la recherche d'un monde meilleur*, *op. cit.*, p. 299.

mais écoutant de la bonne musique classique –, son génie fut reconnu. Dans ce qui allait être sa patrie d'adoption il reçut de multiples honneurs. Il obtint la nationalité britannique, fut anobli par la reine, appelé à la British Academy et à la Royal Society. Son prestige devint aussi grand que celui acquis dans le monde universitaire par son compatriote Ludwig Wittgenstein.

POPPER ET WITTGENSTEIN

Ces deux éminents penseurs se trouvèrent face à face une seule fois dans leur vie, le 25 octobre 1946, durant à peine dix minutes, et leur duel verbal, presque physique, fut si intense qu'il a pris des proportions mythiques. Que s'est-il réellement passé ? Quels furent les antécédents et les séquelles de cette rencontre où, au fil des années, beaucoup ont vu la ligne symbolique de division des deux courants centraux de la philosophie moderne ?

Si l'on est curieux de connaître la lame de fond soulevée par ce duel de titans, on doit lire *Wittgenstein's Poker*, sous-titré « The story of a ten-minute argument between two great philosophers », de David Edmonds et John Eidinow, deux journalistes culturels de la BBC. Leur livre se lit comme un roman policier. Les auteurs réussissent à convaincre leur lecteur que, pour comprendre convenablement ce qui s'est passé pendant ces dix minutes essentielles, il faut enquêter sur la vie culturelle dans la capitale autrichienne pré-hitlérienne, la vie intime et les querelles du cercle de Vienne, les biographies, thèses et travaux de Wittgenstein et de Popper, les tendances dominantes de la philosophie en Grande-Bretagne, surtout à Cambridge, et le grand débat en Occident, entrepris au moment de la montée du fascisme et poursuivi pendant la guerre froide, sur la fonction de la culture dans la vie politique des nations.

Les deux rivaux avaient beaucoup de choses en commun. Tous deux étaient nés en Autriche, au sein de familles juives converties (au catholicisme et au protestantisme) ; l'antisémitisme et le nazisme, après des péripéties qui conduisirent Wittgenstein en Norvège et Popper en Nouvelle-Zélande, les déplacèrent en Angleterre, qui leur accorda à tous deux la citoyenneté britannique. Le premier appartenait à une famille très riche, mais avait cédé tout son héritage à ses frères et sœurs, le second venait d'une classe moyenne aisée, mais tous deux manifestèrent toujours une prédisposition compulsive à la vie frugale et retirée, tendance qui chez Wittgenstein allait jusqu'aux rigueurs de l'ascétisme. Malgré leur passion pour les idées, ils vantèrent pareillement la pratique du travail manuel – Wittgenstein étant jardinier et Popper menuisier – qu'ils considéraient comme une prophylaxie de la vie intellectuelle. Le puritanisme du milieu dans lequel ils étaient nés marqua la vie sexuelle des deux hommes, caractérisée par la sobriété et le contrôle sur soi, aussi bien dans les précaires relations homosexuelles de Wittgenstein que dans le couple très austère de Popper avec Hennie, la seule femme de sa vie (le philosophe avoua à un ami, dans sa vieillesse, que sa mère ne l'avait jamais embrassé et qu'il n'avait jamais baisé les lèvres de sa femme). Tous deux étaient redevables à Bertrand Russell – témoin et comparse de la rencontre du 25 octobre 1946 – qui fit des pieds et des mains pour obtenir que le *Tractatus logico-philosophicus* de Wittgenstein fût publié en Grande-Bretagne et pour que l'université de Cambridge lui accordât sa chaire ; et il avait été, de même, un défenseur enthousiaste de *La société ouverte et ses ennemis*, de Popper, publié l'année précédente en Angleterre. Et tous deux étaient géniaux, libres d'esprit, d'une arrogance luciférienne et de rancune tenace, quoique probablement, dans ce domaine, les accès d'hystérie de Wittgenstein (comme on le vit en cette mémorable occasion) l'emportaient de loin sur ceux de Popper.

Il y avait entre eux une différence de personnalité et, surtout, de philosophie. La thèse de Wittgenstein selon laquelle il n'existait pas de problèmes philosophiques à proprement parler, mais des énigmes ou devinettes (*puzzles*), estimant que la mission primordiale du philosophe n'était pas de « proposer des aphorismes mais de les clarifier », de purger le langage de toutes les impuretés psychologiques, de ses lieux communs, ses mythologies, ses conventions religieuses ou idéologiques qui perturbaient la pensée, était aux yeux de Popper d'une intolérable frivolité, quelque chose qui pouvait conduire la philosophie à devenir une branche de la linguistique ou un exercice formel dépourvu de toute signification rattachée aux problèmes humains, alors qu'ils étaient pour lui la matière première de la philosophie et que la raison d'être du philosophe était de chercher des réponses et des explications aux angoisses les plus éprouvantes des êtres humains. Ainsi l'avait-il fait, lui, réfugié en Nouvelle-Zélande, dans *La société ouverte et ses ennemis*, essai où apparaissaient maintes critiques de la philosophie de Wittgenstein – il allait jusqu'à l'accuser d'être contradictoire et confus, et à dénoncer sa théorie comme fausse – et où il affirmait ce qui ne pouvait qu'exaspérer l'auteur du *Tractatus* : « On peut s'exprimer de bien des façons sans rien communiquer[1]. »

Ces deux versions contradictoires de la philosophie s'affrontèrent ce vendredi 25 octobre 1946, au Moral Sciences Club de l'université de Cambridge, que présidait Wittgenstein, et qui avait invité Popper – arrivé en Angleterre quelques mois plus tôt – à faire un exposé sur le sujet : « Y a-t-il des problèmes philosophiques[2] ? »

Le thème avait été choisi intentionnellement en vue de provoquer un débat entre ces deux phares, aussi, ce soir-là, au lieu de la dizaine d'étudiants et de professeurs qui assistaient d'ordinaire aux réunions de ce club, il y en avait une trentaine, serrés jusqu'à l'asphyxie dans la ruineuse salle H3 du second étage du très vieux King's College. Popper arriva à Cambridge au début de l'après-midi et, avant de se rendre au Club, il avait pris le thé avec Bertrand Russell, ce qui a conduit certains malicieux – une des mille conjectures qui pullulent autour de cette séance – à soutenir que ce dernier aurait incité Popper à attaquer sans prendre de gants la théorie

1. Karl Popper, *La société ouverte et ses ennemis*, *op. cit.*, tome II, p. 333, note 14.
2. Karl Popper, *La quête inachevée*, *op. cit.*, p. 170.

des *puzzles* de l'auteur du *Tractatus*. Mais à dire vrai ce n'était pas nécessaire. Popper avoue dans son autobiographie de 1974, *La quête inachevée*, que depuis longtemps il bouillait d'impatience de prouver à Wittgenstein que les problèmes philosophiques assurément existaient, et de quelle façon. Aussi se rendit-il ce soir-là à la réunion du Moral Sciences Club de Cambridge sabre au clair.

Popper, à partir de ses notes, commença son exposé en niant que la fonction de la philosophie fût de résoudre des devinettes et en énumérant une série de sujets qui, à son avis, constituaient des problèmes philosophiques typiques, quand Wittgenstein, irrité, l'interrompit en haussant le ton (ce qu'il faisait fréquemment). Mais Popper, à son tour, l'interrompit en essayant de poursuivre son exposé. À ce moment, Wittgenstein saisit le tisonnier de la cheminée et le brandit pour accentuer plus graphiquement sa rageuse réfutation des critiques de Popper. Un silence électrique s'étendit sur la paisible assistance de philosophes britanniques, peu habitués à pareilles manifestations de tropicalisme autrichien. Bertrand Russell intervint, péremptoire : « Wittgenstein, reposez immédiatement ce tisonnier ! » D'après une des versions de cette rencontre, Wittgenstein, qui tenait toujours le tisonnier entre ses mains, hurla à l'adresse de Popper : « Voyons, donnez-moi un exemple de règle morale ! » À quoi Popper répondit : « Ne pas menacer les conférenciers invités avec des tisonniers. »[1] Quelques rires fusèrent. Wittgenstein, vert de rage, jeta le tisonnier sur les braises de la

1. Karl Popper, *op. cit.*, p. 172.

cheminée et quitta les lieux en claquant la porte. Selon une autre version, la plaisanterie de Popper ne fut dite que lorsque Wittgenstein avait déjà quitté la salle et que Russell ainsi qu'un autre philosophe présent, Richard Braithwaite, tentaient de ramener le calme.

David Edmonds et John Eidinow ont lu tous les témoignages écrits sur cet épisode, comparé la correspondance des protagonistes et des témoins, soumis les différentes versions à une analyse minutieuse, impitoyable parfois, et leur enquête – le plus instructif de leur livre –, au lieu d'établir définitivement la vérité sur ce qui s'était passé en ces fiévreuses dix minutes, démontre seulement qu'on ne saura jamais avec certitude ce qui est arrivé. Les dix ou onze survivants qui assistèrent à cette séance en ont gardé des souvenirs qui ne coïncident pas et qui, parfois, diffèrent radicalement. Les uns entendirent la phrase de Bertrand Russell, les autres non ; d'aucuns assurent que la plaisanterie de Popper eut lieu avant que Wittgenstein fût sorti en fanfare, et d'autres après. Et personne n'était très sûr des détails des phrases et des exclamations échangées entre les deux polémistes. Même l'étudiant chargé de prendre des notes, paralysé par le tour inattendu du débat, s'emmêla les pinceaux et rédigea un compte rendu si général et incolore qu'il permet les interprétations les plus farfelues.

Wittgenstein's Poker se proposait d'être un reportage sur un événement culturel de résonance indubitable et il y est parvenu. Mais les deux journalistes de la BBC réussirent aussi, sans le vouloir, à alimenter par un exemple extraordinaire un vieux soupçon, à savoir que la composante fictive – imaginaire ou littéraire – dans l'histoire est aussi inévitable que nécessaire. Si un fait qui s'est produit voici si peu de temps, et dont nombre d'acteurs se trouvent encore parmi les vivants, peut échapper de la sorte aux mailles de la recherche objective et scientifique et se métamorphoser sous l'effet de l'imaginaire et de la subjectivité en quelque chose de très différent – un très fidèle disciple de Wittgenstein, présent à la séance du Moral Sciences Club ce soir-là, en est venu à nier catégoriquement qu'il se soit rien passé –, qu'en sera-t-il du récit historique des faits du passé, ceux qu'au long des siècles les idéologies et les religions, les intérêts particuliers, les passions et les rêves des hommes ont modelés avec assez de fantaisie pour les rapprocher de la fiction littéraire au point même de les confondre ? Cela ne nie évidemment pas l'existence de l'histoire, mais c'est, on le voit bien, une science chargée d'imagination.

LA VÉRITÉ SUSPECTE

Pour Karl Popper, on ne découvre pas la vérité, elle se découvre progressivement et c'est un processus sans fin. Par conséquent, il s'agit toujours d'une vérité provisoire qui dure tant qu'elle n'est pas réfutée. La vérité se trouve dans la persévérance de l'esprit humain attaché à la découvrir, cachée comme un trésor dans les profondeurs de la matière ou l'abîme stellaire, attendant l'explorateur perspicace qui la détectera et l'exhibera au monde comme une déesse impérissable. La vérité poppérienne est fragile, constamment soumise au feu roulant des épreuves et des expériences qui la soupèsent, tentent de la saper – la « falsifier », selon son vocabulaire – et de la remplacer par une autre, ce qui est arrivé et continuera d'arriver inévitablement dans la plupart des cas, au cours de cette longue errance de l'homme dans le temps que nous appelons le progrès, la civilisation.

La façon dont la vérité apparaît est fort bien décrite par une allégorie qu'utilise Popper dans *La logique de la découverte scientifique*, son premier livre, pour expliquer en quoi consiste la science : « [elle] ne repose pas sur une base rocheuse. La structure audacieuse de ses théories s'édifie en quelque sorte sur un marécage. Elle est comme une construction bâtie sur pilotis. Les pilotis sont enfoncés dans le marécage mais pas jusqu'à la rencontre de quelque base naturelle ou “donnée” et, lorsque nous cessons d'essayer de les enfoncer davantage, ce n'est pas parce que nous avons atteint un terrain ferme. Nous nous arrêtons, tout simplement, parce que nous sommes convaincus qu'ils sont assez solides pour supporter l'édifice, du moins provisoirement[1]. »

La vérité est, au départ, une hypothèse, une théorie qui prétend résoudre un problème. Née dans les éprouvettes d'un laboratoire, des élucubrations d'un réformateur social ou de calculs mathématiques compliqués, elle est proposée au monde comme connaissance objective d'un espace précis ou d'une

1. Karl Popper, *La logique de la découverte scientifique*, traduit de l'anglais par Nicole Thyssen-Rutten et Philippe Devaux, Paris, Payot, 1973, p. 111.

fonction déterminée de la réalité. L'hypothèse ou la théorie est – doit être – soumise à l'épreuve de l'essai et de l'erreur, à sa vérification et réfutation par ceux qu'elle est incapable de convaincre. C'est là un processus instantané ou très long, au cours duquel cette théorie vit – toujours dans le couloir de la mort, comme ces roitelets primitifs qui sont montés sur le trône en tuant et qui le quitteront tués – et entraîne des conséquences, influe sur la vie en provoquant des changements aussi bien dans la thérapie médicale, l'industrie guerrière, l'organisation sociale que dans la conduite sexuelle ou la mode. Jusqu'à ce qu'une autre théorie surgisse soudain, la « falsifiant », et renversant ce qui semblait être sa ferme consistance comme une bourrasque ou un château de cartes. La nouvelle vérité entre alors en lice pour lutter contre les épreuves et les défis auxquels l'esprit et la science veulent la soumettre, c'est-à-dire la faire vivre de cette existence tumultueuse et périlleuse que connaissent la vérité et la connaissance dans la philosophie poppérienne.

Cette thèse a commencé d'être ébauchée dans les années 30 du siècle passé, à Vienne, dans *La logique de la découverte scientifique* (1934) et Popper allait la perfectionner le restant de son existence. L'ouvrage est né comme une tentative de démarcation entre ce qu'est une recherche scientifique authentique et ce qui ne l'est pas. En réfléchissant à la frontière qui séparerait l'une de l'autre, Popper découvrit une idée qu'il développerait ensuite jusqu'à en faire la colonne vertébrale de sa philosophie : la seule théorie scientifique valable (distincte en essence de la métaphysique) est celle qui peut être « falsifiée », réfutée ; celle qui peut être soumise à la critique, parfois analytiquement décortiquée, en soupesant ses aspects les plus intimes, auscultée dans ses motivations, ses hypothèses, ses développements. Si elle résiste à tout cet assaut critique et tient le coup, elle fait avancer la connaissance de la nature et de la société, du moins jusqu'à ce qu'une autre théorie ou hypothèse ne la disqualifie en poussant la connaissance dans une direction que celle-là excluait ou ne permettait pas d'entrevoir. On trouve déjà décrite, dans *La logique de la découverte scientifique*, la méthode de « l'essai et l'erreur » que Popper, par la suite, réélaborerait en l'étendant du domaine de la science à celui des questions sociales et politiques.

Certes, personne n'a encore réfuté avec succès que la Terre est ronde. Mais Popper nous conseille de nous habituer, contre toutes les évidences, à penser que la Terre, en vérité, est seulement ronde parce que, d'une certaine façon, il pourrait arriver que les progrès de la rationalité et de la science renversent aussi cette vérité, comme ils l'ont déjà fait avec tant d'autres vérités qui paraissaient inébranlables.

Cependant, la pensée de Popper n'est pas relativiste ni ne propose le subjectivisme généralisé des sceptiques. La vérité a un pied posé sur la réalité objective, à laquelle Popper reconnaît une existence indépendante de l'esprit humain, et ce pied est, selon une définition du philosophe polonais Alfred Tarski qu'il fait sienne, la coïncidence de la théorie avec les faits.

Que la vérité ait, ou puisse avoir, une existence relative ne signifie pas que la vérité soit relative. Tant qu'elle dure, tant qu'une autre ne la « falsifie » pas, elle est toute-puissante. La vérité est précaire parce que la science est faillible, du fait que nous, les humains, le sommes. La possibilité d'erreur est toujours là, derrière les connaissances qui nous semblent les plus solides. Mais cette conscience de la faillibilité ne signifie pas que la vérité soit inaccessible. Elle signifie que pour y atteindre, nous devons nous acharner à sa vérification et à la critique, aux expériences qui la mettent à l'épreuve, puis rester prudents quand nous aurons acquis des certitudes, prêts à les revoir, à les corriger, et souples face à ceux qui contestent les vérités établies.

Popper s'est toujours déclaré optimiste, convaincu que le monde actuel, avec toutes ses limites et ses défauts, était le meilleur qu'ait connu l'humanité : « Si l'on considère les choses sous un angle historique, le monde où nous vivons est, à mon sens, le meilleur qui ait jamais existé. Bien sûr c'est un monde mauvais, parce qu'il y a un monde meilleur, et que la vie nous incite à chercher un monde meilleur. Et il nous faut poursuivre cette quête. Mais cela ne signifie pas que notre monde soit mauvais. En vérité, non seulement le monde est beau, mais les jeunes ont aujourd'hui la possibilité de le voir comme ils n'avaient jamais pu le faire auparavant[1]. » Et dans son discours d'inauguration du festival de Salzbourg consacré à Mozart, il a déclaré : « Je suis un optimiste : un optimiste dans un monde où, entre intellos (*Intelligenzler*), on s'engoue du

1. Karl Popper et Konrad Lorenz, *L'avenir est ouvert*, Entretien d'Altenberg, textes du symposium de Popper à Vienne, publié sous la direction de Franz Kreuzer, Paris, Flammarion, coll. Champs, 1995, p. 53-54.

pessimisme[1]. » C'est pourquoi, et aussi pour la propension de tant d'intellectuels de son temps à défendre les idéologies totalitaires, Popper a manifesté envers eux le même mépris que Hayek.

Que la vérité existe, cela est démontré par le progrès de l'humanité dans de multiples domaines : scientifiques, techniques, et aussi sociaux et politiques. En se trompant, en tirant les leçons de ses erreurs, l'homme a pu connaître de mieux en mieux la nature, et mieux se connaître lui-même. C'est un processus sans fin dont ne sont exclus ni le recul ni le zigzag. Des hypothèses et des théories, quoique fausses, peuvent contenir des doses d'information qui approchent de la connaissance de la vérité. N'a-t-on pas progressé ainsi en médecine, en astronomie, en physique ? On peut en dire tout autant de l'organisation sociale. À travers les erreurs qu'elle a su rectifier, la culture démocratique a progressivement assuré aux hommes, dans les sociétés ouvertes, de meilleures conditions matérielles et culturelles et de plus grandes chances pour décider de leur destin. C'est le *piecemeal approach* postulé par Popper, expression qui équivaut à une option graduelle ou réformiste, par opposition à la révolutionnaire, qui fait *tabula rasa* de ce qui existe.

Quoique pour Popper la vérité soit toujours suspecte, comme dans le merveilleux titre de la comédie de Juan Ruiz de Alarcón, tant qu'elle dure la vie s'organise en fonction d'elle, docilement, éprouvant à cause d'elle des modifications légères ou

1. Karl Popper, *À la recherche d'un monde meilleur*, *op. cit.*, p. 300.

transcendantes. L'important, pour que le progrès soit possible, pour que la connaissance du monde et de la vie s'enrichisse au lieu de s'appauvrir, c'est que les vérités régnantes soient toujours soumises aux critiques, à l'épreuve, aux vérifications et aux défis qui les confirment ou les remplacent par d'autres, plus proches de cette vérité définitive et totale (inaccessible et peut-être inexistante) dont l'appât excite la curiosité et l'appétit du savoir humain depuis que la raison a remplacé la superstition comme source de connaissance.

Popper fait de la critique – de l'exercice de la liberté – le fondement du progrès. Sans critique, sans possibilité de « falsifier » toutes les certitudes, il n'y a pas d'avancée possible dans le domaine de la science, ni de perfectionnement de la vie sociale. Si la vérité, si toutes les vérités ne sont pas soumises à l'examen de l'« essai et de l'erreur », s'il n'existe pas une liberté qui permette aux hommes de mettre en question la validité de toutes les théories qui prétendent apporter une réponse aux problèmes qu'ils affrontent, la mécanique de la connaissance se trouve entravée et celle-ci risque d'être pervertie. Alors, au lieu de vérités rationnelles, on en appelle aux mythes, aux actes de foi, à la magie, à la métaphysique. Le règne de l'irrationnel – du dogme et du tabou – reprend ses droits, comme autrefois, quand l'homme n'était pas encore un individu rationnel et libre, mais un être grégaire et asservi, juste une part de la tribu. Ce processus peut prendre des apparences religieuses, comme dans les sociétés fondamentalistes chrétiennes ou islamiques – les nations catholiques au Moyen Âge ou l'Iran et l'Arabie saoudite de nos jours, par exemple – où personne ne peut contester les « vérités sacrées », ou une apparence laïque, comme dans les sociétés totalitaires où la vérité officielle est protégée contre le libre examen au nom de la « doctrine scientifique » du marxisme-léninisme. Dans les deux cas pourtant, comme dans ceux du nazisme et du fascisme, il s'agit d'une abdication volontaire ou forcée de ce droit à la critique – à l'exercice de la liberté – sans lequel la rationalité se détériore, la culture s'appauvrit, la science devient mystification et sortilège, de telle sorte que sous le veston-cravate de l'homme civilisé renaissent le pagne du sauvage et les incisions magiques du barbare.

Il n'y a pas d'autre manière de progresser que de trébucher, de tomber et de se relever, encore et toujours. L'erreur sera toujours là, parce que la réussite se trouve, d'une certaine façon, confondue avec elle. Dans ce grand enjeu qui consiste à séparer la vérité du mensonge – opération parfaitement possible et sans doute la plus humaine de toutes –, il est indispensable d'avoir à l'esprit que dans cette tâche il n'y a jamais de succès définitifs qui ne puissent être contestés plus tard, de connaissances qui ne doivent être révisées. Dans le grand bois des inexactitudes et des tromperies, des insuffisances et des illusions que nous traversons, la seule possibilité pour la vérité de se frayer un chemin est l'exercice de la critique rationnelle et systématique de tout ce qui est – ou semble être – connaissance. Sans cette expression privilégiée de la liberté, sans le droit de critique, l'homme se condamne à l'oppression et à la sauvagerie, pour tout dire à l'obscurantisme.

Aucun autre penseur que Popper n'a probablement fait de la liberté une condition aussi indispensable à l'être humain. Pour lui, non seulement la liberté garantit des formes civilisées d'existence et encourage la créativité culturelle, mais elle est aussi la condition sine qua non du savoir, l'exercice qui permet à l'homme de tirer leçon de ses propres erreurs et, par conséquent, de les dépasser, le mécanisme sans lequel nous vivrions encore dans l'ignorance et la confusion irrationnelle de nos ancêtres, mangeurs de chair humaine et adorateurs de totems. « Je crois personnellement que le progrès de la science dépend de la libre compétition des esprits, et donc de la liberté[1]. » C'est pourquoi Popper s'est toujours opposé à un enseignement exclusivement public, comme le proposait Platon dans *La République*, et a défendu un enseignement privé en concurrence avec lui.

La théorie que Popper commence à ébaucher sur la connaissance dans *La logique de la découverte scientifique* (1934) est la meilleure justification philosophique de la valeur éthique qui caractérise, plus qu'aucune autre, la culture démocratique : cette tolérance qui, par exemple, est le trait capital de toute l'œuvre d'Isaiah Berlin. S'il n'y a pas de vérités absolues et éternelles, si la seule façon de progresser dans le domaine du savoir est de se tromper et de rectifier, nous devons tous reconnaître que nos vérités pourraient bien ne pas en être et que ce qui nous semble être des erreurs de nos adversaires pourrait

1. Karl Popper, *La logique de la découverte scientifique*, *op. cit.*, p. 285, note 2.

bien être des vérités. Reconnaître cette marge d'erreur chez nous et de discernement chez les autres, c'est croire qu'en discutant, en dialoguant – en coexistant – il y a plus de possibilités de séparer la vérité de l'erreur que par l'imposition d'une pensée officielle unique à laquelle tous doivent souscrire sous peine de punition ou de discrédit.

Ce n'est pas le moindre des paradoxes que quelqu'un comme Popper, qui défendrait plus tard avec tant de passion la simplicité et la clarté d'exposition en critiquant avec tant de sévérité les intellectuels qui utilisent un langage obscur, embrouillé et abscons, ait écrit un livre aussi difficile à lire que *La logique de la recherche scientifique*, avec ses nombreux ajouts et postfaces. Je ne me réfère pas exclusivement à la difficulté que représente pour quelqu'un qui n'est pas familiarisé avec les sciences – la physique, les mathématiques, le calcul des probabilités, la théorie de la relativité, les théorèmes ou la physique quantique – un ouvrage avec tant de références à ces sujets spécialisés. Car même un scientifique de haut niveau qui évolue avec aisance dans ces matières doit faire de gros efforts pour ne pas s'égarer dans un livre qui dévie si souvent dans ses exposés avec des notes de bas de page – certaines écrites quand Popper corrigeait les épreuves de l'édition autrichienne de 1934-1935 – qui compliquent, nuancent ou réfutent ce qu'il a soutenu, ou l'amplifient par des apostilles, des annexes et des postfaces bien des années après, au point de créer de véritables labyrinthes. Dans maintes pages, l'on est inévitablement désorienté par l'absence d'un développement d'exposition plus cohérent. L'explication, du moins en partie, de cet embrouillamini verbal est que la première édition de *La logique de la recherche scientifique*, de 1934, a été écrite en allemand ; la seconde, en anglais, date d'un quart de siècle plus tard, intervalle pendant lequel Popper continuait ses recherches – renforçant ou rectifiant les idées de cet essai – et avait ajouté des notes de bas de page ou des annexes plus étoffées. Les idées sur la simplicité et la clarté, qu'il allait défendre avec tant de conviction, sont plus valables (quoique pas toujours) dans ses essais postérieurs.

LA SOCIÉTÉ CLOSE ET LE TROISIÈME MONDE

Au début de l'histoire humaine ne se trouvait pas l'individu, mais la tribu, la société close. L'individu souverain, émancipé de ce tout grégaire jalousement fermé sur lui-même pour se défendre des fauves, de la foudre, des esprits malins, des peurs innombrables du monde primitif, est une création tardive de l'humanité. Il se profile avec l'apparition de l'esprit critique – la découverte que la vie, le monde sont des problèmes qui peuvent et doivent être résolus –, autrement dit le développement de la rationalité et le droit à l'exercer indépendamment des autorités religieuses et politiques.

La théorie de Karl Popper ébauchée dans *La société ouverte et ses ennemis* (1945), selon laquelle ce moment charnière de la civilisation – le passage de la société close à la société ouverte – s'amorce en Grèce avec les présocratiques – Thalès, Anaximandre,

Anaximène – et trouve en Périclès et en Socrate l'impulsion décisive, a aussi été l'objet de controverses. Mais, mis à part les dates et les noms, l'essentiel de sa thèse reste en vigueur : à un certain moment, par accident ou à la suite d'un processus complexe, le savoir a cessé pour certains hommes d'être magique et superstitieux, un corps de croyances sacrées protégées par le tabou, et l'esprit critique a surgi, qui soumettait les vérités religieuses – les seules acceptables jusqu'alors – à l'analyse rationnelle et à la confrontation avec l'expérience pratique. Il devait découler de cette transition, en même temps que le commerce brisait le confinement tribal, un prodigieux développement des sciences, des arts et des techniques, de la créativité humaine en général, et du même coup la naissance de l'individu singulier, décollectivisé, et les bases d'une culture de la liberté. Pour son bien et pour son mal, car on ne peut nullement prouver que cette mutation ait apporté le bonheur aux hommes, la détribalisation de la vie intellectuelle allait connaître dès lors un rythme accéléré et catapulter certaines sociétés vers un développement systématique dans tous les domaines. L'avènement dans l'histoire d'une ère de rationalité et d'esprit critique – de vérités scientifiques – a signifié qu'à partir de ce moment, ce n'est pas le premier ni le deuxième, mais le troisième monde qui devait acquérir une influence déterminante dans le devenir social.

À l'intérieur de la série presque infinie de nomenclatures et classifications que les sages et les fous ont proposée pour décrire la réalité, celle de Karl Popper est la plus transparente : le *premier monde* est celui des choses ou des objets matériels ;

le *deuxième*, le monde privé et subjectif de la pensée, et le *troisième monde*, celui des produits de l'esprit[1]. La différence entre le deuxième et le troisième réside en ce que celui-là se compose de toute la subjectivité privée de chaque individu, les idées, images, sensations ou sentiments propres à chacun, tandis que les produits du *troisième monde*, bien que nés de la subjectivité individuelle, sont devenus publics : les théories scientifiques, les institutions juridiques, les principes éthiques, les personnages de romans, la philosophie, l'art, la poésie, en somme tout le patrimoine culturel.

Il n'est pas extravagant de supposer qu'au stade le plus primitif de la civilisation, c'est le *premier monde* qui règle l'existence. Celui-ci s'organise en fonction de la force brute et des rigueurs naturelles – la foudre, la sécheresse, les griffes du lion – face auxquelles l'homme est impuissant. Dans la société tribale, celle de l'animisme et de la magie, la frontière entre les deuxième et troisième mondes est fort mince et se dissipe continuellement, car le chef ou l'autorité religieuse (presque toujours la même personne) fait prévaloir sa subjectivité, devant laquelle ses sujets renoncent à la leur. D'un autre côté, le *troisième monde* demeure presque statique ; la vie de la tribu s'écoule dans une stricte routine de règles et de croyances qui veillent à la permanence et à la répétition de ce qui existe. Son trait principal est, comme dans *La République* platonicienne, l'horreur du changement. Toute innovation est perçue comme

1. Voir chapitre XXXVIII « Le monde 3 ou troisième monde » de *La quête inachevée* (*op. cit.*, p. 254-263). *(NdT)*

une menace et l'annonce de l'invasion de forces extérieures qui ne peuvent apporter que l'anéantissement, la dissolution dans le chaos de ce placenta social auquel l'individu s'accroche, avec toute sa peur et son dénuement, en quête de sécurité. L'individu, à l'intérieur de cette ruche, est irresponsable et esclave, c'est une pièce qui se sait irrémédiablement unie aux autres dans la machine sociale qui préserve son existence et le défend contre les ennemis, contre les dangers qui le guettent hors de cette citadelle hérissée de prescriptions régulatrices de tous ses actes et de ses rêves : la vie tribale.

La naissance de l'esprit critique lézarde les murs de la société close et expose l'homme à une expérience inconnue : la responsabilité individuelle. Sa condition ne sera plus celle du sujet soumis, qui respecte sans le mettre en cause tout le système complexe d'interdictions et de commandements qui régissent la vie sociale, mais celle du citoyen qui juge, analyse par lui-même et, éventuellement, se rebelle contre ce qui lui semble absurde, faux ou abusif. La liberté, fille et mère de la rationalité et de l'esprit critique, met sur les épaules de l'être humain une lourde charge : celle de devoir décider par lui-même de ce qui lui convient ou de ce qui lui fait du tort, de comment faire face aux innombrables défis de l'existence, de savoir si la société fonctionne comme elle devrait être ou si l'on doit la transformer. Il s'agit d'un fardeau trop lourd pour bien des hommes. C'est pourquoi, dit Popper, en même temps qu'émergeait la société ouverte – où la raison remplaçait l'irrationalité, où l'individu devenait un protagoniste de l'histoire et où la liberté commençait à déloger l'esclavage d'autrefois –, naissait aussi, de la part de penseurs aussi remarquables que Platon et Aristote, un élan contraire, pour l'empêcher et la refuser, pour ressusciter ou conserver cette vieille société tribale où l'homme, abeille à l'intérieur de la ruche, est dispensé de prendre des décisions individuelles, d'affronter l'inconnu, de devoir résoudre par lui-même et à ses risques et périls les problèmes infinis d'un univers émancipé des dieux et des démons, de l'idolâtrie et de la magie, transformé en permanent défi lancé à la raison des individus souverains.

À partir de ce moment mystérieux, l'humanité a changé de direction. Le *troisième monde* s'est mis à croître et à se multiplier avec les produits d'une énergie créative spirituelle, débarrassée de freins et de censures, et à exercer de plus en plus d'influence sur les *premier* et *deuxième mondes*, c'est-à-dire sur la nature, la vie sociale et l'esprit des individus particuliers. Les idées, les vérités scientifiques, la rationalité, le commerce ont fait reculer – non sans revers, non sans piétinements et d'inutiles détours qui ramenaient l'homme à son point de départ – la force brute, le dogme religieux, la superstition et l'irrationnel comme instruments directeurs de la vie sociale, en jetant les bases d'une culture démocratique – celle d'individus souverains et égaux devant la loi – et d'une société ouverte. La longue et difficile marche de la liberté dans l'histoire représenterait dès lors l'irrésistible développement de l'Occident vers ce progrès à double face, fait de vaisseaux qui voguent vers les étoiles et de médicaments qui triomphent des maladies, de droits de l'homme et d'États de droit.

Mais aussi d'armes chimiques, atomiques et bactériologiques – et de terroristes suicidaires – capables de réduire à néant la planète, de déshumaniser la vie sociale et l'individu au rythme de la prospérité matérielle et de l'amélioration des niveaux de vie.

La peur du changement, de l'inconnu, de la responsabilité illimitée qui est la conséquence de l'apparition de l'esprit critique – de la rationalité et de la liberté – a permis à la société close, en adoptant les apparences les plus diverses – et parmi elles, celle du « lendemain », celle d'un monde sans classes, celle de la « cité de Dieu incarnée » –, de survivre jusqu'à nos jours et, à maints moments de l'histoire, de se superposer à l'autre, en la plongeant dans des formes équivalentes à l'obscurantisme et au grégarisme de la société primitive.

La bataille n'est pas gagnée, et elle ne le sera probablement jamais. L'appel de la tribu, l'attraction de cette forme d'existence où l'individu, asservi à une religion, à une doctrine ou à un chef qui assume la responsabilité de répondre pour lui à tous les problèmes, refuse le dur engagement de la liberté et de sa souveraineté d'être rationnel, touche à l'évidence la corde sensible du cœur humain. Car cet appel est entendu maintes et maintes fois par des nations et des peuples et, dans les sociétés ouvertes, par des individus et des collectivités qui luttent inlassablement pour en faire des sociétés closes et abolir la culture de la liberté.

À l'encontre de ce qu'on pourrait supposer, parmi les bénéficiaires les plus directs de l'esprit critique, de la liberté de pensée et de création, se trouvent ceux qui ont manifesté l'opposition intellectuelle la plus implacable au développement de la société ouverte, en postulant, sous des masques et avec des arguments divers, le retour au monde magique et primitif des êtres grégaires, de ces individus « heureux et irresponsables » qui, au lieu d'être souverains et maîtres de leur destin, seraient les instruments de forces aveugles et impersonnelles conduisant la marche de l'histoire. L'ennemi le plus retors et le plus efficace de la culture de la liberté, dit Popper, est l'*historicisme*.

HISTORICISME ET FICTION

Dans la première édition anglaise de *Misère de l'historicisme* (1957), Popper a expliqué que la thèse centrale de ce livre, selon laquelle on ne peut prédire le cours de l'histoire humaine par quelque méthode scientifique ou rationnelle, a commencé de s'ébaucher dans sa tête pendant l'hiver 1919-1920 ; il a complété le premier brouillon en 1935 ; il a lu ce texte en janvier ou février 1936 en séance privée chez son ami Alfred Braunthal à Bruxelles et quelque temps après au séminaire dirigé par F. A. von Hayek à la London School of Economics. La publication a tardé quelques années du fait que le texte original avait été refusé par la revue philosophique à laquelle il l'avait adressé. Finalement, il a été publié en trois parties dans *Economica* – numéros 42, 43 et 46 (1944-1945) – et n'a paru en livre en Grande-Bretagne qu'en 1957, avec révisions, additions, nouveau prologue et cette dédicace : « En mémoire des innombrables hommes, femmes et enfants qui succombèrent, victimes de la croyance fasciste et communiste en des lois inexorables de la destinée historique[1]. »

Si vous croyez que l'histoire des hommes est écrite avant de se faire, qu'elle est la représentation d'un livret préexistant, élaboré par Dieu, par la nature, par le développement de la raison ou par la lutte des classes et les rapports de production (comme le soutiennent les marxistes) ; si vous croyez que la vie est une force ou un mécanisme social et économique que les individus particuliers ont très peu ou aucun pouvoir d'altérer ; si vous croyez que ce cheminement de l'humanité dans le temps est rationnel, cohérent et par conséquent prévisible ; si vous croyez, enfin, que l'histoire a un sens secret qui, en dépit de son infinie diversité épisodique, lui donne dans son ensemble une coordination logique et l'ordonne à la façon d'un puzzle au fur et à mesure que les pièces se mettent à leur place, vous êtes, d'après Popper, un « historiciste ».

Que vous soyez platonicien, hégélien, comtien, marxiste, ou partisan de Machiavel, Vico, Spengler ou Toynbee, vous êtes un idolâtre de l'histoire et, consciemment ou inconsciemment, quelqu'un qui a peur de la liberté, effrayé d'assumer cette charge qui consiste à concevoir la vie comme une création permanente, une argile malléable à laquelle chaque société, culture ou génération peut donner la forme qu'elle veut, en acceptant pour cela la responsabilité,

1. *Misère de l'historicisme*, traduction d'Hervé Rousseau révisée et augmentée par Renée Bouveresse, Presses-Pocket, 1991.

le crédit total de ce que, dans chaque cas, les êtres humains gagnent ou perdent.

L'histoire n'a pas d'ordre, de logique, de sens et encore moins une direction rationnelle que les sociologues, les économistes ou les idéologues pourraient détecter à l'avance, scientifiquement. L'histoire est organisée par les historiens, qui la rendent cohérente et intelligible, en usant de points de vue et d'interprétations qui sont toujours partiels, provisoires et, en dernière instance, aussi subjectifs que les constructions artistiques. Ceux qui croient que l'une des fonctions des sciences sociales est de « pronostiquer » l'avenir, de « prédire le cours futur de l'histoire »[1], sont victimes d'une illusion, car c'est là un objectif inaccessible.

Qu'est-ce, alors, que l'histoire ? Une improvisation multiple et constante, un chaos animé auquel les historiens donnent une apparence d'ordre, une multiplication presque infinie et contradictoire d'événements que, pour pouvoir les comprendre, les sciences sociales réduisent à des schémas arbitraires, à des synthèses et à des parcours qui constituent dans tous les cas une infime version, voire une caricature de l'histoire réelle, cette vertigineuse totalité du devenir humain qui déborde toujours les tentatives rationnelles et intellectuelles d'appréhension. Popper ne récuse pas les livres d'histoire et ne nie pas que la connaissance des événements du passé puisse enrichir les hommes et les aider à mieux affronter l'avenir ; il demande qu'on tienne compte du fait que toute l'histoire écrite est partiale

1. *Ibid.*, p. I.

et arbitraire – une pure sélection – parce qu'elle reflète un atome de l'univers inachevé qu'est le travail, le vécu social, ce « tout » toujours en train de se faire et de se refaire qui ne s'épuise pas dans le politique, l'économique, le culturel, l'institutionnel, le religieux, etc., mais qui est la somme de toutes les manifestations de la réalité humaine, sans exception. Cette histoire, la seule qui soit réelle, ne peut être embrassée ni décrite par la connaissance humaine. C'est pourquoi, affirme Popper, « *History has no meaning* », l'histoire n'a pas de sens[1].

Ces idées de Popper, soulignées dans *Misère de l'historicisme* (1944-1945), amplifiées dans *La société ouverte et ses ennemis* (1945) et auxquelles il se réfère dans maints essais, sont lucidement résumées dans un texte de 1961, « L'émancipation de soi par le savoir », où il nie que l'histoire ait un sens secret, mais affirme que nous pouvons lui donner un sens dont par elle-même elle est dépourvue[2].

« Il y a quelque chose d'injurieux », dit Popper dans le chapitre « L'histoire a-t-elle un sens ? » de *La société ouverte et ses ennemis*, « à vouloir la faire passer pour l'histoire de l'humanité. » C'est « en grande partie le récit de crimes internationaux et d'assassinats en masse, mais aussi, il est vrai, de certaines tentatives pour empêcher de tels forfaits ».[3] L'histoire des conquêtes, crimes et autres violences exercées par des tyrans et des despotes que les livres

1. Voir Karl Popper, *La société ouverte et ses ennemis*, *op. cit.*, p. 243.

2. Essai figurant dans *À la recherche d'un monde meilleur*, *op. cit.*, p. 183.

3. Karl Popper, *La société ouverte et ses ennemis*, *op. cit.*, p. 243.

ont transformés en héros ne peut donner qu'une pâle idée de l'expérience intégrale de tous ceux qui en ont pâti ou en ont joui, et des effets et répercussions que l'activité de chaque culture, société, civilisation a eus sur les autres, leurs contemporaines, et toutes, réunies, sur celles qui leur ont succédé. Si l'histoire de l'humanité est un vaste courant de développement et de progrès avec d'abondants méandres, reculs et stagnations (thèse que Popper ne nie pas), elle ne peut être, en tout cas, embrassée dans son infinie diversité et sa complexité.

Ceux qui ont essayé de découvrir, dans ce trop vaste désordre, certaines lois auxquelles serait soumis le développement humain ont perpétré ce qui pour Popper est le crime le plus grave que puisse commettre un homme politique ou un intellectuel (pas un artiste chez qui c'est, au contraire, un droit légitime) : une « construction irréelle ». Une entéléchie artificieuse qui aspire à se présenter comme vérité scientifique quand elle n'est rien d'autre qu'un acte de foi, une proposition métaphysique ou magique. Naturellement, toutes les théories historicistes ne sont pas équivalentes : les unes, comme celle de Marx, ont une subtilité et un poids plus grands, disons, que celle d'un Arnold Toynbee, qui a réduit l'histoire de l'humanité à vingt et une civilisations, ni plus ni moins.

L'avenir ne peut être prédit. L'évolution de l'homme dans le passé ne permet pas de déduire une directionnalité du devenir humain. Cela serait, non seulement en termes historiques, mais aussi du point de vue logique, une prétention absurde. Car, dit Popper, bien que le développement des connaissances influe sans aucun doute sur l'histoire, il n'y a aucune façon de prédire, par des méthodes rationnelles, l'évolution de la connaissance scientifique. Par conséquent, il n'est pas possible de prévenir le cours futur d'une histoire qui sera, en bonne partie, déterminée par des découvertes et des inventions techniques et scientifiques que nous ne pouvons pas connaître à l'avance.

Les événements internationaux de nos jours sont un bon argument en faveur de l'imprévisibilité de l'histoire. Qui aurait pu prévoir, voici quelques années, l'irrésistible déclin du communisme dans le monde, la disparition de l'URSS et la conversion de la Chine en pays capitaliste ? Qui encore, le coup mortel porté aux politiques de censure et de contrôle de la pensée par le progrès des moyens de communication audiovisuels auxquels il devient chaque jour plus difficile d'imposer des contrôles ou d'opposer de simples interférences ?

Soit : qu'il n'existe pas de lois historiques ne signifie pas qu'il n'y ait pas certaines tendances dans l'évolution humaine. Et qu'on ne puisse prédire l'avenir ne signifie pas non plus que toute prédiction sociale soit impossible. Dans des domaines spécifiques, les sciences sociales peuvent établir que, sous certaines conditions, certains faits se produiront inévitablement. L'émission inorganique de monnaie entraînera toujours l'inflation, par exemple. Et il n'y a pas de doute, non plus, qu'en certains domaines tels que la science, le droit international ou la liberté, on puisse tracer une ligne plus ou moins claire de progrès jusqu'au moment présent. Mais il serait imprudent de supposer, même dans ces cas concrets, que cela assure à l'avenir une progression irréversible. L'humanité peut reculer et chuter, en contredisant ces avancées. Il n'y a jamais eu dans le passé de massacres collectifs semblables à ceux qu'ont produits les deux guerres mondiales et il est improbable que le terrorisme ait déchaîné dans le passé des tragédies humaines pires que celles d'aujourd'hui. Et l'holocauste juif exécuté par les nazis ou l'extermination de millions de dissidents par le communisme soviétique ou chinois ne constituent-ils pas des preuves irréfutables que la barbarie peut resurgir avec une force inusitée dans des sociétés qui semblaient avoir atteint de hauts niveaux de civilisation ? Le fondamentalisme islamique et des cas comme celui de l'Iran ne prouvent-ils pas, peut-être, la facilité avec laquelle l'histoire peut transgresser toute précision, suivre des trajectoires hystériques et, au lieu de progresser, connaître des régressions ?

Mais bien que la fonction des historiens consiste à rapporter des événements singuliers ou spécifiques et non à découvrir des lois ou des généralisations de l'aventure humaine, on ne peut écrire ni comprendre l'histoire sans un point de vue, c'est-à-dire sans une perspective ou une interprétation. L'erreur historiciste, dit Popper, c'est de confondre une « interprétation historique » avec une théorie ou une loi. L'« interprétation » est relative et, si l'on veut bien l'admettre, utile pour ordonner – partiellement – ce qui, sinon, serait une accumulation chaotique d'anecdotes. Interpréter l'histoire comme le résultat de la lutte des classes, des races ou des idées religieuses, ou du combat entre la société ouverte et la société close, peut avoir valeur d'illustration, à condition qu'on n'attribue à aucune de ces interprétations de valeur universelle et exclusive. Parce que l'histoire admet maintes interprétations convergentes, complémentaires ou contradictoires, mais aucune « loi » au sens d'un cours unique et inévitable. Ce qui invalide les interprétations des « historicistes » c'est que ceux-ci leur confèrent valeur de lois auxquelles les événements humains se plieraient docilement, comme les objets se soumettent à la loi de la gravitation et les marées aux mouvements de la lune.

En ce sens, dans l'histoire il n'existe pas de « lois ». Elle est, pour le meilleur et pour le pire – Popper et nous, les libéraux, croyons que c'est pour le meilleur –, « libre », fruit de la liberté des hommes et, par conséquent, incontrôlable, capable des choses les plus extraordinaires. Bien entendu, un observateur perspicace remarquera chez elle certaines tendances. Mais celles-ci présupposent une multitude de conditions spécifiques et variables, outre certains principes généraux et réguliers. L'« historiciste », en général, lorsqu'il dégage ces « tendances », passe sous silence ces conditions spécifiques et variables pour transformer de la sorte les tendances en lois. En procédant ainsi, il dénature la réalité et présente une totalisation abstraite de l'histoire qui ne reflète pas la vie collective dans son développement temporel, mais tout juste sa propre invention – parfois, son génie –, ainsi que sa peur secrète de l'imprévisible. « Tout semble se passer – conclut Popper au dernier paragraphe de *Misère de l'historicisme* – presque comme si les historicistes essayaient de se consoler de la perte d'un monde immuable en s'accrochant à la croyance que le changement peut être prévu parce qu'il est réglé par une loi immuable[1]. »

La conception de l'histoire écrite, selon Popper, ressemble comme deux gouttes d'eau à ce que j'ai toujours cru au sujet du roman, à savoir qu'il est une organisation arbitraire de la réalité humaine qui défend les hommes contre l'angoisse produite chez eux par l'intuition du monde et de la vie comme un vaste désordre.

Tout roman, pour être doté du pouvoir de persuasion, doit s'imposer à la conscience du lecteur comme un ordre convaincant, un monde organisé et intelligible dont les parties s'enchâssent les unes dans les autres à l'intérieur d'un système harmonieux, un « tout » qui les relie et les sublime. Ce que nous appelons le génie de Cervantès, de Tolstoï, de Conrad, de Proust ou de Faulkner est non seulement fonction de la vigueur des personnages, de la délicate psychologie, de la prose subtile ou labyrinthique ou de la puissante imagination, mais aussi, par-dessus tout, de la construction cohérente de leur monde fictif, de sa solidité et de son bon enchaînement. Cet ordre rigoureux et intelligent, où rien n'est gratuit ni incompréhensible, où la vie s'écoule en un cours logique et inévitable, où toutes les manifestations de l'humain sont accessibles, nous séduit parce qu'il nous tranquillise : nous le superposons inconsciemment au monde réel et ce dernier, alors, cesse momentanément d'être vertige, confusion, absurdité incommensurable, chaos sans fond, désordre multiple, pour acquérir de la cohérence, se rationaliser

1. Karl Popper, *Misère de l'historicisme*, *op. cit.*, p. 201.

et s'ordonner autour de nous, en nous rendant cette confiance à laquelle l'être humain se résigne difficilement à renoncer : savoir ce que nous sommes, où nous sommes et, surtout, où nous allons.

Ce n'est pas un hasard si le roman atteint son apogée dans les périodes qui précèdent les grandes convulsions historiques, si les temps les plus féconds pour la fiction sont ceux de la faillite ou de l'écroulement des certitudes collectives – la foi religieuse ou politique, les consensus sociaux et idéologiques –, car c'est alors que tout un chacun se sent perdu, sans un sol solide sous ses pieds, et cherche dans la fiction – dans l'ordre et la cohérence du monde fictif – un refuge contre la dispersion et la confusion, cette grande incertitude, cette somme d'inconnues que la vie est devenue pour lui. Ce n'est pas un hasard non plus si les sociétés qui traversent des périodes aiguës de désintégration sociale, institutionnelle et morale sont celles qui ont engendré en général les « ordres » narratifs les plus stricts et rigoureux, les mieux organisés et les plus logiques : ceux d'un Kafka, de Proust, Joyce, Thomas Mann, Dostoïevski ou Tolstoï. Ces constructions, où s'exerce de façon radicale le libre arbitre, sont des désobéissances imaginaires aux limites qu'impose la condition humaine. De tels déicides symboliques constituent secrètement, comme les neuf livres de l'*Enquête* d'Hérodote, l'*Histoire de la Révolution française* de Michelet, ou l'*Histoire de la décadence et de la chute de l'Empire romain* d'Edward Gibbon – ces prodiges d'érudition, d'ambition, de bonne prose et de fantaisie –, des témoignages de la peur panique des êtres humains devinant que leur destin est une « prouesse de la liberté », comme dit Benedetto Croce, et de formidables créations intellectuelles pour l'abolir. Heureusement, la peur de reconnaître leur condition d'êtres libres n'a pas seulement produit des tyrans, des philosophies totalitaires, des religions dogmatiques et de l'« historicisme » ; elle a donné aussi de grands romans.

LE RÉFORMISME OU L'INGÉNIERIE GRADUELLE

Misère de l'historicisme et *La société ouverte et ses ennemis* sont importants non seulement par leur réfutation des thèses selon lesquelles l'histoire est écrite et suit un scénario conçu par Dieu ou déterminé par des forces sociales et économiques sur lesquelles ne peuvent prévaloir les actions individuelles, mais aussi parce que dans ses essais Popper défend avec des arguments lucides la méthode réformiste – démocratique et libérale – de transformation graduelle et consensuelle de la société contre la prétention révolutionnaire de la changer immédiatement, totalement et définitivement. Il appelle méthode réformiste « l'ingénierie fragmentaire » (« *the piecemeal engineering* ») et l'ingénierie « utopique ou holistique » (« *utopic engineering* ») révolutionnaire.

Sa démonstration est claire et convaincante. L'ingénierie fragmentaire réalisée « par des ajustements et des réajustements limités, qui peuvent être continuellement améliorés[1] », est pacifique, cherchant

1. *Ibid.*, p. 85. *(NdT)*

toujours d'amples consensus, et elle est toujours exposée à la critique qui surveille ses actions et les accélère ou les retarde en fonction des possibilités. L'ingénierie utopique ou holistique, qui ne se soucie pas, elle, de chercher ces consensus, tend à renverser les critiques comme des obstacles inacceptables à ses fins messianiques en expliquant que de cette façon elle brûle les étapes ; à vrai dire, de façon insensible ou abrupte, elle substitue la fin aux moyens, en faisant fi de la critique (et parfois des critiques) et imposant une dictature où la fin utopique, continuellement repoussée, ne sert qu'à justifier des moyens qui, au fur et à mesure qu'ils identifient la société à l'État, rognent les libertés jusqu'à les faire disparaître.

« Une fois cependant que nous avons pris conscience que nous ne pouvons réaliser le paradis sur terre mais que nous ne pouvons qu'*un peu* améliorer les choses, affirme-t-il dans *Misère de l'historicisme*, nous prenons aussi conscience que nous ne pouvons les améliorer que *petit à petit*[1] » : au moyen de continuels réajustements des parties au lieu de proposer la reconstruction totale de la société. Avancer de cette manière a l'avantage qu'à chaque pas on peut évaluer le résultat obtenu et rectifier l'erreur à temps, apprendre à en tirer leçon. La méthode révolutionnaire – historiciste et holistique[2] – se ferme cette possibilité car, dans son mépris du particulier, dans sa fixation obsessive

1. *Ibid.*, p. 96, note 2.

2. L'adjectif *holistic*, employé par Popper, est traduit par « totaliste » dans la version française, qui, évoquant « le caractère totaliste des groupes sociaux », l'éclaire ainsi : « de tels groupes

sur le tout, elle s'écarte très vite du concret. Elle devient une activité déconnectée du réel, qui obéit seulement à un modèle abstrait, étranger à l'expérience, auquel, pour vouloir être en accord avec la réalité sociale, elle finit par sacrifier le reste, depuis le rationalisme jusqu'à la liberté, voire, parfois, le simple sens commun.

La notion de planification, tant détestée par Hayek, est aussi une autre bête noire de Popper. Elle sue l'« historicisme » par tous ses pores car elle suppose que l'histoire ne peut non seulement se prédire mais également se diriger et se projeter comme une œuvre d'ingénierie. Utopie dangereuse, car, embusqué dans ses entrailles, le totalitarisme est aux aguets. Il n'y a pas moyen de centraliser toutes les connaissances éparpillées dans la multitude de cerveaux individuels qui composent la société, ni de connaître les appétits, ambitions, besoins, intérêts dont le tissu et la coexistence vont déterminer l'évolution historique d'un pays. La planification, poussée jusqu'à ses dernières conséquences, conduit à la centralisation du pouvoir. Celui-ci se substitue progressivement au développement anormal de toutes les forces et tendances de la vie sociale et impose un contrôle autoritaire du comportement des institutions et des individus. La planification, qui est, quant à l'orientation contrôlée et scientifique de l'évolution sociale, une chimère, débouche, chaque fois qu'on veut l'imposer, sur la destruction de la liberté dans des régimes totalitaires où le pouvoir

---

ne peuvent jamais pleinement s'expliquer comme étant le pur et simple assemblage de leurs membres » (p. 25) *(NdT)*.

central, sous prétexte de « rationaliser » avec profit l'usage des ressources, s'arroge le droit de priver les citoyens d'initiative et du droit à la diversité, et de leur imposer par la force des formes déterminées de conduite.

Popper montre que l'« historicisme » et l'« utopisme social » vont toujours de pair. Le fascisme et le communisme prétendaient interpréter les lois de l'histoire avec leurs politiques visant à établir des sociétés parfaites et ces deux régimes pratiquaient une « ingénierie utopique » qui était davantage un acte de foi, une religion, qu'une philosophie rationnelle, c'est-à-dire quelque chose d'essentiellement antiscientifique.

Misère de l'historicisme suit la méthode de « l'essai ou l'erreur » de façon périphrastique, en présentant sur le mode le plus cohérent possible l'« historicisme », pour mieux le réfuter ensuite. Popper montre comment un certain courant historiciste tâche de différencier cette méthode des méthodes scientifiques, en expliquant que les actions sociales n'obéissent pas toujours à des causes identiques ni ne pratiquent les ajustements et réajustements constants qui affectent celles-là, mais que, néanmoins, ces faits sociaux obéissent aussi à des lois qui, une fois découvertes, permettent d'annoncer les événements historiques futurs. Tel est, selon Popper, le péché originel de « l'historicisme » : croire qu'il y a des lois qui règlent la vie sociale équivalentes à celles que l'on a découvertes dans l'ordre naturel et scientifique. Elles n'existent pas : tout ce qu'on peut identifier dans le domaine historique et social, ce sont des propensions ou des développements qui n'ont ni la pérennité ni l'exactitude du mouvement des astres dans l'espace, c'est-à-dire la constance et la rigueur fatidique de la loi de la gravitation découverte par Newton.

Les « méchants » de cet ouvrage de Popper – les historicistes les plus critiqués – ne sont pas Marx et Engels, mentionnés seulement au passage, mais Karl Mannheim, dont le livre *Mensch und Gesellschaft im Zeitalter des Umbaus*[1] lui sert à illustrer les pires erreurs de l'historicisme, ainsi que John Stuart Mill et Auguste Comte, historicistes que Popper accuse d'avoir prolongé les tendances idéologiques antidémocratiques issues de Platon qui, en attribuant au cours historique une évolution fatidique et prédéterminée, a nié la liberté humaine et jeté les bases de toutes les idéologies totalitaires.

Popper cite fréquemment Hayek pour exprimer ses profondes coïncidences avec lui et *Misère de l'historicisme* est assurément un ouvrage complémentaire de *La route de la servitude*, paru peu avant cet essai.

Popper allait développer avec plus de force et de clarté les idées centrales de ce livre dans *La société ouverte et ses ennemis*. La « *free competition of thought* » (la libre concurrence des idées) est, avec l'ingénierie fragmentaire ou graduelle, la base d'appui la plus solide de l'ordre démocratique contre la tyrannie des idéologies messianiques et utopiques qui identifient l'État à la société et croient détecter un *common purpose* (une fin commune) dans

1. *Mensch und Gesellschaft im Zeitalter des Umbaus*, Leide, 1935. *(NdT)*

l'histoire, ce qui conduit inévitablement à l'abandon de la pensée rationnelle et à la tyrannie politique.

Il est vrai que dans maintes sociétés libres il existe des instituts de planification et que leur existence n'a pas mis fin aux libertés publiques. Mais il en va ainsi parce que ces instituts ne « planifient » que d'une façon très relative ou symbolique ; en général ils se bornent à donner des orientations et des informations sur l'activité économique, sans imposer de politiques ou d'objectifs de façon contraignante. Cela n'est pas, *stricto sensu*, planifier, mais enquêter, conseiller, assister : toutes actions parfaitement compatibles avec le fonctionnement du marché compétitif et de la société démocratique.

Contrairement à l'« ingénieur utopique ou holistique » – le révolutionnaire –, l'« ingénieur fragmentaire » – le réformiste – admet qu'on ne peut connaître le « tout » et qu'il est impossible de prévoir ni de contrôler les mouvements de la société, à moins de la soumettre à un régime dictatorial où, par l'usage de la censure et de la force, toutes les conduites s'ajustent à une norme décidée d'avance par le pouvoir. L'« ingénieur fragmentaire » fait passer la partie avant le tout, le fragment avant l'ensemble, le présent avant l'avenir, les problèmes et besoins des hommes et des femmes d'ici et de maintenant avant ce mirage incertain : l'humanité future.

Le réformiste ne prétend pas tout changer et il n'agit pas en fonction d'un dessein global et reculé. Ce qu'il veut, c'est perfectionner les institutions et modifier les conditions concrètes du moment afin de résoudre les problèmes en vue d'un progrès partiel, mais effectif et constant. Il sait que c'est seulement à travers ce perfectionnement continu des parties que l'on améliore le tout social. Son propos est de réduire ou d'abolir la pauvreté, le chômage, la discrimination, d'ouvrir de nouvelles chances de dépassement et de sécurité pour tous et d'être toujours attentif à la diversité complexe d'intérêts contradictoires et d'aspirations dont l'équilibre est indispensable si l'on veut éviter les abus et la création de nouveaux privilèges. Le « réformiste » n'aspire pas à apporter le bonheur aux hommes, car il sait que ce sujet n'incombe pas aux États mais est du ressort de chacun. Il sait que dans ce domaine il n'y a aucune façon d'englober dans une norme cette multiplicité hétérogène – en tout, même les désirs et les aspirations personnelles – qu'est une communauté humaine. Son dessein est moins grandiose et plus réaliste : faire reculer objectivement l'injustice, les causes sociales et économiques de la souffrance individuelle.

Pourquoi le réformiste préfère-t-il modifier ou réformer les institutions existantes au lieu de les remplacer, comme le prétend le révolutionnaire ? Parce que, dit Popper dans un de ses essais les plus importants de son ouvrage *Conjectures et réfutations : la croissance du savoir scientifique*[1], le fonctionnement des institutions ne dépend jamais seulement de la nature de celles-ci – c'est-à-dire de leur structure, de leur réglementation et des tâches ou responsabilités qui leur ont été assignées, ou des personnes qui en ont la charge –, mais aussi des traditions et

1. *Conjectures et réfutations : la croissance du savoir scientifique*, traduit par Michelle-Irène et Marc de Launay, Paris, Payot, 2006.

coutumes de la société. La plus importante de ces traditions est le « cadre moral », le sens profond de la justice et de la sensibilité sociale qu'une société a atteint au long de son histoire. On ne peut pas en faire table rase. Cette délicate matière qui constitue la psychologie et la structure animique profonde d'une société ne peut être abolie ni remplacée du jour au lendemain comme le voudrait le révolutionnaire. Et c'est elle, en dernier ressort, qui, par sa concordance ou son antagonisme intime avec ces traditions, assure le succès ou l'échec des institutions sociales. Celles-ci, aussi intelligemment qu'elles aient été conçues, ne rempliront leur rôle que si elles s'harmonisent convenablement avec ce contexte ineffable, non écrit, mais décisif dans la vie d'une nation qu'est le « cadre moral ». Cette harmonisation constante des institutions avec ce fonds traditionnel et éthique – qui évolue et change beaucoup plus lentement que celles-ci – n'est possible que grâce à cette « ingénierie fragmentaire » qui, par sa façon graduelle de réformer la société, peut opérer à chaque pas les réajustements et corrections qui évitent de perpétuer les erreurs (ce qui, pour la méthodologie « holistique » utopique, est sans remède).

Le réformisme est compatible avec la liberté. Mieux encore, il dépend d'elle, car l'examen critique permanent est son principal instrument d'action. Grâce à l'exercice de la critique, le réformisme peut toujours garder cet équilibre entre individu et pouvoir, ce qui empêchera ce dernier de croître jusqu'à venir à bout du premier. En revanche, l'« ingénierie utopique ou holistique » conduit, à plus ou moins long terme, à l'accumulation du pouvoir et à la suppression de la critique. Ce qui conduit à ce résultat – souvent sans avoir l'air d'y toucher – ce sont les contrôles, complément inévitable de toute politique « planificatrice », qui tente, sincèrement, de « planifier » la marche de la société. Les contrôles économiques, sociaux ou culturels rognent les initiatives et les libertés jusqu'à abolir la souveraineté individuelle et faire du citoyen une simple marionnette. Bien sûr, il y a des stades intermédiaires entre une démocratie traversée par une politique déterminée de contrôles partiels ou atténués et une société totalitaire ou policière où l'État contrôle pratiquement à cent pour cent les activités sociales. Mais il est important d'admettre que, même si dans la société la plus libre, une certaine intervention du pouvoir qui mette certaines limites et conditions à l'initiative individuelle est indispensable – car sinon la société glisserait vers l'anarchie ou la loi de la jungle –, il n'en est pas moins vrai que toute politique de contrôle doit être constamment surveillée et contrebalancée, car elle contient toujours en soi les germes de l'autoritarisme, les rudiments d'une menace contre la liberté individuelle.

L'État, dit Popper, est « un mal nécessaire ». Nécessaire, car sans lui il n'y aurait ni coexistence ni cette redistribution de la richesse qui garantit la justice – la seule liberté étant par elle-même source d'énormes déséquilibres et inégalités – et la correction des abus. Mais un « mal » parce que son existence représente dans tous les cas, même dans les démocraties les plus libres, une limitation considérable de la souveraineté individuelle et un risque permanent qu'il s'étende et génère des excès qui saperaient les bases – fragiles en fin de compte – sur lesquelles a été bâtie au cours de l'évolution sociale – sans qu'on sache si c'est pour accroître le bonheur ou le malheur des hommes – la plus belle et la plus mystérieuse des créations humaines : la culture de la liberté.

LA TYRANNIE DU LANGAGE

Très jeune, Popper a affronté une mode qui, alors, n'était même pas née : la diversion linguistique. Une bonne partie de la pensée occidentale contemporaine allait connaître, au lendemain de la Seconde Guerre mondiale surtout, une préoccupation obsessionnelle pour les limites et les pouvoirs attachés au langage, au point qu'à un certain moment – dans les années 60 – on a eu l'impression que toutes les sciences humaines, de la philosophie à l'histoire en passant par l'anthropologie et la politique, étaient devenues des branches de la linguistique (mânes de Heidegger). Et la perspective formelle – les mots organisés entre eux et dissociés de leur référent, le monde objectif, la vie non dite ni écrite mais vécue –, systématiquement utilisée dans toutes les disciplines, allait finir par convertir la culture occidentale en une sorte d'évanescente spéculation philologique, sémiologique et grammaticale. Autrement dit, un grand feu d'artifice rhétorique où les idées et les inquiétudes sur « les grands thèmes » auraient peu à peu disparu, balayées par le souci exclusif de l'expression en soi, des structures formelles de toute science et de tout savoir.

Popper n'a jamais partagé cette position et cela explique en partie, sans doute, qu'à aucun moment de sa longue trajectoire intellectuelle il ait été un philosophe à la mode et que sa pensée soit restée confinée longtemps à l'intérieur de cercles universitaires. Dans *La société ouverte et ses ennemis*, il avait abondamment critiqué Aristote pour son « verbalisme », sa tendance à détourner vers le verbiage la discussion des sujets importants, ce dont, selon Popper, hérita Hegel, qui aggrava ce penchant jusqu'à infecter la philosophie d'obscurantisme rhétorique. Pour lui, le langage « communique » des choses étrangères à lui-même et il faut tâcher d'en user de façon fonctionnelle, sans trop s'arrêter à vérifier si les mots expriment convenablement ce que celui qui en use prétend leur faire dire. Se distraire en explorant le langage en soi comme quelque chose de dissocié de ce contenu qu'est la réalité que les mots ont mission d'exprimer n'est pas seulement une perte de temps. C'est aussi une attitude frivole, une négligence de l'essentiel, la quête de cette vérité qui, pour Popper, se trouve toujours en dehors des mots, quelque chose que ceux-ci peuvent communiquer mais non produire par eux-mêmes, jamais. « *In my view, aiming at simplicity and lucidity is a moral duty of all intellectuals : lack of clarity is a sin, and pretentiousness is a crime* » (« De mon point de vue, tendre à la simplicité et à la lucidité, c'est un devoir moral pour tous les intellectuels : le manque de clarté est un péché, et la prétention est un crime »), écrit-il dans « Les deux visages du sens commun[1] ». La sim-

1. Chapitre de l'ouvrage *La connaissance objective*, traduction Jean-Jacques Rosat, Paris, Flammarion, 1991, p. 99.

plicité veut dire pour Popper le recours au langage de telle sorte que les mots importent peu, qu'ils soient transparents et laissent passer au travers les idées sans leur imprimer de trait particulier. « Nos “définitions opérationnelles” ont l'avantage de nous aider à situer le problème dans un domaine où rien, ou presque rien, ne dépend des mots. “Parler clair, c'est parler de telle sorte que les mots n'aient pas d'importance”[1] », phrase qui rappelle la célèbre expression d'Ortega y Gasset : « La clarté est la politesse du philosophe. » Il est difficile d'imaginer une conviction qui contredise de façon plus flagrante ce commandement de la culture occidentale moderne qui ordonne de se méfier des mots car ils sont capables de jouer les plus mauvais tours à celui qui ne les manie pas avec prudence ni ne leur prête une attention suffisante.

Tout comme Hayek, Popper pensait le plus grand mal des intellectuels. Mais, contrairement à lui, il ne leur reprochait pas d'être surtout des « constructivistes »-nés ; il critiquait seulement leur tendance à écrire de façon confuse, à croire que l'obscurité linguistique était synonyme de profondeur, ce qui avait transformé la philosophie contemporaine en rien de moins qu'une indéchiffrable logomachie. Et d'un autre côté, il les blâmait d'avoir semé le pessimisme et la critique la plus injuste sur la société occidentale de notre temps, « autrement dit la perpétuelle volonté de dire aux jeunes qu'ils vivent dans un monde mauvais », leur inoculant ainsi ce

1. Karl Popper, *The Open Society and its Enemies*, vol. II, p. 296. La version française est abrégée, cette citation n'y est pas traduite.

découragement et ce mépris de la « société ouverte », alors que « le monde où nous vivons est, à mon sens, le meilleur qui ait jamais existé »[1].

À une autre occasion, Popper a rappelé que c'était une idée qui lui trottait dans la tête depuis son jeune temps : « J'avais dit vers 1930 à titre de plaisanterie : beaucoup d'étudiants ne vont pas à l'université dans l'idée que c'est un grand empire du savoir, dont ils arriveront peut-être à saisir une petite part, ils vont à l'université pour apprendre à *parler de façon impressionnante et incompréhensible. C'est la tradition de l'intellectualisme*. À l'époque, je l'avais dit pour rire. Mais devenu par la suite moi-même professeur d'université, je me suis aperçu avec horreur que c'était la réalité. C'est comme ça, malheureusement[2]. »

Il n'est donc pas étonnant que Popper ait sévèrement critiqué certains intellectuels de son temps, comme Adorno et Horkheimer, membres éminents de ce qu'on a appelé l'École de Francfort. Adorno était à ses yeux un mauvais imitateur de Karl Kraus, quelqu'un « qui n'a rien à dire » et qui le dit très mal, en imitant l'« obscurantisme hégélien ». Il le qualifie de snob culturel, d'ennemi de la clarté parce qu'il réclamait « plus d'obscurité » à la culture et qu'il était un désespéré disant pis que pendre du monde actuel sans proposer aucune solution alternative. Il tient Horkheimer pour plus sérieux, mais négatif, car il s'opposait « à réformer le système actuel ».

1. Karl Popper et Konrad Lorenz, *L'avenir est ouvert*, *op. cit.*, p. 53.
2. *Ibid.*, p. 126.

Il ajoute que les écrits de l'École de Francfort sont « l'opium des intellectuels de Raymond Aron »[1].

Il pensait malgré tout que les intellectuels pourraient rendre service à l'humanité s'ils rectifiaient radicalement leur façon d'être : « *Why do I think that we, the intellectuals, are able to help ? Simply because we, the intellectuals, have done the most terrible harm for thousands of years. Mass murder in the name of an idea, a doctrine, a theory, a religion – that is all our doing, our invention : the invention of intellectuals. If only we would stop setting man against man – often with the best intentions – much would be gained. Nobody can say that it is impossible for us to stop doing this* » (« Pourquoi pensé-je que nous, les intellectuels, nous pouvons être de bon secours ? Tout simplement pour la raison que nous, les intellectuels, depuis des millénaires, nous avons semé les pires calamités. Le meurtre de masse au nom d'une idée, d'une doctrine, d'une théorie – c'est notre œuvre, notre invention : l'invention des intellectuels. Cesserions-nous d'aiguillonner les hommes les uns contre les autres – et souvent avec les meilleures intentions du monde –, ce serait déjà un grand pas de fait. Nul ne peut dire que cela nous est impossible »)[2].

Popper a été victime de cette grave erreur : le mépris de la forme expressive. Sa croyance que le langage ne peut être une fin en soi, ni même une préoccupation majeure, sans produire une distorsion

1. Karl Popper, *The Myth of the Framework : In Defense of Science and Rationality*, Routledge, 1994.

2. « Tolérance et responsabilité intellectuelle », dans *À la recherche d'un monde meilleur*, *op. cit.*, p. 254-255.

profonde du contenu d'une science, ce qu'il est raisonnable de ne pas assimiler absolument au langage dans lequel elle s'exprime, est assurément des plus pertinentes. Cette identité forme-contenu n'existe même pas là où elle semblerait inévitable, dans la littérature, car, comme l'a écrit le poète catalan Gabriel Ferrater, on ne peut confondre la *terza rima* de Dante avec les tourments de l'enfer. Il est vrai aussi que cette croyance a immunisé Popper contre la tentation, à laquelle bien des intellectuels illustres de son temps ont succombé, de reléguer les grands sujets au rayon des accessoires – ce que sont, en dernière instance, les thèmes relatifs à l'expression formelle d'une science ou d'une philosophie. La pensée de Popper a toujours tourné autour de ce qui est fondamental, les grandes questions, la vérité et le mensonge, la connaissance objective et la pensée magique ou religieuse, la liberté et la tyrannie, l'individu et l'État, la métaphysique et la science, comme chez les grands classiques. Mais il faut dire aussi que cette pensée a été affectée, sans aucun doute, par cette sous-estimation de la nature des mots, par l'hypothèse téméraire qu'on peut en user comme s'ils n'avaient pas d'importance.

Les mots sont toujours importants. Si on les sous-estime, ils peuvent se venger en introduisant l'ambiguïté, l'amphibologie, le double ou triple sens dans ce discours qui aspire à être aseptique et univoque. La réticence de Popper à considérer le langage comme une réalité autonome, avec ses impulsions et tendances propres, a eu des conséquences négatives sur son œuvre qui, malgré sa transcendance conceptuelle, souffre parfois d'imprécision, voire de confusion. Sa terminologie, ses formules ne sont pas toujours heureuses car elles se prêtent au malentendu. Appeler « historicisme » la vision totalitaire de l'histoire ou le simple idéologisme est discutable, car ce terme suggère une récusation de l'histoire telle quelle, ou en tout cas quelque chose qui est loin de la philosophie poppérienne. Mais plus contestable encore est l'emploi des expressions « ingénierie fragmentaire » et « ingénierie utopique ou holistique » là où l'on pourrait plus simplement parler de « réformisme » et de « radicalisme » (ou d'« attitude libérale » et d'« attitude révolutionnaire »). Hayek, par exemple, a critiqué l'usage du mot « ingénieur » pour désigner le réformateur social par l'association inconsciente avec le vocabulaire communiste, puisque Staline définissait les écrivains comme des « ingénieurs de l'âme ». Il y a, assurément, une contradiction évidente à qualifier d'« ingénieur » le réformateur social de la part du philosophe qui a critiqué de façon si convaincante l'idée de « planification », c'est-à-dire cette illusion d'organiser la société depuis un pouvoir central, ce qui conduit, à plus ou moins long terme, à la réduction et à la disparition des libertés. Et non moins confuse apparaît la défense du protectionnisme que fait Popper dans *La société ouverte et ses ennemis* (vol. I, chapitre VI), où il semble justifier l'interventionnisme étatique dans la vie économique ; ce n'est évidemment pas le cas puisqu'il explique que c'est de la « défense de la liberté » qu'il veut parler, mais le danger de confusion n'existerait pas s'il avait employé un mot plus approprié.

Il est bon qu'une philosophie, ou une science,

ne se noie pas dans l'analyse des langages qu'elle utilise, car cette voie conduit généralement à un byzantinisme stérile. Mais il est indispensable que tout penseur accorde à l'instrument dans lequel il s'exprime toute l'attention voulue afin de rester, dans chacun de ses textes, maître de ses mots et de son propre discours, et non un serviteur passif du langage. L'œuvre de Popper, l'une des plus suggestives et rénovatrices de notre temps, souffre de cette tare : les mots, dédaignés par lui, embrouillent et déforment parfois les idées que l'auteur n'a pas su exprimer toujours avec la rigueur et les nuances que leur profondeur et leur originalité exigeaient.

Quelqu'un qui se trouvait aux antipodes de Popper quant à la conception du discours, Roland Barthes, a écrit : « Dans l'ordre du savoir, pour que les choses deviennent ce qu'elles sont, ce qu'elles ont été, il y faut cet ingrédient, le sel des mots. C'est ce goût des mots qui fait le savoir profond, fécond[1]. » La langue fonctionnelle de Popper ne connaît pas ce sel des mots, cet accord parfait entre le contenu et le contenant du discours qui était, paradoxalement, ce qu'il recherchait avec son idéal de langage « simple et limpide » où les mots n'importeraient pas. Dans ses livres, même ceux où la profondeur de sa réflexion et de sa culture est la plus évidente, on remarque toujours un déphasage entre la richesse d'une pensée qui ne nous arrive jamais dans toute sa splendeur, mais freinée, rognée, voire embrouillée par sa relative indigence, et la complication de l'écriture. À la différence d'Ortega y Gasset dont

1. Roland Barthes, *Leçon*, Paris, Éditions du Seuil, 1978, p. 21.

la bonne prose habillait si bien les idées qu'elle les améliorait, le style opaque et zigzagant de Popper dessert souvent les siennes.

Le rapprochement de Popper et de Barthes n'est pas du tout gratuit. Sur ce thème du langage, tous deux représentent deux extrêmes condamnables, deux excès chèrement payés. Contrairement à Popper qui croyait que le langage n'avait pas d'importance, Roland Barthes considérait qu'en fin de compte le langage était la seule chose importante, car celui-ci est le centre du pouvoir, de tout pouvoir. Essayiste au talent immense, mais frivole, qui se contemplait dans la glace et jouissait de lui-même, qui se pavanait et s'étourdissait de ce verbiage – le discours, le texte, le langage, la langue, etc. –, qu'il exprimait avec tant de brio et de sophismes, Barthes est allé jusqu'à affirmer – « démontrer » – que ce n'étaient pas les hommes qui parlaient mais le langage qui parlait à travers eux, les modelant et les soumettant à une dictature aussi insidieuse qu'invisible : « … la langue […] n'est ni réactionnaire, ni progressiste ; elle est tout simplement : fasciste, car le fascisme, ce n'est pas d'empêcher de dire, c'est d'obliger à dire[1]. » De cette dictature seules s'émancipent, passagèrement, ces œuvres littéraires qui rompent avec le langage établi et en établissent un nouveau. La liberté, selon Barthes, ne peut exister que *hors du langage**. (Les hommes les plus libres seraient-ils, donc, les autistes et les sourds-muets ?) Quand on extrait la pensée de Barthes en l'isolant des beaux textes qu'il écrivait, sa superficialité, sa

1. *Ibid.*, p. 14.

légèreté, son caractère provocant et badin, son humour, très souvent sa vacuité, sautent aux yeux. Mais quand on l'aborde dans les textes originaux, embellis par l'élégance de sa prose, le raffinement dans la nuance, la subtilité incantatoire de la phrase, on a une impression de profondeur, de vérité transcendante : beau mirage rhétorique.

Car il n'est pas vrai que le siège de tout pouvoir soit le langage. Quelle bêtise ! Le véritable pouvoir tue et les mots, tout au plus, peuvent ennuyer, hypnotiser ou scandaliser. La bonne prose, le style iridescent qu'il avait, a donné à la pensée fugace de Roland Barthes une apparence d'acuité et de solidité, alors que dans le même temps l'ambitieux et profond système d'idées de Karl Popper s'est vu d'une certaine façon réfréné et rabaissé par une expression qui n'a jamais été à la hauteur de ce qu'il exprimait. Parce que, bien que les idées ne soient pas faites que de mots, comme le croyait Barthes, sans les mots qui les incarnent et les véhiculent comme il faut, les idées ne seront jamais tout ce qu'elles peuvent être.

LA VOIX DE DIEU

Si quelqu'un voulait confectionner un livre d'idées reçues contemporaines à l'usage d'intellectuels politiquement corrects, semblable au *sottisier** que Flaubert composa au XIXe siècle, il devrait se fixer deux impératifs : a) attaquer la société de consommation, et b) désigner la télévision comme source d'inculture, de violence et de stupidité massifiées.

Bien entendu, c'est un droit inaliénable pour tout un chacun de condamner le consumérisme, mais, pour être cohérents, les contempteurs doivent accepter que cette société austère qu'ils proposent, où les gens n'achèteraient que l'indispensable pour leur survie, sans produits superflus – c'est-à-dire, presque sans industries –, serait un monde primitif, de foules de chômeurs et d'affamés, soumis aux calamités et à la loi du plus fort, où la précarité de l'existence ne laisserait guère de temps à l'immense majorité des mortels pour la vie spirituelle et intellectuelle. Le retour à la tribu serait consommé. Parce que la vérité vraie c'est que, plus les citoyens consomment de produits industriels – qu'ils soient superflus ou indispensables, c'est au propre consommateur, dans une société ouverte, de le décider –, plus il y aura d'emplois, d'éducation plus large et de qualité et de loisirs, car sans eux il n'y a pas de vie spirituelle ou intellectuelle qui vaille.

Le thème de la télévision est infiniment plus épineux que celui du consumérisme. Sans aucun doute, elle représente un pouvoir colossal dans la société de notre temps et elle a contribué de façon décisive à créer la « société du spectacle » à propos de laquelle j'ai tiré moi-même la sonnette d'alarme[1]. Popper croyait que de nos jours la télévision est le pouvoir « le plus important de tous, comme si elle avait remplacé la voix de Dieu ». Ces affirmations apparaissent dans un des derniers textes qu'il ait écrits, commentant les analyses du psychologue

1. Voir Mario Vargas Llosa, *La civilisation du spectacle*, Gallimard, 2015.

John Condry sur l'effet que la télévision avait sur les enfants aux États-Unis. Tous deux cosignèrent un ouvrage aux éditions Anatolia, en France, sous le titre agressif : *La télévision : un danger pour la démocratie* (1995)[1].

Je dirai rapidement, comme j'espère l'avoir démontré dans ces pages, que je tiens Karl Popper pour le penseur le plus important de notre époque, que j'ai passé une bonne partie des trente dernières années à le lire et à l'étudier et que, si l'on me demandait de signaler le livre de philosophie politique le plus fécond et enrichissant du XXe siècle, je n'hésiterais pas une seconde à choisir *La société ouverte et ses ennemis*. Je dirai aussi que mon admiration pour cet extraordinaire esprit m'a fait trembler sur mes jambes le jour où Pedro Schwartz, son disciple, m'a mené lui rendre visite dans sa maisonnette bien ordonnée de Kensley, aux environs de Londres, où je l'ai écouté, ému, parler avec enthousiasme de Kant et du XXIe siècle. Je dois pourtant avouer que l'émotion le céda à la surprise lorsque nous passâmes de la philosophie et l'histoire à la littérature et que j'entendis sir Karl déblatérer contre Kafka et ses compatriotes Musil et Roth, et nous expliquer qu'à cette littérature maladive et ennuyeuse il préférait les romans sains et plaisants de Trollope. Une de mes meilleures expériences intellectuelles a été de participer à une « Rencontre avec Karl Popper » à Santander, en août 1991, pour les quatre-vingt-neuf ans

1. Karl Popper et John Condry, *La télévision : un danger pour la démocratie,* Paris, éditions Anatolia, 1994, p. 36.

du philosophe, et d'échanger au cours d'une table ronde quelques idées avec lui.

Un grand philosophe peut bien avoir les goûts littéraires qu'il voudra, mais est-ce concevable que le plus intransigeant défenseur de la liberté individuelle contre les violences et les interventions de l'État propose, comme remède aux maux véhiculés par la télévision dans la société ouverte, un système corporatif d'autorisations et de contrôles afin d'éviter que les producteurs d'émissions et de films continuent d'inoculer au petit écran trois poisons : « la violence, le sexe et le sensationnalisme » ?

Popper soutient que la démocratie ne survivra pas si elle ne soumet pas la télévision à un contrôle effectif qui réduise le pouvoir illimité qu'elle exerce aujourd'hui sur l'environnement culturel et moral. Son diagnostic s'appuie sur les recherches du professeur Condry qui, évidemment, font se dresser les cheveux sur la tête : les enfants nord-américains regardent la télé en moyenne quarante heures par semaine – quatre à cinq heures du lundi au vendredi et sept à huit les samedi et dimanche – et cette dépendance produit chez eux de multiples troubles physiques, moraux et intellectuels : baisse du métabolisme, obésité, passivité, anomie éthique, conduite agressive, vision stéréotypée des valeurs, indistinction entre imagination et réalité, repli sur soi. Parmi tous ces effets, Popper retient celui qui lui semble le plus pernicieux : l'incitation à la violence. Et, rappelant que la civilisation consiste essentiellement à la réduire, il propose d'attaquer le mal à la racine.

Sa recette va à l'encontre de tous les postulats libéraux opposés à l'étatisme ou au dirigisme et retombe à pieds joints sur les théories constructivistes et interventionnistes des sociaux-démocrates, des socialistes et des communistes (celles que *La société ouverte et ses ennemis* avait battues en brèche). Elle consiste à donner une formation professionnelle obligatoire à tous ceux qui aspirent à produire des émissions télévisées, permettant à l'État de leur apprendre « le rôle fondamental de l'éducation » et « comment les enfants reçoivent les images, comment ils absorbent ce que la télévision leur présente et comment ils tentent de s'adapter à un environnement marqué par la télévision ». Instruits de la sorte, ils recevraient « une patente, un brevet ou une licence » qui serait suspendu ou annulé s'ils violaient, dans l'exercice de leur profession, ce « serment éthique », semblable à celui d'Hippocrate chez les médecins, qu'ils prononceraient au début de leur activité professionnelle. Un « ordre » – ou commission – semblable à celui qui regroupe les notaires ou les docteurs en médecine se chargerait de veiller à l'application correcte de ce code de consultation.

On a des frissons en imaginant ce qui se passerait si la proposition de Popper faisait son chemin et si toutes les sociétés ouvertes l'adoptaient. À partir de ce moment, elles seraient évidemment bien moins ouvertes. Il y aurait peut-être dans les émissions télé une moindre dose de cette violence qui caractérise les films de Tarantino ou la série des James Bond. Mais quid de l'autre violence qui la remplacerait ? Celle de la médiocrité, de l'asphyxie du talent qu'entraîne toute bureaucratisation d'une activité créative, celle de l'exclusion de tout esprit contestataire ou rebelle et la censure pour toute expérience ou recherche du neuf. Avec pour résultat une télévision assurément aussi saine et pacifique que celle qu'on trouve en République populaire de Chine, à Cuba ou en Corée du Nord, ou celle qui distrayait les téléspectateurs de l'Espagne franquiste ou du Chili de Pinochet, où seuls des professionnels dûment accrédités par l'État – à travers un « ordre » corporatif, toujours – pouvaient produire des films et des programmes qui devaient être confectionnés selon un code strict afin de défendre la société contre ses ennemis. Cela résoudrait-il le problème ou le remède se révélerait-il pire que le mal ?

Le problème existe, certes, assurément aggravé par le formidable développement des nouvelles technologies de la communication. Il est vrai que la télévision, et maintenant Internet ou ce qu'on appelle les réseaux sociaux exercent une influence sans précédent dans la vie moderne. Il est donc indispensable de prendre certaines précautions pour que, par exemple, s'agissant des enfants, elle ne soit pas néfaste. Il est légitime d'établir des horaires pour la diffusion de certains films ou émissions au contenu jugé nocif pour des téléspectateurs en herbe et d'étiqueter ces spectacles de façon que les parents puissent décider s'il convient ou non que leurs enfants les voient, bien qu'en fait, avec la révolution audiovisuelle actuelle, ces précautions puissent se révéler inutiles. En tout cas, si ces limites étaient telles qu'elles pourvoient l'État d'un alibi pour contrôler les médias audiovisuels, cela conduirait inévitablement à leur instrumentalisation par celui qui exerce le pouvoir de plein droit, c'est-à-dire à une violence aussi destructrice pour l'esprit et la morale que celle qu'on voudrait éradiquer.

Que cela nous plaise ou pas, la télévision, Internet et les réseaux sociaux sont là et pour longtemps. Cela n'a pas de sens de se demander s'il aurait mieux valu que tout cela ne soit pas inventé. Les statistiques auront beau parler, je vois bien que, comme il en va des livres, la violence tant stigmatisée apparaît sur les écrans plus comme un effet que comme une cause de la violence qui fait des ravages dans la société et que ce n'est donc pas en fermant l'accès aux écrans, mais en coupant ses racines dans la vie véritable et au moyen de l'éducation, qu'on la combattra efficacement. C'est évidemment là un sujet complexe et qui a peut-être beaucoup plus à voir avec le fond sale et violent dont – malgré ce que croyait cet homme bon et sage qu'était sir Karl Popper – l'âme humaine est aussi faite qu'avec les mauvais exemples charriés par les fictions de la littérature, du cinéma, de la télévision et d'Internet.

En tout cas, ce n'est pas l'excès de concurrence mais sa rareté qui empêche la télévision de produire des émissions plus originales et plus créatives et qu'abondent au contraire la stupidité et la platitude. S'il y avait en elle la diversité et les nuances qui existent dans les livres, les revues, les journaux et (dans quelques pays) les chaînes de radio, les esprits raffinés, exquis, exigeants et extravagants trouveraient sur le petit écran ce qui brille maintenant par son absence. La disparition des frontières médiatiques et le règne des grandes autoroutes de l'information (du divertissement et de la fiction) pourraient peut-être nous rapprocher de cet idéal.

RAYMOND ARON
(1905-1983)

Cet homme extrêmement courtois était de petite taille avec un long nez, de grandes oreilles, des yeux bleus et un regard mélancolique. Il était né dans une famille juive laïque, assimilée et assez aisée. Il passa son enfance à Versailles, dans une maison flanquée d'un court de tennis, activité qu'il pratiqua avec un certain succès dans ses années de jeunesse, jusqu'à ce que sa vocation intellectuelle l'éloigne du sport. Pourtant, il continua à être un enthousiaste du rugby, mais seulement devant la télévision. À l'École normale supérieure, où il étudia dans les années 20, il avait les meilleures notes de sa promotion, mais il était si discret et prudent dans les discussions qu'un jour son condisciple et ami Jean-Paul Sartre l'apostropha ainsi : « *Mon petit camarade, pourquoi as-tu si peur de déconner* ? » Sartre ne connut jamais cette crainte et, tout au long de sa vie, il déconna bien souvent, avec toute la force d'une intelligence qui déguisait les pires sophismes en vérités. En revanche, Raymond Aron persista jusqu'à la fin de sa féconde existence qui se termina en septembre 1983 au Palais de justice de Paris où il était allé défendre son ami

Bertrand de Jouvenel dans un procès en diffamation, s'exprimant toujours avec la même sagesse et la bonne éducation de sa jeunesse, sauf, peut-être, durant la révolution étudiante de mai 1968, seul événement qui l'exaspéra au point de le faire sortir de ses gonds.

Il s'intéressa très jeune à la philosophie allemande, en apprit la langue et, en 1930, à la fin de ses études à l'École normale, partit en terre de Goethe. Il fut pendant deux ans lecteur à Cologne, et ensuite passa deux autres années à la Französisches Akademikerhaus de Berlin. Il s'y trouvait en 1932, année du triomphe électoral d'Hitler. Quelque temps après, il eut l'occasion d'assister avec son ami l'historien Golo Mann à l'autodafé où les nazis brûlèrent des milliers de livres « dégénérés » aux portes de l'université Humboldt. Ces événements politiques traumatisants ne l'éloignèrent pas de son travail intellectuel dont résulteraient, à son retour à Paris, deux livres-clés de philosophie et sociologie qui introduisirent en France des penseurs comme Dilthey, Simmel, Husserl, Heidegger et Max Weber : *Essai sur une théorie de l'histoire dans l'Allemagne contemporaine* et, surtout, sa thèse de doctorat : *Introduction à la philosophie de l'histoire* (tous deux de 1938).

Il fut un penseur un peu décalé par rapport à la tradition culturelle française, qui porte aux nues les extrêmes. Libéral et modéré, champion du sens commun, cette vertu politique saxonne, aimable sceptique qui, sans grand succès mais avec sagesse et lucidité, défendit durant plus d'un demi-siècle dans des livres, articles et conférences – depuis sa chaire et dans les revues – la démocratie libérale contre les dictatures, la tolérance contre les dogmes, le capitalisme contre le socialisme et le pragmatisme contre l'utopie. À une époque fascinée par l'excès, l'iconoclasie et l'insolence, le bon sens et l'urbanité de Raymond Aron étaient si peu visibles, tellement en contradiction avec le tourbillon des modes frénétiques, que même certains de ses admirateurs semblaient être secrètement d'accord avec cette formule, méchamment frappée par on ne sait qui dans les années 60, selon laquelle « il vaut mieux avoir tort avec Sartre que raison avec Aron ». Dans les années 50 et 60, au milieu des agitations intellectuelles en France, où la gauche possédait le monopole de la vie culturelle, Raymond Aron fut une sorte d'exilé intérieur dans son propre pays. Ensuite, à partir des années 70, lorsque ses prédictions et ses analyses sur le communisme, l'URSS et ses pays satellites se confirmèrent, il finit par être reconnu jusqu'à rencontrer avec ses *Mémoires* (1983) un succès quasi unanime. Mais passager. Bien que cette reconnaissance dût lui plaire, il ne le montra pas. Il était trop concentré sur la rédaction de son dernier chef-d'œuvre : les deux gros volumes de *Penser la guerre : Clausewitz* (1976).

C'était un intellectuel dépassionné, d'une intelligence pénétrante mais sans éclat, d'une prose claire et froide, capable de réfléchir sereinement sur les problèmes les plus brûlants et de commenter l'actualité avec la même lucidité et la même distance que celles avec lesquelles il dissertait en Sorbonne sur la société industrielle ou sur ses maîtres Montesquieu et Tocqueville. Mais, parfois, il pouvait être un magicien de l'ironie et du sarcasme, comme dans sa conférence à l'occasion du 150e anniversaire de la naissance de Marx, prononcée à l'Unesco en pleine révolution de mai 1968, où il dit que les étudiants berlinois préparaient la société en paix de l'avenir marxiste « en défenestrant leurs professeurs ». La seule chose qui l'exaspérait était, comme pour Monsieur Teste, la bêtise humaine. Un jour, commentant la démagogie populiste du mouvement poujadiste, il écrivit : « *Quand ça devient trop bête, je cesse de comprendre**[1]. »

Avec lui disparut un des derniers grands intellectuels européens, l'un des plus accessibles au profane, un moraliste, philosophe et sociologue du plus haut niveau qui, en même temps, exerçait le journalisme et eut le talent – si rare aujourd'hui parmi les intellectuels – d'élever le commentaire de l'actualité au rang d'essai créatif et de rendre le traité universitaire et la réflexion sociologique ou historique aussi clairs qu'un bon article de journal. Professeur au Collège de France, le chroniqueur qui pendant plus d'un demi-siècle commenta l'actualité politique hebdomadaire, d'abord dans *Combat*, puis dans *Le Figaro* et ensuite dans *L'Express*, opposa un vivant démenti à la supposée incompatibilité entre le spécialiste et le vulgarisateur. Aujourd'hui, les intellectuels sont des spécialistes, et écrivent pour des spécialistes. Entre leur savoir cadenassé par une rhétorique souvent ésotérique et un produit intellectuel à chaque fois plus indigent et bon marché qui atteint le grand public au travers des moyens de communication,

1. Raymond Aron, *Histoire et politique*, Paris, Julliard, 1985, p. 230.

l'abîme paraît infranchissable. L'exploit de Raymond Aron fut d'avoir été tout au long de sa vie un pont tendu entre les deux bords de ce fossé qui se creuse de manière épouvantable.

Il y avait en lui un travailleur inlassable qui, sa vie durant, dut soumettre en permanence ses idées à l'épreuve de la réalité. Intellectuel germanophile depuis ses années étudiantes, il lui a été donné de vivre dans un pays où, alors qu'il se familiarisait avec la sociologie et la philosophie allemandes, le développement du nazisme et sa prise du pouvoir le conduisirent à découvrir sa propre situation de juif dont il avait été à peine conscient jusqu'alors. Le judaïsme de Raymond Aron mérite un paragraphe à part. De même que sir Isaiah Berlin, à qui l'unissent tant de positions et d'attitudes, ses idées sur le sujet sont éclairantes, ce thème étant si fréquemment déformé par la passion et le préjugé. Né et éduqué dans une famille assimilée qui avait abandonné la pratique de la religion, lui-même agnostique (jamais ses parents ne l'emmenèrent dans une synagogue), Aron censura souvent l'intolérance religieuse et l'extrémisme nationaliste de ceux qu'il appelait, non sans humour, ses « coreligionnaires » juifs. Il ne crut jamais au « peuple élu » ni à « l'histoire sacrée » de l'Ancien Testament, mais quand de Gaulle, dans une conférence de presse en juin 1967, désigna les Juifs comme « peuple d'élite, orgueilleux, sûr de lui et dominateur », Aron répondit par un livre qui est une des descriptions les plus intelligentes de la condition juive et de la problématique israélienne : *De Gaulle, Israël et les Juifs* (1968).

Parmi les hommages qui lui furent rendus à sa

mort, *Libération* affirma que « Raymond Aron empêcha la droite de sombrer dans la connerie ». Ah, cette manie classificatoire qu'ont les Français et leur gauchisme, parfois tellement bon marché… Classer de cette façon efface la nuance, qui chez Aron se confondait avec l'essence de sa pensée. En citant Ortega y Gasset, il dit un jour que la droite et la gauche étaient « deux hémiplégies équivalentes ». Catalogué comme homme de droite, il le fut d'une manière très particulière, c'est-à-dire très libérale. Après la défaite de la France en 1939, il fut un des premiers intellectuels à rejoindre Londres pour s'affilier aux Forces françaises libres, mais le général de Gaulle ne lui permit pas d'être un combattant, comme il le souhaitait, et le nomma directeur en chef de la revue de la Résistance, *La France libre*. Son adhésion à de Gaulle fut toujours indépendante, sourcilleuse et critique. Il se montra souvent censeur sévère de la Ve République et du général lui-même, qu'il taxait d'autoritarisme. Après la révolution étudiante de 1968, à laquelle il s'opposa avec une passion rare chez lui, il écrivit dans *La révolution introuvable* (1968) : « … bien que je ne sois pas gaulliste, que je continue à ne pas l'être et à bénéficier de l'antipathie particulière du général de Gaulle…[1] ».

Par ailleurs, il fut le premier intellectuel à oser affirmer que l'indépendance de l'Algérie était inévitable dans *La tragédie algérienne* (1957), un livre écrit à l'époque où presque toute la gauche française, parti socialiste compris, observait une position

1. Raymond Aron, *La révolution introuvable. Réflexions sur les événements de Mai*, Paris, Fayard, 1968, p. 38.

réactionnaire et nationaliste à ce sujet. Michel Winock a rapporté le scandale que provoqua dans la presse de droite cette prise de position de Raymond Aron contre le nationalisme patriotard qui réclamait en France, depuis le socialisme jusqu'à l'extrême droite, le maintien de l'Algérie au sein de la souveraineté française et l'extermination du FLN insurgé[1]. Les idées d'Aron étaient cohérentes et indiscutables : il n'est pas logique de défendre d'une part le libéralisme et la démocratie et d'autre part une politique impérialiste et coloniale contre un peuple qui réclame son droit à l'indépendance. Il est vrai que, lorsque la France envahit et occupa l'Algérie au XIXe siècle, la France la plus progressiste (toute l'Europe, en réalité) croyait que « coloniser » était assurer le progrès à des sociétés qui vivaient dans l'obscurantisme féodal, lutter contre l'esclavage, leur apporter la philosophie des Lumières, l'alphabétisation, la science et la technique modernes, enfin, tous les mythes qui servaient à donner bonne conscience aux puissances coloniales. Mais au XXe siècle, ces fariboles avaient été démenties par une réalité cruelle et flagrante – l'exploitation pure et dure des colonisés par la politique raciste, discriminatoire et abusive des colons – et Aron l'expliquait avec son objectivité et son intelligence habituelles : la France, championne des libertés, ne pouvait refuser aux Algériens leur droit à créer leur propre État et à élire leurs gouvernants.

1. Michel Winock, « La Tragédie algérienne », dans Raymond Aron, *Histoire et politique (1905-1983), textes et témoignages*, *op. cit.*, p. 269-273.

Pratiquement toute la droite française se sentit trahie par celui qu'elle croyait son meilleur porte-parole intellectuel. Les insultes se mirent à pleuvoir sur Aron, on le désigna comme « un intellectuel cérébral dépourvu d'humanité » (D. Arlon), on condamna son « stoïcisme statistique d'allure glaciale » (Jules Monnerot), son « réalisme desséché » (G. Le Brun Keris) et sa « clarté glacée » (François Mauriac). D'autres l'accusèrent de s'être converti en « porte-parole du grand capital » nord-américain et les attaques antisémites ne manquèrent pas, comme celle du *Réveil de la France* qui, le comparant à Mendès France et Servan-Schreiber (également d'origine juive), se plaignait de « ces Français qui ne s'habituent pas encore à la France ».

L'OPIUM DES INTELLECTUELS

Mais Raymond Aron affronta surtout les penseurs radicaux de gauche de sa génération. Il fut un opposant acharné et, pendant des années, presque solitaire, des théories marxistes et existentialistes de Sartre, Merleau-Ponty et Louis Althusser, comme le prouvent ses polémiques, ses essais et ses articles réunis dans les volumes de *Polémiques*[1] (1955) et *D'une sainte famille à l'autre*[2] (1969) ainsi que sa splendide analyse du marxisme en relation avec la culture de 1955, *L'opium des intellectuels*, que

1. Raymond Aron, *Polémiques*, Paris, Gallimard, 1955.
2. Raymond Aron, *D'une sainte famille à l'autre*, Paris, Gallimard, 1969.

François Furet définit très bien comme « un livre de combat et de philosophie ».

Dans cet ouvrage, ce « libéral incorrigible », comme il se désigne lui-même, passe en revue les attitudes des intellectuels face au pouvoir et à l'État depuis le Moyen Âge et décrit les similitudes et les différences entre l'intellectuel en Union soviétique, soumis aux dogmes du parti communiste, et l'intellectuel « sceptique », qui est sa manière de dire « libre » : « Appelons de nos vœux la venue des sceptiques s'ils doivent éteindre le fanatisme[1]. »

Pour Aron, le marxisme est, comme le fut le nazisme, une « religion séculière » typique de notre temps, définition qu'il utilisa pour la première fois dans des articles publiés dans *La France libre* en 1944. Dans les pages les plus intéressantes se trouve l'explication détaillée qu'il fait de la dogmatique en quoi s'est converti le marxisme, dont le mentor avait qualifié la religion d'« opium du peuple ». Ses ressemblances avec l'Église catholique sont importantes, au moins en apparence : ils partagent le messianisme optimiste – la société sans classes serait la fin de l'histoire et le point de départ d'une ère paradisiaque de paix et de justice pour l'humanité tout entière –, le dogme idéologique selon lequel l'histoire est le produit de la lutte des classes et le parti communiste son avant-garde, une guerre où le prolétariat représente les justes, les sauveurs du bien et l'instrument grâce auquel la bourgeoisie exploiteuse sera vaincue et les derniers seront les premiers.

1. Raymond Aron, *L'opium des intellectuels*, Paris, Calmann-Lévy (Éditeurs), coll. Liberté de l'esprit, 1955, p. 334.

Le livre fut écrit quand les « prêtres-ouvriers », qui avaient tendu un pont entre le catholicisme et le communisme, venaient de se faire rappeler à l'ordre par le Vatican, et Raymond Aron fait une description subtile de ces croyants, dont le principal porte-parole était la revue *Esprit*, qui croyaient que le marxisme et le christianisme étaient compatibles et qui seraient les plus actifs « compagnons de route » des communistes. Leur alliance impliquait, d'après Aron, une contradiction absolue parce que l'Église, qu'elle le veuille ou non, « consolidait » toujours « l'injustice établie » et que « l'opium chrétien rend le peuple passif » alors que « l'opium communiste l'excite à la révolte »[1]. Mais les deux religions – la sacrée et la séculière – se ressemblent par certains côtés car « la religion staliniste », comme la chrétienne, justifie tous les sacrifices, excès et abus au nom du paradis, « un avenir qui s'éloigne au fur et à mesure qu'on avance vers lui, le moment où le peuple recueillera le fruit de sa longue patience »[2].

Cela dit, il convient de préciser que *L'opium des intellectuels*, plus que contre les communistes, est écrit contre les cryptocommunistes, compagnons de route ou crétins de service, représentés dans la France d'après guerre par les chrétiens de gauche et les existentialistes, surtout Jean-Paul Sartre et Maurice Merleau-Ponty, contre qui les critiques de cet essai sont pénétrantes.

Aron montre qu'il existe, au sein de la droite comme de la gauche, tant de divisions qu'il est

1. *Ibid.*, p. 300.
2. *Ibid.*, p. 301.

illusoire de parler d'une gauche unie, héritière de la Grande Révolution de 1789, laïque et favorable à une culture égalitaire et libérale et que, parmi les forces de gauche, le problème se concentre sur la question de la liberté. Il rappelle qu'en Angleterre, les travaillistes au gouvernement depuis 1945 ont opéré de grandes réformes sociales « ruinant les riches » sans pour autant balayer les libertés publiques, alors que le stalinisme les a fait disparaître en étendant le contrôle de l'État à toute la vie économique.

Il décrit l'échec de la IVe République où le gaullisme fut vaincu dans les urnes. Le mythe de la révolution, incarné par l'URSS, avait séduit un grand nombre d'intellectuels, comme le montre la polémique de 1952 entre d'un côté Sartre et Francis Jeanson, et de l'autre Albert Camus, sur les camps de concentration en Union soviétique. La position d'Aron, très proche de celle de ce dernier, est très critique envers Sartre qui ne niait pas l'existence du goulag – cette dénomination, qu'Alexandre Soljenitsyne diffuserait des années après, n'avait pas encore été rendue publique – mais le justifiait car, jugeait-il, en dépit de tout, l'URSS représentait la défense du prolétariat dans son combat à mort contre la bourgeoisie. Aron souligne le paradoxe selon lequel la violence séduit chaque fois plus profondément la classe intellectuelle au moment où, dans la réalité politique française, la révolution s'éloigne jusqu'à s'éclipser. Et il se demande si cette passion pour la violence n'a pas de nombreux points communs avec l'attrait qu'elle exerça toujours sur l'extrémisme de la droite européenne, c'est-à-dire le fascisme et le nazisme.

De tous les thèmes développés dans *L'opium des intellectuels*, le plus convaincant et le plus brillant est celui du « mythe du prolétariat », auquel Marx attribuait la fonction de sauver l'humanité de l'injustice et de l'exploitation et d'établir une société sans classes, juste et libérée des contradictions. Aron indique l'origine messianique, judéo-chrétienne, de cette conviction, un acte de foi dénué de fondement scientifique. Pourquoi la classe ouvrière serait-elle la seule capable de sauver l'humanité ? Pour le moment, la condition ouvrière en 1955 est très différente de celle des ouvriers au temps de la jeunesse de Marx au milieu du XIXe siècle et, par ailleurs, le niveau de vie et les droits des travailleurs de l'industrie, dans des pays si différents entre eux comme les États-Unis, la Suède, la Grande-Bretagne, sont aussi infiniment supérieurs si on les compare avec ceux des pays sous-développés et du tiers-monde.

Il n'est pas vrai non plus qu'en arrivant au pouvoir en URSS, les ouvriers se soient « libérés » : ils continuent à être des esclaves, non plus du capitalisme mais plutôt des dirigeants politiques, représentants de l'Histoire autoproclamés, qui leur paient des salaires de misère, leur interdisent tout syndicat indépendant et répriment toute protestation ouvrière en tant que crime politique. Aron ironise sur les intellectuels existentialistes et chrétiens dont beaucoup n'ont jamais vu un ouvrier de leur vie et vivent dans les sociétés d'abondance et de liberté de l'Occident en propageant le mythe du prolétariat combatif et révolutionnaire dans des pays où la majorité des ouvriers aspirait à des choses moins ambitieuses et plus pratiques : avoir une maison, une voiture, la sécurité sociale et les congés payés, c'est-à-dire s'embourgeoiser. Les véritables victimes de l'injustice sociale aujourd'hui sont, affirme-t-il, les juifs et les autres minorités victimes du préjugé social, les semi-esclaves des pays africains et du Moyen-Orient, les paysans et les serfs des grands domaines dans le tiers-monde.

« Hommes d'Église et hommes de foi » est aussi un superbe chapitre de *L'opium des intellectuels* qui étudie le communisme comme une religion séculière, avec ses orthodoxies et ses hétérodoxies, ses sectes, ses déviances et son inquisition. Il donne une interprétation particulièrement pertinente des « procès staliniens » des années 30 où Kamenev, Boukharine, Zinoviev et autres camarades de Lénine furent obligés de se déclarer « agents d'Hitler et de la Gestapo » avant d'être exécutés. Il paraît incroyable que des philosophes respectables, comme Merleau-Ponty dans son livre *Humanisme et terreur*, aient validé semblables monstruosités juridiques – de véritables assassinats légaux – au nom de la « vérité essentielle » de la lutte des classes et du parti communiste en tant que représentant et avant-garde du prolétariat. Il faut signaler que, à la différence de Sartre, Merleau-Ponty changea d'opinion plus tard et qu'il romprait avec lui précisément en raison de sa défense continue du marxisme comme « horizon indépassable de l'histoire de notre temps ». Son livre *Les aventures de la dialectique* (1955) est une charge sévère contre l'essai de Sartre intitulé *Les communistes et la paix*, à laquelle Simone de Beauvoir répondit par un pamphlet non moins virulent : *Merleau-Ponty et le pseudo-sartrisme* (1955). Aron fait une implacable autopsie de l'illusion qui consiste à considérer le parti communiste – « ce qu'il appelle "l'histoire sacrée" – avec ses allers et retours, ses contradictions et ses changements de conduite politique, ses reniements et ses répressions, comme l'éternel représentant de la vérité historique et de la justice sociale.

Dans « Le sens de l'histoire », il réfute l'idée des « hommes d'Église » et des « hommes de foi » qui veut que l'histoire aille dans un sens univoque et qu'elle disparaîtra avec la lutte des classes quand l'exploitation de l'homme par l'homme n'existera plus. La « fin de l'histoire », affirme-t-il, est une idée religieuse et, par ailleurs, il est simpliste de croire que le moteur de l'histoire soit uniquement le conflit entre bourgeoisie et prolétariat, ignorant la multiplicité des facteurs sociaux, culturels, traditionnels, religieux, coutumiers, psychologiques, familiaux et personnels, à côté des facteurs économiques, sans lesquels il serait impossible de comprendre des faits historiques comme la bataille d'Austerlitz ou l'attaque de l'URSS par Hitler en 1941. Seul un « acte de foi » peut conduire un philosophe – en se référant toujours à Merleau-Ponty –, une fois le parti communiste au pouvoir, à accepter ce qu'il condamnait auparavant : le manque de liberté électorale et de la presse et les attaques aux droits de l'homme, y compris la torture : « La fin sublime excuse les moyens horribles. »

Aron critique « l'idolâtrie de l'Histoire », niant que celle-ci renferme l'explication absolue du phénomène humain. Une des plus grandes réussites de cet essai est de fondre sagesse philosophique et sagesse politique, raisonnement serein et médité et attitude polémique, parfois pamphlétaire, dans son rapport simultané avec le passé et l'actualité. Ses pages continuent de nous alerter contre le dogmatisme idéologique destiné à légitimer les mythes marxistes du prolétariat, de la révolution et du parti communiste ainsi que l'omniscience et l'omnipotence supposées du comité central et de son secrétaire général, introduites par Lénine et utilisées surtout par Staline.

Ce livre et d'autres, comme *D'une sainte famille à l'autre. Essais sur les marxismes imaginaires* (1969), s'efforçaient d'offrir un contrepoids courageux et raisonnable à la fièvre idéologisante de l'époque en montrant le relativisme et les mythes des théories qui prétendaient fournir des réponses absolues et définitives sur la société et sur l'homme. Leur influence, malheureusement, ne fut pas aussi grande qu'ils le méritaient, surtout parmi les jeunes, de même que d'autres, écrits par Aron sous la pression de l'actualité – par exemple *La république impériale* et sa critique des convulsions et de la soi-disant révolution étudiante de mai 1968 en France, ou *La révolution introuvable* (1969) –, se limitaient à désarticuler les théories en vogue sans leur opposer comme solution alternative une théorie totalisante en laquelle il ne croyait pas. Même en cela il était un authentique libéral. De nos jours, alors qu'une saine réévaluation critique remplace les illusions utopiques des années 50 et 60, le réalisme pragmatique et les thèses réformistes et libérales de Raymond Aron devraient trouver un auditoire plus propice.

En mai 1968 se produisirent en France des manifestations étudiantes à l'université de Nanterre qui s'étendirent ensuite à la Sorbonne, au reste des universités du pays, aux instituts et aux établissements scolaires. Ainsi commença « La révolution étudiante » qui trouva son corollaire en divers lieux et prit ainsi une importance extraordinaire dans le monde, ce qui, un demi-siècle plus tard, semble excessif au regard de ce qu'elle a réellement signifié : une relative libération des mœurs, surtout la liberté sexuelle, la disparition des formes de la politesse, la multiplication des gros mots dans les médias et pas grand-chose d'autre. Non seulement la société française persista dans son être, mais l'université elle-même, au lieu de se démocratiser, devint plus rigide, son ancien niveau académique s'effondra et ses problèmes demeurent sans solution.

Au début, les événements de mai 68 prirent dans la société française l'apparence d'une révolution libertaire – en tout cas, antistalinienne – menée par les étudiants. Assistants et professeurs en chaire, tout comme les employés des universités, s'unirent à la rébellion et occupèrent les locaux universitaires où furent établies des communes, on dressa des barricades, il y eut des assemblées presque quotidiennes, agitées, où l'on votait des propositions sympathiques mais délirantes (les slogans les plus populaires étaient « l'imagination au pouvoir » et « il est interdit d'interdire ») et l'on prit d'assaut théâtres et centres culturels. Les échos de la mobilisation atteignirent même le Festival de Cannes, provoquant un incident où Jean-Luc Godard, démoli par un direct au menton, fut une des rares victimes de la révolte. Les efforts des étudiants pour faire la jonction avec le monde ouvrier et l'entraîner dans l'action, en dépit de la résistance des syndicats communistes, connurent un certain succès car une vague de grèves paralysa nombre d'usines dans diverses parties de la France, obligeant le parti communiste, très réticent au début, à déclarer la grève générale. Au cours de cette étrange révolution il n'y eut aucun mort mais en revanche des débats intenses où trotskistes, marxistes-léninistes, maoïstes, castristes, guevaristes, anarchistes, chrétiens progressistes et toutes sortes de groupes et groupuscules d'extrême gauche (à l'exception de ce que Cohn-Bendit, un des leaders de mai 1968, appellerait la *crapule stalinienne**) échangèrent idées, projets et proclamations incendiaires sans en venir aux mains. Cependant, tout cela disparut de manière inattendue quand, aux élections convoquées en pleine effervescence révolutionnaire, le parti gaulliste balaya tout et obtint sa plus éclatante victoire, accentuant la majorité absolue dont il jouissait au Parlement. La fameuse révolution se dégonfla comme par magie, confirmant, une fois de plus, la thèse de Raymond Aron selon laquelle, au XXe siècle comme au XIXe, toutes les crises révolutionnaires françaises « sont suivies, après la phase des barricades et des illusions lyriques, par un retour écrasant du parti de l'ordre[1] ».

Il va sans dire que la « révolution de Mai », où l'on voulut voir la matérialisation des thèses

1. Raymond Aron, *La révolution introuvable*, *op. cit.*, p. 85.

sociologiques d'Herbert Marcuse, compta sur l'appui pratiquement unanime de la classe intellectuelle dirigée par Sartre, Simone de Beauvoir, Althusser, Foucault, Lacan, avec manifestes, conférences, visites aux barricades et même assaut symbolique d'un groupe d'écrivains contre un hôtel. Raymond Aron fut, dès le premier instant, l'exception en se prononçant de manière tranchée – et, pour la première fois de sa vie, avec colère – contre ce qui lui semblait non une révolution mais sa caricature, une comédie-bouffe dont il ne résulterait aucun changement dans la société française mais, plus sûrement, la destruction de l'université et des progrès économiques que la France était en train de faire. Cette position lui attira des critiques de Sartre si violentes qu'un groupe d'intellectuels, avec Kostas Papaoïannou à leur tête, diffusa un manifeste pour le défendre.

Dans le livre qu'il publia ensuite, *La révolution introuvable. Réflexions sur les événements de mai* (1968), composé d'un long entretien avec Alain Duhamel, d'un essai personnel et d'une compilation de tous les articles qu'il écrivit dans *Le Figaro* en mai et juin 1968, Aron déclare son hostilité dès le premier instant à ce qui lui semble un mouvement chaotique qui conduira à la « latino-américanisation » de l'université française. Il considère l'événement comme chargé de « passion et délire » et sur le point de tomber sous le contrôle de groupes et groupuscules extrémistes qui se proposent de l'utiliser pour révolutionner la société selon des modèles inspirés de diverses variantes du marxisme – le trotskisme, le castrisme, le maoïsme –, ce qui, à plus ou moins brève échéance, servira seulement à « accroître la confusion régnante » et, dans le pire des cas, à soumettre la France à une dictature. Cette dérive, toutefois, lui paraît improbable et dans ses analyses, soutenues par des citations manifestant le scepticisme et la frustration de son maître Alexis de Tocqueville lors de la révolution de 1848, Raymond Aron relève le paradoxe par lequel, dans leur volonté de créer une « démocratie directe », les étudiants révolutionnaires étaient plus antisoviétiques qu'anticapitalistes, en dépit de leur profession de foi marxiste.

Dans cet essai, il se défend d'être passé à « la réaction » et rappelle combien fréquemment il a réclamé une réforme intégrale de l'université en France, qu'elle soit modernisée au lieu d'être rétrograde, qu'elle soit décongestionnée, libérée de l'étatisme asphyxiant par l'établissement d'un contrôle plus grand sur l'accès des étudiants, car la massification actuelle conspire contre son rendement universitaire et la formation qu'elle peut donner aux jeunes pour ensuite leur permettre d'entrer avec succès sur le marché du travail. Les proclamations des rebelles contre la société de consommation révèlent, dit-il, leur aveuglement et leur dogmatisme car la société de consommation est la seule qui permet à des dizaines de milliers d'étudiants de les maintenir au sein de l'université[1]. Il conteste également le fait que cette révolution soit démocratique : « À qui fera-t-on croire que des votes à main levée dans les assemblés plénières ou générales expriment

1. Voir *ibid.*, p. 182.

la volonté des enseignants et des étudiants[1] ? » Il affirme que la majorité des jeunes engagés dans le mouvement sont pacifistes et réformistes, mais qu'ils sont neutralisés par les groupes et groupuscules révolutionnaires séduits par l'exemple de la Chine maoïste et de la Cuba castriste auquel, déclare-t-il, il faut s'opposer avec détermination sans craindre l'impopularité. Il est vrai que cette posture valut alors à Raymond Aron de violentes critiques, mais le temps finirait également dans ce cas par lui donner raison : la révolution de Mai n'améliora en rien la situation de l'université en France qui reste, de nos jours, immergée dans une crise chaotique et insoluble.

Tout en se méfiant constamment des grands enthousiasmes politiques, le spectateur engagé que fut, selon sa propre définition, Raymond Aron crut tout de même au progrès. Pour lui, bien qu'il ne se fît beaucoup d'illusions sur ce point, le progrès était représenté par la société industrielle moderne qui avait changé complètement la structure économique et sociale étudiée par Marx et qui lui servit de base pour développer ses théories, par exemple sur la condition ouvrière, que la modernité avait rendues obsolètes. Raymond Aron analysa et défendit lumineusement la nouvelle société dans un livre qui résumait ses cours à la Sorbonne de 1956 et 1957 et qui fut l'un de ses livres qui eut le plus de lecteurs : *Dix-huit leçons sur la société industrielle* (1963). Dans ce livre et dans les conférences qu'il publia sous le titre *Essais sur les libertés* (1965) se trouve

1. *Ibid.*, p. 185.

concentrée une grande partie de la pensée politique de Raymond Aron.

Peut-on la synthétiser en quelques phrases ? Si toute idée de construction du paradis sur terre est insensée, il est en revanche parfaitement licite, en mettant à profit les enseignements du développement historique de l'humanité, de conclure que l'homme a progressé dans la mesure où diminuait sa servitude religieuse, où le despotisme s'affaiblissait et où la masse grégaire se transformait en une communauté d'individus auxquels on reconnaissait certains droits et à qui on laissait prendre des initiatives. Le développement scientifique et technique de l'Occident a été l'accélérateur de ce processus d'émancipation de l'individu grâce auquel ont surgi les nations industrielles et démocratiques modernes. La grande révolution technologique a servi, d'un côté, à accélérer le développement et, de l'autre, à atténuer les abus et les excès de l'ancien capitalisme. Malgré tous les défauts qu'on peut lui reprocher, la prospérité, la justice et la liberté ont atteint, dans les sociétés industrielles modernes, des limites qu'elles n'eurent jamais dans le passé et qu'elles n'ont pas dans les autres régimes contemporains, surtout les communistes. Elles ont démontré qu'« il n'y a pas incompatibilité entre libertés politiques et richesse, entre mécanismes du marché et élévation du niveau de vie : bien plus, les niveaux de vie les plus élevés n'ont été atteints que dans les pays de démocratie politique et d'économie relativement libre[1] ».

1. Raymond Aron, « De quoi disputent les nations », *Polémiques*, *op. cit.*, p. 245.

Mais ce panorama ne justifie nul optimisme car la société développée et démocratique de notre temps est menacée. Son premier ennemi est l'État, entité constitutivement vorace et oppressive, bureaucratique, toujours à l'affût pour, à la première distraction, croître et abolir tout ce qui le freine ou le limite. Le second, les États totalitaires – l'URSS et la Chine –, pour lesquels la seule existence de la société démocratique constitue un grave danger. De la capacité de l'homme moderne à résister à la croissance de l'État et à l'offensive totalitaire dépend que l'histoire future continue son évolution graduelle vers de meilleures formes de vie ou fasse un saut de crabe vers l'obscurantisme, l'intolérance et l'indigence où vit encore une grande partie de la planète.

N'oublions pas que Raymond Aron vécut et écrivit pendant la guerre froide qui, surtout en France, mobilisa un secteur très nombreux de la classe intellectuelle et d'importants secteurs démocratiques en faveur de campagnes sur la neutralité et la paix patronnées par l'Union soviétique et les partis communistes. Sa position sur ce point fut tranchante et sans équivoque : « *Dans la guerre politique, il n'y a pas et il ne peut pas y avoir de neutres*[1]*. » De son point de vue, Staline et l'URSS se seraient approprié l'Europe occidentale depuis longtemps s'ils n'avaient pas craint que cette occupation ne déclenche une guerre nucléaire avec les États-Unis. Mais il ne fallait pas se faire d'illusions : la vocation impériale de l'Union soviétique était manifeste, comme le montraient les pays satellites d'Europe centrale et

1. Raymond Aron, « Neutralité ou engagement ? », *ibid.*, p. 212.

orientale, et l'Occident ne pouvait baisser la garde. C'est pourquoi Aron défendit l'Alliance atlantique et n'admit jamais que l'Union européenne, qu'il soutint toujours, pût signifier une rupture ou un éloignement des États-Unis. La société nord-américaine pouvait être loin de la perfection, comme le montrait, par exemple, la discrimination dont les Noirs étaient victimes, mais, tout compte fait, là-bas au moins on respectait le droit de critiquer et l'ouverture du système permettait les réformes, alors que le totalitarisme de Staline aurait plongé l'Europe libre et démocratique dans la soumission totale.

Y a-t-il quelque chose que l'on puisse reprocher à l'admirable Raymond Aron ? Oui, peut-être. Que toute sa pensée tourne autour de l'Europe et des États-Unis et, comme Albert Camus, qu'il manifeste un désintérêt presque total pour le tiers-monde, c'est-à-dire l'Afrique, l'Amérique latine et l'Asie. Était-il parvenu, dans son for intérieur, à la conviction que pour nos pays enfoncés dans des conflits et des problèmes terribles, il n'y avait aucun espoir ? Chez un penseur universel dans tant de dimensions, ce manque de curiosité pour ce qui se produisait dans les deux autres tiers de l'humanité ne manque pas de surprendre.

RAYMOND ARON ET JEAN-PAUL SARTRE

Contemporains, camarades d'études et amis de jeunesse, puis rivaux acharnés mais reconnus par tous ceux que n'aveugle pas la myopie idéologique comme les deux figures intellectuelles les plus importantes de la France moderne, il est intéressant de comparer les cas de Raymond Aron et de Jean-Paul Sartre.

J'étais à Paris lorsqu'on a célébré leur centenaire, en 2005. La France célébra en grande pompe les cent ans de l'auteur de *L'être et le néant*. Documentaires, programmes et débats sur son héritage intellectuel et politique à la radio et à la télévision, suppléments spéciaux dans les principaux journaux et hebdomadaires, profusion de nouveaux livres sur sa vie et son œuvre et, fleuron de la couronne, une exposition, *Sartre et son siècle*, à la Bibliothèque nationale, un modèle du genre. Je passai trois heures à la parcourir et il me restait beaucoup à voir.

Dans l'exposition, on pouvait suivre pas à pas avec assez d'objectivité tous les détails d'une vie qui couvre le XXe siècle, que Bernard-Henri Lévy a appelé, non sans exagération, « le siècle de Sartre », et dont les livres, idées et prises de position exercèrent en France et dans une grande partie du monde une influence difficilement imaginable aujourd'hui. (Dans le Pérou des années 50 du siècle passé, je dépensais la moitié de mon salaire dans l'abonnement aux *Temps Modernes*, la revue de Sartre que je lisais et potassais chaque mois du début à la fin.) Un des enseignements que le visiteur tirait de cette exposition était de vérifier combien avait été précaire le magistère sartrien, si grand il y a cinq décennies et pratiquement oublié aujourd'hui. Tout était dans ces vitrines : depuis le moment où enfant il découvrit sa laideur, à dix ans, dans les yeux de sa mère veuve et remariée, jusqu'à sa décision, quand il était (après Aron) l'étudiant étoile de l'École normale, de ne renoncer à aucune de ses deux vocations : la littérature et la philosophie, et d'être « un Stendhal et un Spinoza en même temps ». Il l'avait réalisé avant d'atteindre ses quarante ans et, de surcroît, ce qu'il n'avait pas prévu, il s'était converti en une figure médiatique qui apparaissait dans les revues légères et il était objet de la curiosité des touristes à Saint-Germain-des-Prés, à côté de Simone de Beauvoir, Juliette Gréco et Édith Piaf, comme une des idoles de la France d'après guerre.

Affiches et photographies illustraient la première de ses pièces de théâtre, la sortie de ses livres, les critiques qu'ils reçurent, les interviews qu'il donna, la publication des *Temps Modernes*. Il y avait là les manuscrits de ses essais philosophiques et de ses romans et nouvelles qu'il écrivait sur des cahiers d'écolier ou des bouts de papier dans les cafés, sur une table à part mais contiguë à celle où travaillait sa compagne « morganatique », Simone de Beauvoir. Sa polémique la plus retentissante avec Albert Camus sur les camps de concentration soviétiques était très bien présentée, ainsi que les répercussions que ce débat connut dans les milieux intellectuels et politiques, en France et à l'extérieur. De même, ses voyages à travers la moitié du monde, ses amours brisées avec les communistes, son combat anticolonialiste, ses efforts pour s'enrôler dans le mouvement de mai 1968 ainsi que la radicalisation extrême, et un peu pathétique, de ses dernières années quand il allait visiter en prison les terroristes allemands de la bande à Baader, qu'il vendait dans la rue le journal des maoïstes *La Cause du peuple* ou, déjà aveugle, hissé sur un bidon, qu'il pérorait aux portes des usines de Billancourt.

L'exposition était splendide et, pour quelqu'un comme moi qui vécut de près une partie de ces années-là et participa à ces polémiques, tout en dédiant de nombreuses heures à lire les livres et les articles de Sartre, à dévorer tous les numéros des *Temps Modernes* et à tenter de suivre les tours et détours idéologiques extravagants de l'auteur des *Chemins de la liberté*, un peu mélancolique. Mais je ne crois pas qu'elle éveillera chez les jeunes beaucoup d'intérêt à redécouvrir Sartre ni qu'elle lui attirera respect et admiration car, hormis sur le thème de l'anticolonialisme où il maintint une position parfaitement claire et lucide, l'exposition, en dépit de ses intentions ouvertement hagiographiques, révèle combien il fut maladroit et se fourvoya presque toujours dans les positions politiques qu'il défendit ou combattit.

À quoi lui a servi cette fulgurante intelligence si, à son retour d'URSS au milieu des années 50, dans les pires moments du goulag, il en arriva à affirmer : « J'ai vérifié qu'en Union soviétique, la critique est totalement libre » ? Dans sa polémique avec Camus, il fit encore pire que nier l'existence des camps de concentration staliniens pour des dissidents réels ou supposés : il les justifia, au nom de la société sans classes qui se construisait. Ses diatribes contre ses anciens amis comme Albert Camus, Raymond Aron ou Maurice Merleau-Ponty – parce qu'ils n'acceptèrent pas de le suivre dans le rôle de compagnon de route des communistes qu'il adopta à des périodes diverses – montrent que son affirmation péremptoire : « Tout anticommuniste est un chien » n'était pas une phrase de circonstance, mais une conviction profonde.

Il semble incroyable que quelqu'un qui, il y a un demi-siècle à peine, justifiait, dans son essai sur Frantz Fanon, la terreur comme thérapeutique permettant au colonisé de récupérer sa souveraineté et sa dignité et que, en se proclamant maoïste, il jetait dans la balance sa respectabilité et son prestige sur le génocide que la Chine populaire commettait pendant la Révolution culturelle, ait pu être considéré par tant de gens (je me déclare coupable, j'ai été l'un d'eux) comme la conscience morale de son temps.

Bien plus discrète, pour ne pas dire clandestine, fut la célébration du centenaire de Raymond Aron, qui ne sortit pratiquement pas des catacombes universitaires et de la revue *Commentaire*, qu'il avait fondée et dirigée. Aron et Sartre furent amis et camarades, et il existe des photos qui montrent les deux *petits copains** embrassés et faisant des singeries. Ils suivirent une trajectoire similaire jusqu'à ce qu'éclate la Seconde Guerre mondiale. Puis, lors de l'invasion nazie, Aron fut un des premiers Français à partir pour Londres et à rejoindre la Résistance. Il fut toujours un partisan convaincu de la réconciliation entre la France et l'Allemagne et de la construction de l'Europe mais, s'éloignant en cela d'une bonne partie de la droite française, jamais il ne crut que l'unité européenne servirait à affaiblir l'atlantisme, l'étroite collaboration entre l'Europe et les États-Unis qu'il soutint sans relâche.

À la différence de celle de Sartre, qui a vieilli parallèlement à ses opinions politiques – ses romans doivent leur originalité technique à Dos Passos et, à l'exception de *Huis clos*, ses pièces ne passeraient pas l'épreuve de la scène aujourd'hui –, l'œuvre d'Aron conserve la fraîcheur de l'actualité. Ses essais sociologiques et de philosophie de l'histoire, de même que sa défense opiniâtre de la doctrine libérale, de la culture occidentale, de la démocratie et du marché dans les années où le gros de l'intelligentsia européenne avait succombé aux sirènes du marxisme, furent pleinement corroborés par les événements du monde avec la chute du mur de Berlin, symbole de la disparition de l'URSS, et la transformation de la Chine en une société capitaliste autoritaire.

Pourquoi, alors, hormis les idées, le *glamour médiatique* de l'illisible Sartre survit-il alors que presque personne n'est séduit par la figure d'un Raymond Aron sensé et convaincant ? L'explication tient à l'une des caractéristiques que la culture a acquises de nos jours en se contaminant de théâtralité, en devenant banale et frivole par son voisinage avec la publicité et l'information potinière de la presse du cœur. Nous vivons dans la civilisation du spectacle et les intellectuels et écrivains qui figurent parmi les plus populaires ne le sont presque jamais pour l'originalité de leurs idées ou la beauté de leurs créations ou, en tout cas, pas seulement pour des raisons intellectuelles, artistiques ou littéraires. Ils le sont surtout pour leur aptitude à se mettre en scène, par la manière de projeter leur image publique, par leurs exhibitions, leurs provocations, leurs insolences, toute cette dimension bouffonne et bruyante de la vie publique qui aujourd'hui se déguise en rébellion (en vérité, le conformisme le plus absolu s'embusque derrière elle) et dont les médias peuvent tirer parti en transformant leurs auteurs, tout comme les artistes et les chanteurs, en spectacle de masse.

Dans l'exposition de la Bibliothèque nationale apparaît un aspect de la biographie de Sartre qui n'a jamais été tout à fait éclairci. Fut-il vraiment un résistant contre l'occupant nazi ? Il appartint à l'une des nombreuses organisations d'intellectuels de la Résistance, c'est vrai, mais il est évident que cette appartenance fut beaucoup plus théorique que pratique car sous l'Occupation, il eut beaucoup de travail. Il fut professeur, y compris en remplacement d'un professeur de lycée expulsé de son poste car juif – l'épisode a été l'objet de discussions virulentes –, il écrivit et publia tous ses livres, lança ses pièces, approuvées par la censure allemande, comme le lui rappellerait André Malraux des années plus tard. À la différence de résistants comme Camus et Malraux qui risquèrent leur vie pendant la guerre, il ne semble pas que Sartre se soit beaucoup exposé. Peut-être voulut-il inconsciemment gommer ce passé encombrant par les positions de plus en plus extrêmes qu'il adopta après la Libération. Un des thèmes récurrents de sa philosophie est la mauvaise conscience qui, d'après lui, conditionne la vie bourgeoise, conduisant sans cesse hommes et femmes de cette classe sociale à tendre des pièges, à déguiser leur véritable personnalité sous des masques mensongers. Dans le meilleur de ses essais, *Saint Genet, comédien et martyr*, il illustra avec une acuité pénétrante ce système psychologico-moral par lequel, d'après lui, le bourgeois se cache à lui-même, se nie et se renie en permanence, fuyant cette sale conscience qui l'accuse. Peut-être était-ce vrai dans son cas. Peut-être que le terrible ennemi des démocrates, l'anarcho-communiste obstiné, le « mao » flamboyant était seulement un indécrottable bourgeois qui multipliait les poses pour que personne ne se rappelle sa mollesse et sa prudence face aux nazis quand il y avait urgence et que l'engagement n'était pas un tour de magie rhétorique mais un choix de vie ou de mort.

Beaucoup de choses se sont passées en France et dans le monde depuis la mort de Raymond Aron : lui a-t-on donné raison ou tort ? Le parti communiste qui, à son époque, était devenu le premier parti du pays s'est rabougri jusqu'à devenir à peine plus que marginal, ce qui constitue une de ses victoires posthumes. Une autre est que la classe intellectuelle française semble aussi éloignée du marxisme qu'il le fut toujours lui-même. Ce qui surprend est que les anciens électeurs communistes, comme les ouvriers de la « ceinture rouge » de Paris, votent maintenant pour le Front national, qui est passé de l'insignifiante extrême droite qu'il représentait naguère à une force qui fait jeu égal avec les principaux courants politiques. C'est ce que ni Aron ni personne n'aurait pu imaginer hormis, peut-être, un Hayek qui soutint qu'en dépit de leur haine réciproque, communistes et fascistes avaient un dénominateur commun : l'étatisme et le collectivisme. Aux dernières élections en France, un jeune qui faisait ses premières armes dans le champ politique, Emmanuel Macron, éveilla un enthousiasme extraordinaire, surtout dans les nouvelles générations, avec des idées de centre droit qui, à première vue, paraissent assez proches de celles que Raymond Aron défendit toute sa vie. La France d'aujourd'hui redécouvrira-t-elle chez cet intellectuel solitaire du XXe siècle, démocrate et libéral, un précurseur et un guide idéologique pour ce qui ressemble à une nouvelle et intéressante étape de son évolution politique ?

La puissante Union soviétique contre laquelle Aron se battit toute sa vie s'est éteinte, victime de sa propre incapacité à satisfaire les ambitions de ses millions de citoyens, et a été remplacée par un régime autoritaire et impérial, au capitalisme crapuleux et mercantiliste, qui semble être la continuation de l'ancien tsarisme autoritaire et tyrannique. La Chine a cessé d'être communiste pour se transformer en un modèle de capitalisme autoritaire. Toutefois, il serait prématuré de dire que l'histoire a donné raison à Raymond Aron car, bien que le communisme, contre lequel il lutta sans relâche, ait cessé de menacer la démocratie dans le monde – seul un fou prendrait modèle sur les régimes de la Corée du Nord, de Cuba ou du Venezuela –, celle-ci n'a pas gagné la partie et il est probable qu'elle ne la gagnera jamais complètement. Il est vrai que, dans le monde occidental, l'Union européenne tient le coup, malgré le Brexit, et qu'une grande partie de l'Amérique latine a été gagnée par la démocratie. Mais cette dernière connaît de nouvelles menaces, comme l'islamisme fanatique d'Al-Qaïda ou de Daech, dont le terrorisme à grande échelle sème l'insécurité et fait courir le risque que les libertés publiques s'affaiblissent au nom de la sécurité dans les pays qu'il menace le plus, les démocraties avancées. Par ailleurs, au sein même des sociétés ouvertes, des poisons comme la corruption et le populisme croissent de telle manière que, s'ils ne sont pas arrêtés à temps, ils peuvent dénaturer et détruire de l'intérieur ce qu'il y a en elles de plus positif et libérateur. Sur tous ces problèmes, y compris celui de l'immigration massive qui s'abat sur l'Europe occidentale en provenance d'Afrique et qui provoque le réveil de mouvements chauvinistes et racistes qu'on croyait éteints, n'écartons pas les opinions et analyses de Raymond Aron. Son intelligence, sa culture, sa profonde réflexion, sa vision étendue nous aideraient à mieux comprendre tous ces défis et la meilleure façon de les relever. Que personne ne soit aujourd'hui en mesure de le remplacer est la meilleure preuve de l'extraordinaire niveau intellectuel et politique qui fut le sien et de la chance que quelqu'un comme lui ait réalisé à notre époque le travail qu'il a accompli.

SIR ISAIAH BERLIN

(1909-1997)

LE PHILOSOPHE DISCRET

J'ai découvert Isaiah Berlin voici bien des années, grâce à son ouvrage sur Marx, un essai si clair, si dépourvu de préjugés et si suggestif que j'ai passé beaucoup de temps à chercher d'autres livres de son auteur. J'ai su ainsi que son œuvre était difficile à lire car elle se trouvait dispersée, pour ne pas dire enterrée, dans des publications universitaires. À l'exception de son ouvrage intitulé *Vico and Herder*[1] et d'*Éloge de la liberté* (1969), qui circulaient dans le monde de langue anglaise, le gros de son œuvre dormait dans les bibliothèques et les revues spécialisées. Quelque temps après, grâce à un disciple, Henry Hardy, qui a peu à peu réuni ses essais, ceux-ci sont devenus accessibles au public en plusieurs volumes : *Concepts and Categories* (1978), *Les penseurs russes* (1979), *À contre-courant : essai sur l'histoire des idées* (1979), *Personal Impressions* (1980), *Le bois*

1. *Vico and Herder : Two Studies in the History of Ideas*, Londres, Chatto & Windus, 1976. *(NdT)*

tordu de l'humanité : romantisme, nationalisme et totalitarisme (1990), *Le Mage du Nord, critique des Lumières : J. G. Hamann, 1730-1798* (1993), *Le sens des réalités* (1996), *The Roots of Romanticism* (1999), *The Power of Ideas* (2000), *La liberté et ses traîtres : Six ennemis de la liberté* (2002). Et enfin, sa correspondance.

Il s'agit d'un véritable événement, car Isaiah Berlin, d'origine lettonne mais éduqué en Angleterre où il allait être professeur de théorie sociale et politique à Oxford et président de l'Académie britannique, fut un des esprits les plus remarquables de notre temps, un penseur politique et un philosophe social d'un très grand savoir dont les œuvres, tout en produisant un rare plaisir par leur tournure et leur éclat intellectuel, offrent une aide incomparable pour comprendre dans toute leur complexité les problèmes moraux et historiques auxquels est confrontée la réalité contemporaine.

Berlin croyait passionnément aux idées et à leur influence sur la conduite des individus et des sociétés, bien qu'en bon esprit pragmatique il ait été tout à la fois conscient de l'espace qui sépare généralement les idées des mots qui prétendent les exprimer, et ceux-ci des faits qui les recouvrent. Ses livres, malgré la densité intellectuelle qu'ils peuvent avoir, ne nous paraissent jamais abstraits – à l'inverse, par exemple, des derniers écrits de Michel Foucault et de Roland Barthes –, ni ne traduisent une virtuosité spéculative et rhétorique qui, à un certain moment, rompit les amarres avec la réalité, mais sont au contraire fermement enracinés dans l'expérience commune des gens. Le recueil d'essais

Les penseurs russes[1] constitue une fresque épique de la Russie du XIXe siècle, du point de vue intellectuel et politique, bien que les personnages les plus marquants ne soient pas des hommes, mais des idées qui brillent, évoluent, rivalisent et changent avec la même vivacité que les héros d'un bon roman d'aventures. Tout comme dans un autre ouvrage sur un sujet similaire – *La gare de Finlande* d'Edmond Wilson –, la pensée des protagonistes semblait émaner du portrait convaincant et coloré que faisait l'auteur de ses personnages historiques, ici, en revanche, ce sont les concepts qu'ils ont formulés, les idéaux et les arguments avec lesquels ils se sont affrontés l'un l'autre, leurs intuitions et leurs connaissances qui dessinent les figures de Tolstoï, de Herzen, de Belinski, de Bakounine et de Tourgueniev, et qui les rendent plausibles ou blâmables.

Mais plus encore que *Les penseurs russes*, l'ensemble des textes de *À contre-courant*[2] restera sans doute comme l'une des grandes contributions d'Isaiah Berlin à la culture de notre temps. Chacun des essais de ce chef-d'œuvre se lit aussi comme le chapitre d'un roman dont l'action se déroule dans le monde de la pensée et où les princes et les serfs sont les idées. Machiavel, Vico, Montesquieu, Hume, Sorel, Marx, Disraeli, Verdi acquièrent, sous l'action de cet érudit qui ne perd jamais la mesure et chez qui l'arbre ne cache jamais la forêt, une formidable actualité : leurs croyances, leurs propositions

1. *Les penseurs russes*, trad. Daria Olivier, Paris, Albin Michel, 1984. *(NdT)*

2. *À contre-courant. Essais sur l'histoire des idées*, traduit par André Berelowitch, Paris, Albin Michel, 1988. *(NdT)*

ou leurs critiques éclairent puissamment les conflits politiques et sociaux que l'on croyait spécifiques de notre époque.

Le trait le plus surprenant chez ce penseur est – à première vue – de manquer de pensée propre, pour incongru que cela paraisse. Mais à le lire, on voit bien qu'Isaiah Berlin parvient dans ses essais à ce que, après Flaubert et grâce à lui, la plupart des romanciers modernes ont tenté de faire dans leurs œuvres : s'abolir, se rendre invisible, donner l'illusion que leurs histoires s'autogénèrent. Il existe maintes techniques pour « escamoter le narrateur » dans un roman. Celle qu'utilise le professeur Berlin pour nous faire sentir qu'il n'est pas derrière ses textes est le *fair play*. C'est-à-dire la scrupuleuse clarté morale avec laquelle il analyse, expose, résume et cite la pensée des autres, attentif à tous leurs arguments, ouvert aux circonstances atténuantes, aux limites du temps, ne forçant jamais les paroles ou les idées d'autrui dans un sens ou dans un autre pour les rapprocher des siennes. Cette objectivité dans la transmission de ce que les autres ont inventé ou découvert nous donne l'impression fantastique que, dans ces livres qui disent tant de choses, Isaiah Berlin lui-même n'aurait rien de personnel à dire.

Impression rigoureusement fausse, bien entendu. Le *fair play*, comme toutes les techniques narratives, n'a d'autre fonction que de rendre un contenu plus convaincant. Une histoire qui semble n'être racontée par personne en particulier, qui feint de se produire elle-même, pour elle-même, au moment même où on la lit, peut acquérir plus de vraisemblance et de séduction pour le lecteur. Une pensée qui semble ne pas exister par elle-même, qui nous parvient indirectement, à travers ce qu'ont pensé à un moment déterminé de leur vie certains hommes éminents, d'époques et de cultures différentes, ou qui feint de naître non de l'effort créatif d'un esprit individuel mais du contraste avec les conceptions philosophiques et politiques d'autres esprits et des erreurs et des lacunes de ces conceptions, peut s'avérer plus convaincante que celle qui se présente, explicite et arrogante, comme une théorie singulière. La discrétion et la modestie d'Isaiah Berlin sont, en réalité, une astuce de son talent.

J'ai perdu, voici quelques années, le goût des utopies politiques, ces apocalypses – comme celle du Sentier lumineux au Pérou, dans les années 80 du siècle passé – qui promettent le paradis sur terre et provoquent plutôt des iniquités pires que celles qu'elles veulent réparer. Je pense depuis lors que le bon sens est la plus précieuse des vertus politiques. En lisant Isaiah Berlin, j'ai clairement vu quelque chose que je devinais confusément. Le progrès véritable, celui qui a fait reculer ou disparaître les usages et les institutions barbares qui étaient source d'infinie souffrance pour l'homme afin d'établir des rapports et des styles de vie plus civilisés, a toujours été atteint grâce à une application seulement partiale, hétérodoxe et déformée des théories sociales. Des théories sociales au pluriel, ce qui veut dire que des systèmes idéologiques différents, parfois inconciliables, ont déterminé des progrès identiques ou semblables. La condition fut toujours que ces systèmes fussent souples, qu'ils puissent être amendés, recomposés, quand ils passaient de l'abstrait au concret et affrontaient l'expérience quotidienne des êtres humains. Le tamis qui n'a pas coutume de se tromper en séparant dans ces systèmes ce qui convient ou ne convient pas aux hommes s'appelle la raison pratique. Ce n'est pas le moindre paradoxe que quelqu'un comme Isaiah Berlin, qui aimait tellement les idées et évoluait si aisément parmi elles, soit convaincu que ce sont celles-ci qui doivent toujours se soumettre si elles entrent en contradiction avec la réalité humaine, car si c'est l'inverse qui se produit, les rues se remplissent de guillotines et de poteaux d'exécution, et s'instaure le règne des censeurs et des policiers.

L'HOMME QUI EN SAVAIT TROP

Si, outre qu'il fut génial, Isaiah Berlin n'avait pas éveillé autour de lui autant de sympathie et d'affection, il ne serait probablement jamais devenu la figure intellectuelle universellement reconnue qu'il était à l'heure de sa mort, et le gros de son œuvre serait demeuré inconnu de l'immense majorité de ses lecteurs, à l'exception de la poignée de collègues universitaires et d'élèves qui le fréquentèrent à Oxford et dans les universités nord-américaines où il enseigna. Son cas est unique si l'on songe au désintérêt olympien qu'il manifesta, sa vie durant, pour la publication et la diffusion de ses essais – il croyait très sincèrement qu'ils ne valaient pas un tel honneur – et l'on notera aussi sa décision de ne pas rédiger son autobiographie, ni de tenir un journal, comme s'il n'avait eu aucun souci de l'image de lui qu'il pouvait léguer à la postérité (« *Après moi le déluge** », aimait-il dire).

Nous qui n'avons pas fréquenté ses cours et nous sentons, néanmoins, ses élèves, nous ne serons jamais assez reconnaissants envers Henry Hardy, son étudiant en maîtrise de philosophie du Wolfson College (qu'Isaiah Berlin fonda et dirigea à Oxford entre 1966 et 1975), d'avoir proposé à son maître, en 1974, de rassembler, éditer ou rééditer ses écrits. Pour incroyable que cela paraisse, jusqu'à cette date seuls trois de ses livres avaient paru. Le reste de son immense œuvre déjà écrite demeurait inédit, remisé dans les cartons poussiéreux de son grenier, ou perdu dans des revues, *Festschriften* ou brochures de circonstance – hommages, discours, notices, comptes rendus, nécrologies – ou dans des archives d'institutions officielles, mangé aux mites. Grâce à Hardy, qui réussit à triompher de la réticence obstinée d'Isaiah Berlin à cette entreprise de bibliographie archéologique de sa propre œuvre, et à son effort titanesque de rat de bibliothèque et de rigoureux éditeur, on a vu paraître cette dizaine d'ouvrages qui ont fondé le prestige d'Isaiah Berlin à l'intérieur et à l'extérieur d'innombrables enceintes universitaires, et paraître aussi les volumes de sa correspondance. Et sans Michael Ignatieff, un autre ami et disciple opiniâtre du professeur letton, celui-ci ne serait rien de moins qu'un fantôme sans chair ni os, drapé sous une bibliographie éparse.

Tout comme cette compilation effectuée par Hardy prouva au monde la fausseté des insinuations de ses adversaires laissant entendre que sir Isaiah Berlin n'était qu'un très brillant conférencier, un philosophe de salon, sans la patience ni l'énergie nécessaires pour entreprendre des œuvres de grand souffle intellectuel, grâce à Michael Ignatieff – journaliste et historien, né au Canada, diplômé à Toronto et à Harvard, résidant en Angleterre et à Boston, leader un moment des sociaux-démocrates canadiens, professeur à Harvard et actuellement recteur de la Central European University de Budapest – nous savons que l'auteur de *The Hedgehog and the Fox*[1] a eu une intéressante et parfois dramatique existence qui ne s'est pas seulement écoulée, comme il semblait, dans les cloîtres rituels et paisibles de l'élégante irréalité d'Oxford, mais qui fut mêlée, directement ou indirectement, c'est selon, aux grands événements du siècle, comme la révolution russe, la persécution et l'extermination des Juifs en Europe, la création de l'État d'Israël, la guerre froide et les grands antagonismes idéologiques entre communisme et démocratie qui succédèrent à la Seconde Guerre mondiale[2]. Le personnage qui ressort de l'ouvrage d'Ignatieff – un livre affectueux et loyal, mais indépendant, qui, fidèle au principe éthique berlinien par antonomase, celui du franc-jeu, n'hésite pas à signaler erreurs et défauts en même temps que vertus et excellences – n'en est pas moins séduisant et chaleureux. Nous voyons là l'individu modeste, cordial, charmant et sociable qui a fait

1. *The Hedgehog and the Fox : An Essay on Tolstoy's View of History*, Londres, Weidenfeld & Nicolson, 1953. Repris en français dans *Les penseurs russes*, *op. cit.*, et en cours de réédition aux Belles Lettres, coll. « Le goût des idées ». *(NdT)*

2. Michael Ignatieff, *A Life : Isaiah Berlin*, Londres, Chatto & Windus, 1998.

de lui la légende qui l'a accompagné sa vie durant, mais en même temps quelqu'un de plus complexe et contradictoire, de plus humain et de plus profond : un intellectuel qui, bien qu'ayant accédé aux plus grands honneurs en Grande-Bretagne – président de l'Académie, recteur d'un College à Oxford, titulaire de l'Ordre du Mérite, la plus haute décoration britannique, et anobli par la Couronne –, n'a jamais cessé, en son for intérieur, de se sentir exilé et juif, solidaire d'une tradition et d'une communauté sur laquelle ont pesé depuis des temps immémoriaux la discrimination, le risque et les préjugés. Ce qui a contribué de manière décisive à l'insécurité qui l'a suivi comme une ombre dans tous les moments de sa vie. Et contribué aussi, sans doute, à modeler sa prudence, sa volonté d'intégration au milieu social tout en passant inaperçu, hors des feux de la rampe du pouvoir et du succès, et à sa défense systématique de la tolérance, du pluralisme, de la diversité politique, tout comme sa haine des fanatiques de tout poil. Sous l'orateur qui charmait les convives dans les dîners et les soirées par la richesse de ses anecdotes, la fluidité de son expression et la puissance de sa mémoire, se cachait un personnage déchiré par ces conflits moraux qu'il avait décrits auparavant et mieux que personne, ceux qui opposent la liberté et l'égalité, la justice et l'ordre, le juif athée et le religieux pratiquant, et le libéral redoutant une liberté sans entrave où « le loup pourrait manger les agneaux ». Le penseur lumineux, clair et serein, que suggèrent ses écrits continue de l'être dans le portrait qu'en trace Michael Ignatieff, mais, sous cette clarté resplendissante dans les idées et leur formulation rhétorique, apparaît un homme souvent saisi par le doute, qui se trompe, qu'angoissent ses erreurs et qui vit dans une discrète mais constante tension l'empêchant de se sentir totalement intégré à aucun milieu, même quand les signes extérieurs de sa vie civile le démentent.

Bien qu'il se soit refusé à seulement envisager de rédiger son autobiographie, Isaiah Berlin a bien voulu évoquer avec son ami Michael Ignatieff, devant un magnétophone, tous les épisodes de sa vie, à condition que ce dernier ne publie le résultat de ses recherches qu'après sa mort. Cet entretien a duré dix ans, la dernière décennie de Berlin, et s'est clos sur l'ultime semaine d'octobre 1977, quelques jours avant sa disparition, quand sir Isaiah, très affaibli et presque dévoré par la maladie, a convoqué son biographe à Headington House, sa maison de campagne d'Oxford, pour corriger quelques éléments revenus à sa mémoire et lui rappeler, avec insistance, que sa femme Aline avait été le centre de sa vie et que sa dette envers elle était inestimable. Ignatieff a complété ces témoignages personnels par d'abondantes recherches en Russie, aux États-Unis, en Israël et en Angleterre, interviewant des dizaines, voire des centaines de personnes liées à Berlin, et par une ample documentation puisée dans la presse, les livres et les archives, de sorte que sa biographie donne une idée, sinon définitive, du moins très complète du cours de la vie du grand penseur, l'entremêlant de réflexions sur ses curiosités, ses convictions, ses idées et ses travaux intellectuels. Il s'agit là d'une biographie littéraire où la vie et l'œuvre se confondent, comme l'avers et le revers d'une médaille.

Bien qu'Isaiah Berlin n'ait passé que ses douze premières années en Russie (il était né en 1909, à Riga, au sein d'une famille aisée, quand la Lettonie appartenait à l'Empire russe), l'expérience de cette première époque de son enfance, affectée par des convulsions sociales et des tumultes familiaux, l'a marqué à tout jamais en laissant comme trace indélébile deux traits de sa personnalité : son horreur du totalitarisme ou des dictatures et son judaïsme. Le fait capital de cette enfance est, sans doute, la révolution bolchevique. Il l'avait vue de près, à Saint-Pétersbourg, où sa famille avait déménagé pour fuir l'insécurité et les menaces qui entouraient la communauté juive, et où il avait été témoin, à l'âge de sept ans et demi, de scènes de violence de rue qui le vaccinèrent à tout jamais contre les enthousiasmes révolutionnaires et les « expérimentations politiques ». C'est de cette époque que date son attitude hostile au communisme, à laquelle il est resté fidèle sa vie durant, même au moment de la guerre froide, quand la majeure partie de la communauté intellectuelle dans laquelle il vivait immergé était plus ou moins marxiste. Il n'a jamais cédé à cette tentation et son anticommunisme l'a même conduit à des positions extrêmes, rares chez lui, comme de défendre les États-Unis pendant l'impopulaire guerre du Vietnam, ou de refuser de signer un manifeste de protestation contre Washington suite à l'invasion de la baie des Cochons à Cuba, en mai 1961 (« Il est possible que Castro ne soit pas communiste, écrivait-il à Kenneth Tynan, mais je crois que les libertés civiles lui importent aussi peu qu'à Lénine et Trotski »). Cette attitude l'a poussé à commettre un acte peu conforme à son éthique pluraliste : empêcher, grâce à son influence universitaire, qu'on accorde une chaire d'études politiques à l'université de Sussex à Isaac Deutscher, juif exilé comme lui, mais antisioniste et de gauche, et auteur de la plus célèbre biographie de Trotski. Sa réponse discutable à ceux qui l'accusèrent de s'être conduit comme « les chasseurs de sorcières nord-américains » fut qu'il ne pouvait recommander pour une chaire quelqu'un qui subordonnait la connaissance à l'idéologie.

Fuyant à nouveau, cette fois non seulement la peur mais aussi la faim, la famille d'Isaiah Berlin retourne à Riga pour peu de temps, en 1920, et là, dans le train qui l'emmène, elle est victime d'insultes et d'agressions de la part des passagers et des fonctionnaires antisémites qui, dit Berlin, lui font découvrir pour la première fois – et à tout jamais – qu'il n'est pas russe, ni letton, mais juif, et qu'il ne cessera jamais de l'être. Bien qu'athée et éduqué en Angleterre avec une formation laïque, il s'est toujours montré solidaire de la collectivité et la culture de ses ancêtres, au point même de pratiquer ponctuellement, en famille, les rites religieux juifs. C'était un curieux pratiquant non croyant. Et comme sioniste, il a collaboré étroitement avec l'un des fondateurs de l'État d'Israël, Chaim Weizmann, bien que, contrairement à bon nombre de ses parents, il n'ait jamais pensé devenir citoyen israélien. Une bonne partie de cette collaboration a eu lieu alors que, dans les années de la Seconde Guerre mondiale, il servait comme analyste et conseiller politique le gouvernement britannique à New York et à Washington, ce qui devait représenter pour lui bien des angoisses et des dilemmes si l'on tient compte des relations tendues entre le Foreign Office qui était pro-arabe et les dirigeants sionistes. Dans le recueil *The Power of Ideas*[1] (2000), on trouve deux longs articles où Berlin défend le sionisme et la création d'Israël avec de solides arguments et où il évite de mentionner ne serait-ce que le fait capital de la présence séculaire des Arabes en Palestine à l'arrivée des premières vagues de sionistes européens et de quelle façon, à son sens, on devait affronter le problème de la future coexistence des deux communautés.

Connaître en détail cette somme de contradictions dans la vie personnelle d'Isaiah Berlin aide à comprendre la racine secrète d'une de ses théories les plus lucides, celle des « vérités contradictoires ».

LES VÉRITÉS CONTRADICTOIRES

Croire qu'il existe une seule réponse véritable à chaque problème humain et qu'une fois trouvée cette réponse, toutes les autres doivent être rejetées comme erronées est une constante de la pensée occidentale. Corollairement, on a toujours cru que les idéaux les plus nobles qui animent les hommes – justice, liberté, paix, plaisir, etc. – étaient compatibles entre eux. Pour Isaiah Berlin, ces croyances sont fausses et de là viennent en grande partie les tragédies de l'humanité. Il tire de ce scepticisme des arguments puissants et originaux en faveur de la liberté de choix et du pluralisme idéologique.

1. *The Power of Ideas*, Londres, Chatto & Windus, 2000. *(NdT)*

Fidèle à sa méthode indirecte, Isaiah Berlin expose sa théorie des vérités contradictoires ou des fins irréconciliables à travers d'autres penseurs chez qui il trouve des indices et des anticipations de cette thèse. Ainsi, par exemple, dans son essai sur Machiavel, il nous dit que celui-ci a détecté, involontairement et fortuitement, cette « vérité inconfortable » : à savoir que toutes les valeurs ne sont pas nécessairement compatibles, que la notion d'une philosophie unique et définitive pour établir la société parfaite était matériellement et conceptuellement impossible. Machiavel est arrivé à cette conclusion en étudiant les mécanismes du pouvoir et en se rendant compte qu'ils étaient en contradiction avec toutes les valeurs de la vie chrétienne qui, en théorie, régulaient la vie de la société. Mener une « vie chrétienne », appliquer rigoureusement les normes éthiques prescrites par elle, signifiait se condamner à l'impuissance politique, se mettre à la merci des esprits malins et sans scrupules ; si l'on voulait être politiquement efficace et construire une communauté « glorieuse », comme Athènes ou Rome, il fallait renoncer à l'éducation chrétienne et la remplacer par une autre plus conforme à cette fin. Aux yeux du professeur Isaiah Berlin, cette solution proposée par Machiavel n'est pas aussi importante que son intuition selon laquelle les deux termes en étaient également convaincants et tentants du point de vue moral et social. C'est-à-dire que l'auteur du *Prince* aurait estimé que l'homme pouvait se trouver déchiré entre des buts qui le sollicitaient pareillement et qui étaient allergiques l'un à l'autre.

Toutes les utopies sociales – de Platon à Marx – sont

parties d'un acte de foi : à savoir que les idéaux humains, les grandes aspirations de l'individu et de la collectivité, sont capables de s'harmoniser, et que la satisfaction de l'un ou de plusieurs de ces buts n'est pas non plus un obstacle pour la matérialisation des autres. Rien, peut-être, n'exprime mieux cet optimisme que le slogan rythmique de la Révolution française : Liberté, Égalité, Fraternité. Ce généreux mouvement qui a prétendu établir le gouvernement de la raison sur terre et matérialiser ces idéaux simples et indiscutables a démontré au monde, à travers ses boucheries répétées et ses multiples frustrations, que la réalité sociale était plus tumultueuse et imprévisible que ne le supposaient les abstractions des philosophes qui avaient prescrit des recettes pour le bonheur des hommes. La démonstration la plus inattendue – que beaucoup aujourd'hui refusent encore d'accepter – c'est que ces idéaux se repoussaient l'un l'autre dès l'instant même où ils passaient de la théorie à la pratique ; et qu'au lieu de se conforter entre eux, ils s'excluaient. Les révolutionnaires français ont découvert, stupéfaits, que la liberté était une source d'inégalités et qu'un pays où les citoyens jouiraient d'une capacité totale ou très large d'initiative, et du gouvernement de leurs actes et de leurs biens, serait tôt ou tard un pays scindé par de nombreuses différences matérielles et spirituelles. Ainsi, pour établir l'égalité, il n'y aurait d'autre remède que de sacrifier la liberté, d'imposer la contrainte, la surveillance et l'action toute-puissante et niveleuse de l'État. Que l'injustice sociale soit le prix de la liberté et la dictature celui de l'égalité – et que la fraternité ne puisse s'instaurer que de façon relative et transitoire, pour des causes plus négatives que positives, comme dans le cas d'une guerre ou d'un cataclysme qui regrouperait la population en un mouvement solidaire – est quelque chose de regrettable et difficile à accepter.

Cependant, d'après Isaiah Berlin, ce qui est plus grave que d'accepter ce terrible dilemme du destin humain c'est de refuser de l'accepter (faire l'autruche). Par ailleurs, pour tragique qu'elle soit, cette réalité permet de tirer des leçons profitables en termes pratiques. Les philosophes, historiens et penseurs politiques qui ont perçu intuitivement ce conflit – celui des vérités contradictoires – ont montré une aptitude plus grande à comprendre le processus de la civilisation. Par une voie différente de celle de Machiavel, Montesquieu a remarqué aussi, comme caractéristique centrale dans le cheminement de l'humanité, que les desseins des êtres humains étaient multiples, divers et souvent incompatibles les uns avec les autres, et que c'était là la racine du choc des civilisations et des différences entre communautés distinctes ou, au sein d'une même communauté, de rivalités entre classes et groupes, voire, dans la propre intimité de la conscience individuelle, de crises et de déchirements.

Comme Montesquieu au XVIIIe siècle, le grand écrivain et non-conformiste russe Alexandre Herzen perçoit ce dilemme au XIXe siècle et cela lui permet d'analyser plus lucidement que d'autres contemporains l'échec des révolutions européennes de 1848 et 1849. Herzen est un porte-parole privilégié d'Isaiah Berlin ; leurs affinités sont immenses et l'on comprend que ce dernier lui ait consacré l'un de ses essais les plus lumineux. Le scepticisme a chez tous deux un signe curieusement positif et stimulant, c'est un appel à l'action car il se renforce de considérations pragmatiques et de touches d'optimisme. Herzen fut un des premiers à repousser, comme source de crimes, la notion selon laquelle il existe pour l'humanité des lendemains qui chantent auxquels les générations présentes doivent être sacrifiées. Comme Herzen, Berlin rappelle souvent les preuves historiques selon lesquelles il n'y a pas de justice qui aurait résulté d'une politique injuste ou de liberté qui soit née de l'oppression. Ils croient tous deux, pour cette raison, qu'en matière sociale il faut toujours préférer les succès partiels mais efficaces aux grandes solutions totalisatrices, fatalement chimériques.

Qu'il y ait des vérités contradictoires, que les idéaux humains puissent s'opposer, cela ne signifie pas pour Isaiah Berlin qu'il nous faille désespérer et nous déclarer impuissants. Cela signifie que nous devons avoir conscience de l'importance de la liberté de choisir. S'il n'y a pas une seule réponse à nos problèmes mais plusieurs, notre obligation est de vivre constamment en alerte, en mettant à l'épreuve les idées, les lois, les valeurs qui régissent notre monde, en les confrontant les unes aux autres, en pondérant leur impact sur notre vie, en choisissant les unes et en repoussant les autres ou, au prix de difficiles transactions, en les modifiant. Et en même temps qu'un argument en faveur de la responsabilité et de la liberté de choisir, Isaiah Berlin voit dans cette condition du destin humain une raison irréfutable pour comprendre que la tolérance et le pluralisme sont, plus que des impératifs moraux, des nécessités pratiques pour la survie des hommes. S'il y a des vérités à récuser et des fins à refuser, nous devons accepter la possibilité de l'erreur dans nos vies et être tolérants envers celle des autres. Admettre aussi que la diversité – d'idées, d'actions, de coutumes, de morales et de cultures – est la seule garantie que nous ayons pour que l'erreur, si elle s'établit, ne cause pas trop de dégâts, puisqu'il n'existe pas une solution à nos problèmes, mais plusieurs, et toutes précaires.

La communauté juive lettonne, dans laquelle Isaiah est né, parlait russe, letton et allemand, et bien qu'il ait appris, enfant, ces trois langues, son identification culturelle se fit surtout en faveur du russe, une langue et une littérature qu'il étudia et pratiqua toute sa vie. En Angleterre, parallèlement à ses études, d'abord dans un collège privé chrétien de haut niveau, St. Paul's School, et ensuite, grâce à ses brillantes qualifications, à Oxford, il suivit des cours de linguistique russe en même temps que ceux de philosophie, de sorte que, bien que le cordon ombilical qui l'unissait à sa terre natale fût coupé à l'âge de douze ans, quand il commença à être un citoyen britannique et à s'assimiler à la vie culturelle de sa seconde patrie, sa sympathie intellectuelle et son amour de la langue et de la littérature russes demeurèrent, comme le montrent l'aisance et la connaissance manifestées dans ses abondants essais sur des sujets, des écrivains et des penseurs en cette langue, parmi eux Tolstoï, Tourgueniev ou son modèle admiré, le libéral Alexandre Herzen. Lors de son retour en Russie pour quelques mois, en 1945, comme diplomate britannique – voyage aux conséquences incalculables sur sa vie affective et politique –, deux grands écrivains qui le connurent, Boris Pasternak et Anna Akhmatova, furent littéralement éblouis par l'élégance et la fluidité avec lesquelles ce professeur venu de l'autre monde parlait le russe savant d'autres temps, lui qui, en outre, connaissait si bien une littérature et des auteurs qui commençaient à devenir invisibles ou lointains dans cette société soumise à la férule de Staline.

L'EXPÉRIENCE DE WASHINGTON

La Seconde Guerre mondiale changea radicalement l'horizon privé d'Isaiah Berlin. Sans elle, sa vie se serait probablement écoulée, comme celle d'autres *dons* d'Oxford, dans les salles où il dispensait des cours de philosophie au début et ensuite d'idées sociales et politiques, dans les bibliothèques et dans son appartement particulier au sein du plus prestigieux et traditionnel des Colleges de l'université, All Souls College, qui l'avait élu Fellow à l'âge incroyable de vingt-trois ans (le premier juif à être incorporé à l'institution). Mais, lorsque la guerre éclata, cette vie « asexuée et érudite » connut une brusque transformation : le jeune professeur, dont le renom comme polyglotte et spécialiste en cultures européennes – russe et allemande en particulier – était déjà grand dans le milieu universitaire, fut envoyé aux États-Unis par le gouvernement britannique comme conseiller sur l'actualité politique, depuis New York et Washington, à la chancellerie et l'ambassade auprès de la Maison-Blanche. Entre 1941 et 1945, sir Isaiah accomplit un travail considérable au service de sa patrie d'adoption par ses analyses de la situation internationale et des délicates relations diplomatiques entre les Alliés, peut-être les plus lues dans l'histoire du Foreign Office. (Churchill lui-même en fut si impressionné qu'il voulut en 1944 savoir qui les rédigeait. Anthony Eden lui répondit : « M. Berlin, un juif baltique, philosophe de profession », tout en ajoutant, tel quel : « Ils sont bons, d'accord. Bien qu'affectés, peut-être, d'un certain parfum oriental. »[1]) Établissant aussi un réseau d'amitiés dans les plus hautes sphères sociales, universitaires et politiques des États-Unis, grâce à son charme personnel et à son talent mondain, par sa conversation haute en couleur il faisait les délices des dîners et des rencontres diplomatiques et, non content de les distraire et de les hypnotiser par sa bonne humeur, ses anecdotes et sa science, il donnait à ses interlocuteurs la stimulante impression, dans cet échange avec lui, de baigner dans la haute culture. Cet aspect snob de sa vie – toujours pleine de rendez-vous mondains, de dîners, de galas et de réceptions aux plus hauts sommets de la mondanité – n'affecta curieusement en rien son travail intellectuel, où il ne fit jamais de concessions ni ne tomba jamais dans la banalité. Mais sans aucun doute la vie mondaine le rendait

1. Un choix de ces remarquables rapports, véritables essais politiques pour beaucoup d'entre eux, a été publié en 1981 : *Washington Despatches, 1941-1945 ; Weekly Political Reports from the British Embassy*, édition de H. G. Nicholas, introduction d'Isaiah Berlin, Londres, 1981.

heureux et il jouissait de ces agapes, entouré de gens sinon toujours cultivés, du moins puissants, riches ou influents. Il n'est pas impossible de voir dans ce versant quelque peu frivole de sa personnalité une compensation, un succédané à la vie sexuelle qu'il ne semble avoir eue, ou à peine connue, qu'à l'âge mûr : toutes ses connaissances, à Oxford, étaient persuadées qu'il resterait toujours vieux garçon.

LA NUIT AVEC AKHMATOVA

C'est peut-être pour cela qu'il fut si fortement marqué par cette nuit entière passée, en novembre 1945, à Leningrad, dans un appartement sans charme, près du plus grand poète russe vivant, la malheureuse Anna Akhmatova. Isaiah Berlin, dépêché pour quelques mois à l'ambassade britannique de Moscou, se rendit à Leningrad pour une visite nostalgique en quête de livres et de souvenirs de son enfance et, inopinément, dans une librairie, quelqu'un, en l'entendant s'enquérir de la poétesse, se proposa de le conduire chez elle, tout près de là. Anna Akhmatova avait cinquante-six ans, vingt de plus qu'Isaiah. Elle avait été d'une grande beauté et très célèbre comme poète dès avant la révolution. Elle était tombée en disgrâce et, depuis 1925, Staline ne lui permettait plus de publier une ligne ni de se produire en récital. Son odyssée tragique est l'une des plus affligeantes de ces années terribles : le régime soviétique fusilla son premier mari et laissa son troisième croupir dans un camp de travaux forcés en Sibérie ; quant à son fils, Lev – un jeune homme talentueux avec qui, cette nuit-là, Isaiah Berlin devait avoir une brève conversation –, Staline l'envoya au goulag pour trois ans et, en lui faisant miroiter qu'il ne serait pas tué, les commissaires soviétiques obligeraient Anna Akhmatova à écrire d'abjectes odes d'adulation au dictateur qui la martyrisait. Comme les souffrances de la poétesse s'aggravèrent considérablement après cette nuit-là, Isaiah Berlin ne se libéra jamais du remords d'en avoir été le responsable involontaire. (Dans les archives du KGB figure un rapport sur cette conversation ; Staline la commenta à Jdanov, le commissaire culturel, en ces termes : « Ainsi donc notre nonne se console maintenant avec des espions britanniques, qu'en dis-tu ? »)

Isaiah assura toujours, avec force, que les onze ou douze heures qu'ils restèrent ensemble, Anna Akhmatova et lui, furent chastes, marquées par un échange intense et fulgurant, et qu'à un moment Anna lui récita bon nombre des célèbres poèmes du livre qu'au mépris de la persécution elle allait écrire de mémoire, *Requiem*[1], qui représenta ensuite un des plus hauts témoignages de la résistance spirituelle et poétique contre la tyrannie stalinienne. Leur conversation fut littéraire, une évocation des grands auteurs antérieurs à la révolution, nombre d'entre eux morts ou en exil, sur lesquels Berlin put l'informer, et porta discrètement sur la situation très difficile d'Anna, toujours sur la corde raide, voyant la répression sévir autour d'elle et s'attendant à tout moment à en être victime. Mais le fait est que, bien

1. Anna Akhmatova, *Requiem*, traduction de Paul Valet, Paris, Les Éditions de Minuit, 1966. *(NdT)*

qu'il n'y ait eu le moindre contact physique entre eux, le lendemain à midi, l'austère Isaiah Berlin regagna l'hôtel Astoria en bondissant de bonheur et proclamant : « Je suis amoureux, je suis amoureux ! » Depuis lors et jusqu'à sa mort, il affirmerait que cette rencontre avait été l'événement le plus important de sa vie. Quant à Anna Akhmatova, l'impression de cette visite se reflète dans les très beaux poèmes d'amour de *Cinque*[1]. Une histoire d'amour impossible, évidemment, car à partir de ce moment le régime coupa tout lien et contact de la poétesse avec le monde extérieur, et, les six années qui suivirent, Berlin ne put même pas connaître son point de chute. (À ses demandes pressantes d'information, l'ambassade britannique à Moscou répondait qu'il était préférable, pour Akhmatova, de ne pas même tenter de la contacter.) Bien des années après, en 1965, à l'aube du dégel soviétique, Isaiah Berlin et d'autres professeurs obtinrent un doctorat honoris causa d'Oxford pour la grande poétesse russe que les autorités soviétiques autorisèrent, sur ce motif, à se rendre en Angleterre. C'était déjà une vieille dame, mais son martyre prolongé n'avait pas réussi à la briser. La rencontre fut froide et, jetant un coup d'œil à Headington House, la somptueuse résidence où Berlin vivait avec sa femme, Aline, elle ne put réprimer une douloureuse ironie : « Ainsi donc le petit oiseau a été emprisonné dans une cage dorée. »

1. *Cinque* fait partie du recueil *Secrets de fabrication / Derniers cycles*, traduction de Christian Mouze, Corbières (PACA.), éditions Harpo &, 2015. *(NdT)*

Le mot « liberté » a été utilisé, semble-t-il, de deux cents façons différentes. Isaiah Berlin a contribué par deux concepts propres à éclaircir cette notion qu'il qualifie fort justement de protéique : la liberté « négative » et la liberté « positive ». Bien que subtil et insaisissable quand on le pose en termes abstraits, ce distinguo entre deux formes ou sens de l'idée de liberté devient en revanche très clair quand il s'agit de juger d'options concrètes, de situations historiques et politiques spécifiques. Et il sert, surtout, à comprendre tout à fait le problème masqué derrière l'artificieuse alternative entre libertés « formelles » et libertés « réelles » que mettent toujours en avant ceux qui veulent supprimer les premières.

La liberté est étroitement liée à la contrainte, c'est-à-dire à ce qui la nie ou la limite. On est plus libre dans la mesure où l'on trouve moins d'obstacles pour décider de sa vie comme bon vous chante. Tant que sera moindre l'autorité exercée sur ma conduite, tant que celle-ci pourra être déterminée de façon plus autonome par mes propres motivations – mes besoins, mes ambitions, mes fantaisies personnelles –, sans interférence de volontés étrangères, plus libre je serai. C'est le concept « négatif » de la liberté.

C'est un concept plus individuel que social et absolument moderne. Il naît dans des sociétés qui ont atteint un haut niveau de civilisation et une certaine abondance. Il part du principe que la souveraineté de l'individu doit être respectée parce qu'elle est, en dernière instance, à l'origine de la créativité humaine, du développement intellectuel et artistique, du progrès scientifique. Si l'individu est étouffé, conditionné, mécanisé, la source de sa créativité est aveuglée et le résultat est un monde gris et médiocre, un peuple de fourmis ou de robots. Ceux qui défendent cette notion de liberté voient toujours dans le pouvoir et l'autorité le plus grand danger et proposent pour cela, comme leur existence est inévitable, que leur rayon d'action soit minime, réduit à l'indispensable pour éviter le chaos et la désintégration de la société et pour que leurs fonctions soient scrupuleusement régulées et contrôlées.

Bien que des penseurs comme John Stuart Mill et Benjamin Constant aient défendu avec le plus d'ardeur cette idée de la liberté, et que le libéralisme du XIXe siècle ait été son expression politique la plus évidente, il serait faux de croire que la liberté « négative » prenne fin avec eux. Elle embrasse, en réalité, quelque chose de plus vaste, de plus divers et permanent ; c'est une aspiration cachée derrière quantité de programmes politiques, de formulations intellectuelles et de façons d'agir. C'est ce concept « négatif » de liberté qui, par exemple, est derrière toutes les théories démocratiques, pour lesquelles la coexistence de points de vue ou de programmes différents est indispensable, tout comme le respect des minorités, et celui qui inspire la conviction que les libertés de presse, de travail, de religion, de mouvement – ou, de nos jours, de comportement sexuel – doivent être sauvegardées car, sans elles, la vie s'appauvrit et se dégrade.

Des choses aussi dissemblables que le romantisme littéraire, les ordres monastiques et le mysticisme, certains courants anarchistes, la social-démocratie, l'économie de marché et la philosophie libérale sont liées, par-delà leurs grandes différences, car elles partagent cette notion de la liberté. Mais il ne faut pas penser qu'en matière politique seuls les systèmes démocratiques la matérialisent. Isaiah Berlin montre que, pour paradoxal que cela paraisse, certaines dictatures qui répugnent à la conscience s'en accommodent et, du moins en partie, la pratiquent. En Amérique latine nous le savons, comme l'ont su les Espagnols dans les dernières années de Franco. Certaines dictatures de droite, qui exaltent les libertés économiques, malgré les violences et les crimes qu'elles commettent, comme celle de Pinochet au Chili, garantissent généralement une marge plus large de liberté « négative » aux citoyens que les démocraties socialistes et socialisantes, comme Cuba et le Venezuela de nos jours.

Tandis que la liberté « négative » veut surtout limiter l'autorité, la liberté « positive » veut s'en emparer, l'exercer. Cette notion est plus sociale qu'individuelle car elle se fonde sur l'idée (fort juste) que la possibilité qu'a chaque individu de décider de son destin est soumise dans une large mesure à des causes sociales, étrangères à sa volonté. Comment un analphabète pourrait-il jouir de la liberté de la presse ? À quoi sert la liberté de voyager pour celui qui vit dans la misère ? Est-ce que la liberté de travail signifie la même chose pour un chef d'entreprise que pour un chômeur ? Alors que la liberté « négative » tient compte principalement du fait que les individus sont différents, la « positive » considère avant tout ce qu'ils ont de semblable. Contrairement à celle-là, pour laquelle la liberté est d'autant plus préservée que sont respectés les variantes et les cas particuliers, elle estime qu'il y a d'autant plus de liberté en termes sociaux que moins de différences se manifestent dans le corps social, que moins homogène est une communauté.

Toutes les idéologies et les croyances totalisatrices, finalistes, convaincues qu'il existe un but ultime et unique pour une collectivité donnée – une nation, une race, une classe ou l'humanité entière –, partagent le concept « positif » de la liberté. Il s'en est suivi une foule de bienfaits pour l'homme, et c'est grâce à lui qu'existe la conscience sociale, à savoir que les inégalités économiques, sociales et culturelles sont un mal corrigible et qu'elles peuvent et doivent être combattues. Les notions de solidarité humaine, de responsabilité sociale et l'idée de justice se sont enrichies et répandues grâce au concept « positif » de la liberté, qui a servi aussi à freiner ou à abolir des iniquités telles que l'esclavage, le racisme, la servitude et la discrimination.

Mais ce concept de la liberté a généré aussi les inégalités qui en découlent. Comme le général Pinochet et le général Franco (celui des années de développement) pouvaient parler de liberté « négative » avec une certaine pertinence, Hitler, Staline et les frères Castro pouvaient, sans trop exagérer, dire que leurs régimes respectifs établissaient la véritable liberté (la « positive ») dans leurs domaines. Toutes les utopies sociales, de droite ou de gauche, religieuses ou laïques, se fondent sur la notion « positive » de la liberté. Elles partent de la conviction que dans chaque personne il y a, outre l'individu particulier et distinct, quelque chose de plus important, un « moi » social identique, qui aspire à réaliser un idéal collectif, solidaire, qui deviendra réalité dans un avenir donné et auquel doit être sacrifié tout ce qui l'entrave et lui fait obstacle, par exemple, ces cas particuliers qui constituent une menace pour l'harmonie et l'homogénéité sociale. Aussi, au nom de cette liberté « positive » – cette société utopique future, celle de la race élue triomphante, la société sans classes et sans État ou la cité des bienheureux éternels –, on a mené des guerres très cruelles, on a établi des camps de concentration, exterminé des millions d'êtres humains, imposé des systèmes asphyxiants et éliminé toute forme de dissidence et de critique.

Ces deux notions de liberté sont allergiques l'une à l'autre, elles se repoussent réciproquement, mais cela n'a pas de sens de tenter de démontrer que l'une est véritable et l'autre fausse car, bien que le mot utilisé par toutes deux soit le même, il s'agit de choses différentes. C'est un de ces cas de « vérités contradictoires » ou de « buts incompatibles » qu'affronte, selon Isaiah Berlin, la condition humaine. Du point de vue théorique, on peut accumuler une infinité d'arguments en faveur de l'une ou de l'autre conception de la liberté, également valables ou réfutables. Dans la pratique – dans la vie sociale, dans l'histoire – l'idéal est de tâcher d'obtenir un compromis entre les deux libertés. Les sociétés qui y sont parvenues sont celles qui ont atteint des niveaux de vie plus dignes et plus justes (ou moins indignes et moins injustes). Mais ce compromis est quelque chose de très difficile et il sera toujours précaire, car, comme le dit Berlin, la liberté « négative » et la « positive » ne sont pas deux interprétations d'un même concept mais quelque chose de plus : deux attitudes profondément divergentes et inconciliables sur les fins de la vie humaine.

DANS LA CAGE DORÉE

Le mariage, en 1956, du célibataire par vocation que semblait être sir Isaiah avec Aline Halban, issue d'une famille juive aristocratique et très prospère, ne fut pas seulement une surprise pour ses innombrables amis mais le point culminant d'une rocambolesque aventure sentimentale qui aurait pu donner matière à une délicieuse comédie d'intrigue.

À la fin de sa mission diplomatique, en 1945, Berlin retourna à Oxford, à ses cours, ses conférences et son activité intellectuelle. Il commençait déjà à être connu des deux côtés de l'Atlantique et passa dès lors des semestres dans des universités nord-américaines, surtout à Harvard, outre des séjours réguliers à Jérusalem. Les distinctions commençaient à pleuvoir sur lui et l'*establishment* britannique lui ouvrait toutes les portes. Et, alors qu'il était bien installé dans la quarantaine, le sexe semble avoir fait irruption dans sa vie d'une façon qu'on ne peut que qualifier de tortueuse et académique : amours adultérines avec les épouses de certains collègues universitaires. Un comique irrésistible parcourt les pages où Ignatieff décrit – avec d'ailleurs beaucoup de tendresse et de bienveillance – une première *liaison**, qui va durer plusieurs années, avec des rendez-vous dans des églises, des bibliothèques, des couloirs, des parcs et même la chambre paternelle du philosophe. Celui-ci, poussé par le remords, se rend chez le mari et lui raconte la vérité : « J'aime ta femme. » L'offensé écarte le sujet d'un catégorique « Ça, c'est impossible ! » et détourne la conversation.

La seconde aventure fut plus sérieuse. Aline était l'épouse d'un éminent physicien, Hans Halban, d'origine autrichienne, qui avait collaboré aux programmes nucléaires français avant d'enseigner à Oxford. C'était une femme séduisante, cultivée, riche, passionnée de musique classique et de vie mondaine, comme Isaiah lui-même. L'étroite amitié née entre les deux à la faveur de ces affinités évolua dans une direction « coupable ». Le physicien, averti de ce qui se passait, tenta de mettre fin aux sorties d'Aline. Isaiah Berlin lui rendit visite. Tandis (j'en suis sûr) qu'ils prenaient une tasse de thé, ils échangèrent des idées sur ce problème-là. Entre-temps, Aline attendait le résultat de leur conversation en se promenant dans le jardin. La logique du philosophe se révéla persuasive et le physicien le reconnut. Tous deux sortirent marcher entre les rosiers et les hortensias et communiquer à Aline l'accord adopté : elle pourrait voir son amant une fois par semaine, avec l'autorisation de son mari. Et les choses semblent avoir fonctionné ainsi, dans une amicale harmonie triangulaire, jusqu'à ce que Hans Halban dût retourner à Paris. Les époux décidèrent alors de divorcer et Isaiah et Aline purent se marier. Le ménage fut très heureux. Chez Aline, Berlin trouva quelque chose de plus qu'une épouse : une complice qui partageait ses goûts et ses passions et l'aidait dans ses travaux, une femme capable d'organiser sa vie avec l'aisance que donnent la fortune et l'expérience et de créer autour de lui un cadre agréable et bien compartimenté où la vie mondaine – les étés italiens à Paraggi, les festivals de musique de Salzbourg, Pesaro et Glyndebourne, les dîners et sorties avec des personnes de qualité – coexistait avec les matins et après-midi consacrés à la lecture et à la rédaction de ses essais.

LE HÉRISSON ET LE RENARD

Parmi les fragments conservés du poète grec Archiloque, on trouve ceci : « Le renard connaît beaucoup de choses, mais le hérisson en connaît une seule grande. » La formule, selon Isaiah Berlin, peut servir à différencier deux sortes de personnes, d'artistes et d'êtres humains en général : ceux qui possèdent une vision centrale, systématisée de la vie, un principe ordonnateur en fonction duquel s'organisent et prennent sens les événements historiques et les menus faits individuels, la personne et la société ; et ceux qui ont une vision dispersée et multiple de la réalité et des hommes, qui n'intègrent pas ce qui existe dans une explication ou un ordre cohérent, qui perçoivent le monde comme une diversité complexe où, en dépit du sens et de la cohérence des faits et des phénomènes particuliers, tout est tumultueux, contradictoire, insaisissable. La première est une vision « centripète » ; la seconde, « centrifuge ». Dante, Platon, Hegel, Dostoïevski, Nietzsche, Proust furent, d'après Isaiah Berlin, des hérissons. Et Shakespeare, Aristote, Montaigne, Molière, Goethe, Balzac, Joyce : des renards.

Isaiah Berlin fait partie, sans nul doute, des renards. Et cela non seulement par sa conception ouverte, pluraliste, du phénomène humain, mais par l'astuce qu'il met à présenter ses formidables intuitions et ses découvertes intellectuelles sans avoir l'air d'y toucher, comme de simples figures rhétoriques, des accidents du discours ou des hypothèses de travail passagères. La métaphore du hérisson et du renard apparaît au début de son magistral essai sur la théorie de l'histoire de Tolstoï et ses ressemblances avec celle du penseur ultramontain Joseph de Maistre. Isaiah Berlin, après l'avoir formulée, se hâte de nous prévenir des dangers de toute classification de cette nature. Elles peuvent, en effet, être artificielles, voire absurdes.

Sauf que la sienne ne l'est pas. Bien au contraire : elle pique au vif et se révèle aussi lumineuse pour comprendre deux attitudes face à la vie qui se projettent sur tous les champs de la culture – la philosophie, la littérature, la politique, la science – que l'était son distinguo entre liberté « négative » et « positive » pour comprendre le problème de la liberté. Il est vrai qu'il y a une vision centripète, de hérisson, qui réduit, explicitement ou implicitement, tout ce qui se passe et ce qui est à un noyau dense d'idées grâce auxquelles le chaos de la vie devient ordre et la confusion des choses se fait transparente. Cette vision se fonde parfois sur la foi, comme chez saint Augustin ou saint Thomas, et parfois sur la raison, comme chez le marquis de Sade, Marx ou Freud, et, par-delà les grandes différences de forme, de contenu et de propos (et, bien sûr, de talent) de ses auteurs, elle établit entre eux une parenté. Elle est avant tout totalisatrice, dotée d'un instrument universel qui permet d'atteindre à la racine de toutes les expériences, d'une clé qui permet de les connaître et de les relier. Cet instrument, cette clé – la grâce, l'inconscient, le péché, les rapports sociaux de production, le désir – représente la structure générale qui soutient la vie. Elle est en même temps le cadre à l'intérieur duquel les êtres humains évoluent, souffrent ou jouissent, et pourquoi et comment ils le font. Dans la vision des hérissons, le hasard, l'accidentel, le gratuit disparaissent du monde, ou restent repoussés dans une marge tellement subalterne que c'est comme s'ils n'existaient pas.

Contrairement à ceux-ci, chez qui prédomine le général, le renard est confiné au particulier. Pour lui, en dernière instance, le « général » n'existe pas : il n'y a que des cas particuliers, si nombreux et si différents les uns des autres que leur somme ne constitue pas une unité significative mais, plutôt, une confusion vertigineuse, un magma de contradictions. Les exemples littéraires de Shakespeare et de Balzac que donne Isaiah Berlin sont parfaitement démonstratifs. L'œuvre de ces deux écrivains est un bouillonnement extraordinaire d'individus qui ne se ressemblent ni dans leurs motivations cachées ni dans leurs actes publics, un vaste éventail de conduites et de morales ainsi que de possibilités humaines. Les critiques qui tentent d'extraire des « constantes » dans ces univers et de résumer en une interprétation singulière la vision de l'homme et la vie qu'ils proposent nous donnent l'impression d'appauvrir ou de trahir Shakespeare et Balzac. Il se trouve qu'ils n'avaient pas une vision, mais plusieurs et contradictoires.

Déguisé ou explicite, dans tout hérisson il y a un fanatique ; dans un renard, un sceptique et un agnostique. Celui qui croit avoir trouvé une explication ultime du monde finit par se retrancher en elle et refuser de rien savoir des autres ; celui qui est incapable de concevoir une explication de ce genre finit, tôt ou tard, par mettre en doute qu'elle puisse exister. Grâce aux hérissons, d'extraordinaires prouesses ont été menées à bien – découvertes, conquêtes, révolutions –, car ce genre d'entreprises requiert presque visiblement le zèle et l'héroïsme qui inspirent d'ordinaire à ses adeptes la vision centripète et finaliste, comme celle des chrétiens, des juifs, des musulmans ou des marxistes orthodoxes. Grâce aux renards la « qualité » de la vie s'est améliorée, car les notions de tolérance, de pluralisme, de respect mutuel entre adversaires, de permissibilité et de liberté sont plus faciles à accepter – et, dans certains cas, plus nécessaires pour pouvoir vivre – chez ceux qui, incapables de percevoir un ordre unique et singulier, admettent tacitement qu'il en est de divers et dissemblables.

Il y a des domaines où, tout naturellement, les hérissons ont prévalu. La politique, par exemple, où les explications totalisatrices, claires et cohérentes des problèmes sont toujours plus populaires et, au moins en apparence, plus efficaces quand il s'agit de gouverner. Dans les arts et la littérature, en revanche, les renards sont plus nombreux, à l'inverse des sciences où ils sont une minorité.

Isaiah Berlin montre que, dans le cas de Tolstoï, un hérisson et un renard peuvent coexister dans une même personne. Le génial romancier du particulier, le peintre prodigieux de la diversité humaine, de la différenciation fondamentale des individualités qui composent la réalité quotidienne, le farouche contestataire de toutes les abstractions des historiens et philosophes qui prétendaient expliquer dans le cadre d'un système rationnel le développement humain – le renard Tolstoï – a vécu fasciné par l'ambition d'une vision unitaire et centrale de la vie, et a fini par y parvenir, d'abord dans le déterminisme historique de *Guerre et Paix*, et surtout dans le prophétisme religieux de ses dernières années.

Je crois que le cas de Tolstoï n'est pas unique, que tous les renards vivent en enviant toujours les hérissons. Pour ces derniers, la vie est toujours plus vivable. Bien que les vicissitudes de l'existence soient chez tous deux identiques, pour une mystérieuse raison, souffrir et mourir apparaissent moins difficiles et intolérables – parfois faciles – quand l'un se sent possesseur d'une vérité universelle et centrale, d'un élément clair à l'intérieur de ce mécanisme qu'est la vie et dont il croit connaître le fonctionnement. Mais l'existence des renards est, également, un éternel défi pour les hérissons, le chant des sirènes qui étourdit Ulysse. Car bien qu'il soit plus facile de vivre dans la clarté et l'ordre, c'est un attribut humain irrémédiable que de renoncer à cette facilité et, souvent, de préférer l'ombre et le désordre.

Quelle influence l'individu a-t-il sur l'histoire ? Les grands événements collectifs et le développement de l'humanité sont-ils le résultat de forces impersonnelles, de mécanismes sociaux sur lesquels les personnes isolées ont peu ou pas de prise ? Ou au contraire, tout ce qui arrive est-il généré principalement par la vision, le génie, la fantaisie et les exploits de certains hommes, comme l'affirmait Carlyle ? C'est à ces questions que veut répondre un des recueils d'essais d'Isaiah Berlin : *Personal Impressions*[1] (1980).

L'ouvrage contient quatorze textes écrits entre 1948 et 1980, généralement pour faire l'éloge d'hommes politiques, de professeurs et d'écrivains, pour être lus dans des cérémonies universitaires ou publiés dans des journaux. Bien que ce soient des travaux de circonstance, et l'un d'eux de pure convenance, on découvre dans tous la bonne prose, l'intelligence, la vaste culture et les intuitions stimulantes de ses essais les plus soutenus. L'ensemble forme une galerie de figures représentatives de ceux que Berlin considérait comme les plus admirables et dignes de respect parmi ses contemporains, son anthologie personnelle de héros de notre temps. L'impression immédiate du lecteur de cette curieuse société, parfois inattendue – où coexistent des célébrités comme Churchill et Pasternak avec d'obscurs

1. Isaiah Berlin, *Personal Impressions*, Londres, Hogarth Press, 1980. À notre connaissance, il n'existe pas de traduction en français. *(NdT)*

rats de bibliothèque d'Oxford –, c'est qu'on peut dire d'Isaiah Berlin ce que, d'après lui, pensait Einstein, un de ses modèles : à savoir que, s'il faut rendre hommage à certains individus, ce doit être à ceux qui ont réussi quelque chose d'important dans le domaine de l'intelligence et de la culture plutôt qu'en celui de la conquête et du pouvoir.

Entre la vision individualiste, romantique, et la vision collectiviste, abstraite, du positivisme et du socialisme, Berlin préfère la première, bien que, comme toujours, en l'atténuant et la nuançant, car toute position rigide et unilatérale est impensable chez lui. Il ne nie pas qu'il y ait des « forces objectives » dans les processus sociaux. Mais sans aucun doute, et ses articles sur Churchill, Roosevelt et Chaim Weizmann le disent explicitement, pour lui l'intervention des individus – leaders, gouvernants, idéologues – dans l'histoire est fondamentale et décisive. Et il croit qu'ils peuvent reléguer ces « forces objectives » à un second plan, déterminant, dans bien des cas, la direction de tout un peuple, modelant sa conduite, ses desseins, et lui inculquant l'énergie et la volonté ou l'esprit de sacrifice pour défendre certaines causes ou matérialiser certaine politique. La formidable, et longtemps solitaire, résistance britannique contre le nazisme n'aurait pas été la même sans Winston Churchill, ni le New Deal, la grande expérience sociale de la « Nouvelle Donne » en faveur de politiques interventionnistes aux États-Unis, sans Franklin D. Roosevelt, pas plus que le sionisme moderne et la création de l'État d'Israël n'auraient eu les mêmes caractéristiques sans Chaim Weizmann. Nous pourrions ajouter le rôle indiscutable de Nelson Mandela dans le dénouement pacifique du problème sud-africain.

Isaiah Berlin connaît pertinemment les terribles déformations qu'a connues cette conception du « héros » comme pivot de l'histoire, la démagogie qui a surgi autour de lui, depuis le livre de Carlyle jusqu'à la justification du « caudillo » tout-puissant qui personnifie son peuple, comme Hitler, Franco, Mussolini, Mao, Fidel et tant d'autres demi-dieux de notre temps. Précisément, l'antitotalitaire convaincu qu'il y a chez lui souligne dans l'éloge de ses trois « héros » que l'admiration qu'ils méritent est due, surtout, à ceci qu'étant de grands hommes, dotés d'une extraordinaire aptitude pour influer sur leurs concitoyens et opérer des changements dans la société, ils aient toujours agi dans un cadre démocratique, respectueux de la légalité, tolérants envers la critique et leurs adversaires et acceptant le verdict des urnes. C'est cette condition de « caudillos » aimant la loi et la liberté qui rapproche, selon Berlin, le conservateur Churchill du démocrate Roosevelt et du libéral Weizmann au-delà de leurs différences doctrinales.

Mais l'histoire n'est pas faite uniquement par les hommes politiques ni ne comporte seulement des faits objectifs. Au panthéon civil d'Isaiah Berlin figurent, en place privilégiée, les chercheurs, les penseurs, les enseignants. C'est-à-dire tous ceux qui produisent, critiquent ou répandent les idées. Tout comme dans ses autres ouvrages, on voit aussi dans celui-ci la conviction de Berlin qu'ils constituent la force motrice de la vie, la toile de fond sur laquelle s'inscrivent les idées sociales et les clés pour comprendre la réalité extérieure et pénétrer l'intimité de l'être humain. Pour cette raison, son enthousiasme se tourne sans réserve vers ceux qui, comme Einstein, ont renouvelé radicalement notre connaissance du monde physique, ou comme Aldous Huxley et Maurice Bowra, ou comme les poètes Anna Akhmatova et Boris Pasternak, ont enrichi l'esprit de leur temps, remettant en question les valeurs intellectuelles établies et explorant de nouveaux thèmes de réflexion, ou créant des œuvres dont la beauté et la profondeur ont apporté aux autres tout à la fois plaisir et illumination.

Chez le rationaliste convaincu qu'était Isaiah Berlin se trouvait un moraliste. Bien qu'il ne le dise pas ainsi, il se dégage de ses éloges que, pour lui, il était difficile, pour ne pas dire impossible, de dissocier la grandeur intellectuelle et artistique d'un individu de sa droiture morale. Toutes les personnes qui défilent dans ces pages révérencieuses sont de signe positif, simultanément, dans les deux ordres – intellectuel et moral –, au point que nous avons parfois l'impression que ces deux ordres pour Berlin en forment un seul. Il est vrai que certains de ses hommes exemplaires, comme l'historien L. B. Namier, affichent une psychologie difficile et parfois insupportable, mais chez tous il y a toujours, à la base de leur personnalité, noblesse de sentiments, générosité, décence, pureté de propos. Isaiah Berlin est si persuasif qu'à le lire on est disposé à le croire jusqu'à ce point : le talent et la vertu vont de pair. En est-il toujours ainsi ?

Isaiah Berlin fut un démocrate et un libéral, un de ces rares intellectuels tolérants, capables de reconnaître que leurs propres convictions pouvaient être erronées, et justes celles de leurs adversaires idéologiques. Et il a donné la meilleure preuve de cet esprit ouvert et sensible, qui confrontait toujours ses idées à la réalité pour voir si celle-ci les confirmait ou les contredisait, en mettant sa plus grande énergie à étudier moins les philosophes et penseurs acquis à la culture de la liberté que ses ennemis les plus acharnés, comme Karl Marx et le communisme, à qui est consacrée, par exemple, une grande part des études de son livre *Le sens des réalités*[1], ou un Joseph de Maistre, précurseur ultraréactionnaire du fascisme, sur qui il a écrit un de ses essais les plus lumineux. Il avait la passion du savoir et, plutôt que de réfuter ces promoteurs des choses qu'il détestait, comme l'autoritarisme, le racisme, le dogmatisme et la violence, il voulait les comprendre, vérifier comment et pourquoi ils en étaient venus à s'identifier à des causes et à des doctrines qui aggravaient l'injustice, la barbarie et les souffrances humaines.

Un bon exemple en est le volume *Le Mage du Nord, critique des Lumières : J. G. Hamann, 1730-1788* (1993)[2], recueil de notes et d'articles que

1. Isaiah Berlin, *Le sens des réalités*, traduit par Gil Delannoi & Alexis Butin, Genève, Éditions des Syrtes, 2003. *(NdT)*

2. Isaiah Berlin, *Le Mage du Nord, critique des Lumières : J. G. Hamann (1730-1788)*, traduction Mariette Martin, présentation Pierre Pénisson, postface Henry Hardy, Paris, PUF, 1997. *(NdT)*

Berlin n'avait pu réunir en volume et que Henry Hardy a rassemblés et préfacés.

Ce qui est extraordinaire dans ces notes, articles et esquisses qu'il consacra au théologien et philosophe allemand Johann Georg Hamann (1730-1788), ennemi mortel des Lumières et porte-parole fiévreux de l'irrationalisme, c'est que ce réactionnaire convaincu et reconnu y apparaît comme une figure sympathique et même moderne à bien des égards. Sa défense de la déraison – les passions, l'instinct, les abîmes de la personnalité – comme part intégrale de l'humain et son idée que tout système philosophique exclusivement rationnel et abstrait constitue une mutilation de la réalité et de la vie sont tout à fait valables. Et ses théories audacieuses, par exemple sur le sexe et la linguistique, préfigurent d'une certaine façon les positions libertaires et anarchistes radicales d'un Michel Foucault. De même apparaît prophétique sa dénonciation qu'à poursuivre sur le chemin qu'elle a pris, la philosophie du futur sombrerait dans un obscurantisme indéchiffrable, masque du vide et de l'inanité, qui la mettrait hors d'atteinte du lecteur commun.

Mais ces coïncidences cessent à ce carrefour où apparaît Dieu, à qui Hamann subordonne tout ce qui existe et qui est, pour le mystique allemand, la justification et l'explication unique et finale de l'histoire sociale et des destins individuels. Son refus des généralisations et de l'abstrait et sa défense du particulier et du concret ont fait de lui un avocat de l'individualisme et un ennemi mortel du collectif comme catégorie sociale et signe d'identité. Dans ce sens, dit Berlin, il a été d'une part un précurseur du romantisme et de ce qui, deux siècles plus tard, serait l'existentialisme (surtout dans la version catholique de Gabriel Marcel), mais de l'autre un des fondateurs du nationalisme, voire, à l'instar de Joseph de Maistre, du fascisme.

Hamann naquit à Königsberg, fils d'un barbier chirurgien au sein d'une famille piétiste luthérienne, et son enfance s'écoula dans un milieu de gens religieux et stoïques, dont les ancêtres se méfiaient des livres et de la vie intellectuelle. Il fut, néanmoins, un lecteur vorace qui s'arrangea pour entrer à l'université où il acquit une formation plurielle et quelque peu hétéroclite en histoire, géographie, mathématiques, hébreu, théologie, en même temps qu'il apprenait pour son compte le français et écrivait des poèmes. Il commença à gagner sa vie comme précepteur des enfants de la prospère bourgeoisie locale et, pendant quelque temps, sembla séduit par les idées qui venaient de la France de Voltaire et de Montesquieu. Mais peu de temps après, pendant un séjour à Londres lié à une mystérieuse conspiration politique, et après quelques mois d'une vie dissipée et d'excès qui le menèrent à la ruine, il connut la crise qui allait changer sa vie.

Cela se passait en 1757. Acculé à la misère, coupé du monde, il se plongea dans l'étude de la Bible, convaincu comme Luther, ainsi qu'il l'écrirait plus tard, que le livre sacré du christianisme était « une allégorie éternelle de l'histoire intérieure de l'âme de chaque individu[1] ». Il sortit de cette expérience transformé en conservateur et réactionnaire, bagarreur et

1. Isaiah Berlin, *Le Mage du Nord*, *op. cit.*, p. 35.

solitaire, qui, dans des pamphlets polémiques qui se succéderaient comme autant de coups de poing, critiqueraient avec férocité toutes les manifestations de la modernité où qu'elles apparaissent : en science, dans les mœurs, dans la vie politique, en philosophie, et surtout en religion. Il était revenu, et avec quel zèle, au protestantisme luthérien de ses ancêtres. Il se fit des adversaires et des ennemis de tout côté par son caractère intraitable. Il pouvait même se brouiller avec des gens qui le respectaient et voulaient l'aider, comme Kant, son lecteur, qui essaya de lui procurer un poste à l'université. Il le traita de « gentil petit homoncule, bon pour le bavardage, mais totalement aveugle à la vérité[1] ». Quant à Herder, qui disait l'admirer et se considérait comme son disciple, il n'eut jamais pour lui la moindre considération intellectuelle. Rien d'étonnant, donc, à ce que sa vie se soit écoulée presque dans l'anonymat, avec peu de lecteurs, et fût extrêmement austère, en raison des obscurs emplois bureaucratiques qui lui permettaient de subsister.

Une fois mort, le Mage du Nord, comme Hamann aimait s'appeler lui-même, fut vite oublié, étant donné le maigre cercle de ceux qui connaissaient ses œuvres. Isaiah Berlin s'interroge : « Qu'est-ce qui, des idées et de la personnalité de Hamann, mérite aujourd'hui d'être mis en avant[2] ? » La réponse donne lieu au meilleur chapitre de son livre : « *The Central Core* » (« V – Le Savoir »). Ce qui est véritablement original chez Hamann, explique-t-il, c'est

1. *Ibid.*, p. 40.
2. *Ibid.*, p. 41.

sa conception de la nature de l'homme, aux antipodes de la vision optimiste et rationnelle qu'avaient promue les encyclopédistes et philosophes français des Lumières. La créature humaine est une création divine et, par conséquent, souveraine et unique, qui ne peut se fondre dans une collectivité, comme font ceux qui inventent des théories (des « fictions[1] », selon Hamann) sur l'évolution de l'histoire vers un avenir de progrès, où la science bannirait l'ignorance et abolirait l'injustice. Les êtres humains sont différents et leur destin aussi ; et leur plus grande source de sagesse n'est pas la raison ni la connaissance scientifique mais les expériences, l'ensemble du vécu accumulé au long de leur existence. En ce sens, les penseurs et universitaires du XVIIIe siècle étaient à ses yeux d'authentiques « païens », plus éloignés de Dieu que « des voleurs, des mendiants, des criminels, des vagabonds et détrousseurs, les marginaux de la vie[2] » qui, en raison de l'instabilité et des turbulences de leur existence risquée, pouvaient très souvent approcher de façon plus profonde et plus directe la transcendance divine.

C'était un puritain et, pourtant, en matière sexuelle il affichait des idées qui scandalisèrent tous les contemporains : « Pourquoi les glorieux organes de la création sont-ils des objets de honte[3] ? » se demandait-il. À son sens, tenter de dompter les passions sexuelles affaiblissait la spontanéité et le génie humain, c'est pourquoi celui qui voulait se connaître

1. *Ibid.*, p. 52.
2. *Ibid.*, p. 60.
3. *Ibid.*, p. 75.

à fond devait tout explorer, et même « descendre dans l'abîme des orgies de Bacchus et de Cérès ». Cependant, l'homme qui en ce domaine se montrait si ouvert soutenait par ailleurs que la seule façon de garantir l'ordre était d'imposer une autorité verticale et absolue qui défendrait l'individu, la famille et la religion en tant qu'institutions tutélaires et intangibles de la société.

SAGE, DISCRET ET LIBÉRAL

Contrairement à la France, qui fait des grands penseurs et écrivains qu'elle abrite en son sein des figures médiatiques, des icônes populaires, l'Angleterre les cache et les maintient dans l'ombre, comme si, exposés à la lumière publique, soumis au tapage publicitaire, leurs succès intellectuels et artistiques allaient en sortir appauvris. On peut tirer de ces coutumes antinomiques, quant aux monstres sacrés du savoir ou de la création, des conclusions sur la vocation élitiste de la culture britannique et démocratique en France, ou, plus précisément, sur le snobisme culturel qui, du moins depuis le XVIIIe siècle, caractérise majoritairement la vie française, tout comme son revers ou antipode, le snobisme anticulturel notoire de l'anglaise.

En tout cas, il ne fait pas de doute que, si la famille Berlin s'était abritée à Paris au lieu de trouver refuge en Grande-Bretagne, la mort d'Isaiah Berlin en 1997, à l'âge de quatre-vingt-huit ans, aurait donné lieu à des feux d'artifice funèbres, à une fanfare nécrologique comme pour un Sartre ou un

Foucault. Dans son pays d'adoption, en revanche, sir Isaiah Berlin fut enterré dans la discrétion qui avait marqué son existence et son écriture, dans la solitude conventuelle d'Oxford, une université à laquelle il avait consacré toute sa vie.

Étant l'extraordinaire essayiste et penseur qu'il fut, son œuvre, une des plus riches et excitantes du point de vue politique et intellectuel, a été fort peu lue en dehors du monde de langue anglaise. Mais il faut pour cela en accuser la modestie maladive de Berlin – le seul écrivain de grand talent à ma connaissance apparemment dépourvu de toute vanité, à l'inverse de ses pairs, et qui croyait très sérieusement que ses travaux dans le domaine de la philosophie, de l'histoire et de la critique étaient tout à fait fortuits et sans grande importance – autant que la manie du secret, des catacombes, de l'université anglaise. Et pourtant, chez ce modeste et bienveillant professeur au grand nez, à la calvitie brillante, il y avait une immense sagesse. Il évoluait avec aisance dans une douzaine de langues, du russe à l'hébreu, de l'allemand à l'anglais et aux principales langues romanes, et dans des disciplines et des sciences aussi différentes que la philosophie, l'histoire, la littérature, la physique et la musique. Sur tous ces sujets, il eut une réflexion originale et il écrivit avec profondeur, élégance et une absolue transparence.

Il fut non seulement un savant modeste mais aussi un grand libéral, ce qui nous remplit d'orgueil, nous qui croyons que la doctrine libérale est le symbole de la culture démocratique – celle de la tolérance, du pluralisme, des droits de l'homme, de la souveraineté individuelle et de la légalité –, le fleuron de la civilisation. Cela dit, il faut ajouter qu'entre les différents courants de pensée compris dans le terme « libéral », Isaiah Berlin ne fut pas totalement en accord avec ceux qui, comme un Friedrich von Hayek ou un Ludwig von Mises, voient dans le marché libre la garantie du progrès, pas seulement économique, mais aussi politique et culturel, et le système qui peut le mieux harmoniser la diversité presque infinie des attentes et des ambitions humaines, à l'intérieur d'un ordre qui sauvegarde la liberté. Isaiah Berlin eut toujours des doutes sociaux-démocrates sur le *laisser-faire** et il les exprima à nouveau quelques semaines avant sa mort, dans la splendide interview – sorte de testament – qu'il accorda à Steven Lukes, répétant qu'il ne pouvait défendre sans une certaine angoisse la liberté économique débridée qui « remplit d'enfants les mines de charbon ».

Le libéralisme d'Isaiah Berlin consista surtout en l'exercice de la tolérance, dans un effort permanent de compréhension de l'adversaire idéologique dont il essaya de comprendre les raisons et les arguments et de les expliquer avec un excès de scrupules qui déconcertait ses collègues. Comment comprendre qu'un partisan aussi incorruptible du système démocratique, si hostile à toute forme de collectivisme, ait écrit une des études les plus impartiales sur Marx ? C'est un fait, de même que ce grand ennemi de l'intolérance a écrit le meilleur essai moderne sur Joseph de Maistre et les origines du fascisme. Et que sa répulsion des nationalismes ne l'empêcha pas – elle l'y poussa plutôt – d'étudier avec un zèle qu'on pourrait qualifier d'amoureux le révérend

Herder, pierre angulaire de la vision régionaliste, anti-universaliste de l'histoire.

L'explication est fort simple et résume bien toute la personne d'Isaiah Berlin. Comme discipline intellectuelle, dit-il, « il est assommant de lire les alliés, qui coïncident avec nos points de vue. Il est plus intéressant de lire l'ennemi, celui qui met à l'épreuve la solidité de nos défenses. Ce qui, en vérité, m'a toujours intéressé, c'est de vérifier ce qu'ont de faible, de fragile ou d'erroné les idées auxquelles je crois. Pourquoi ? Pour pouvoir les amender ou les abandonner[1] ». Ceux qui ont lu l'œuvre d'Isaiah Berlin savent qu'il n'y a aucune pose dans ces affirmations et que sa pensée a toujours tendu à s'affiner et à s'enrichir grâce à la confrontation avec celle de ses adversaires.

Son travail intellectuel, riche et dense, se concentra sur des essais, des articles, des conférences et des comptes rendus et évita les grandes synthèses, les ambitieux travaux d'ensemble, les projets de longue haleine. Sans que cela soit dû, comme le souligne Ignatieff, à la dispersion et aux multiples obligations : tout comme Borges, sa vocation était exclusivement celle de la brièveté, du petit format, du genre mineur. Dans les années 80, comme pour démontrer que les critiques se trompaient en lui reprochant de n'avoir pas entrepris une œuvre de grand horizon thématique, Berlin décida d'étoffer ses conférences de 1965 sur les racines du romantisme (publication posthume sous le titre *The Roots*

1. *In* « Conversation with Steven Lukes », *Salmagundi*, n° 120, Skidmore College, USA, automne 1998.

of Romanticism[1]) et pendant plusieurs mois, il travailla de façon systématique à la British Library, remplissant des centaines de fiches. Finalement, il renonça : les projets de grande envergure n'étaient pas sa tasse de thé. Il manquait d'ambition, de foi démesurée en lui-même, de la pincée d'obsession et de fanatisme que requièrent les œuvres maîtresses. L'essai court convenait davantage à sa modestie, à la considération sceptique de lui-même, à son absence de prétention d'apparaître comme un génie ou un sage, à sa conviction que ce qu'il avait fait était peu de chose dans l'étincelant feu d'artifice de la pensée universelle.

Ce n'était pas vrai, bien sûr. Parce que cet essayiste-né a laissé – ce que l'on pourrait dire aussi de José Ortega y Gasset, autre grand libéral – dans ses textes assez brefs d'interprétation et de relecture des grands philosophes, historiens ou écrivains de l'Europe classique et moderne, une œuvre capitale pour la culture de notre temps et pour la pensée libérale. Et, parmi les libéraux, il fut avec Ortega y Gasset le meilleur prosateur. Son style est aussi transparent et agréable que celui de Stendhal, autre polygraphe qui n'écrivait pas mais dictait ses textes, et souvent la richesse et l'énergie de ses idées, de ses citations et de ses exemples, la vivacité et l'élégance qu'il déploie dans son raisonnement donnent à ses essais une qualité romanesque, d'une humanité contagieuse.

Parmi les auteurs que j'ai lus ces trente dernières

1. *The Roots of Romanticism* (recorded 1965), Londres, Chatto & Windus, 1999.

années, Isaiah Berlin est l'un de ceux qui m'ont le plus impressionné. Ses opinions philosophiques, historiques et politiques m'ont toujours semblé éclairantes et aptes au partage. Cependant, je pense que même si très peu ont vu de nos jours de façon aussi pénétrante ce qu'est la vie – celle de l'individu en société, celle des sociétés dans le temps, l'impact des idées dans l'expérience quotidienne –, il y a toute une dimension de l'homme qui n'apparaît pas, ou qui apparaît furtivement, dans sa vision : celle qu'a décrite, mieux que personne, Georges Bataille. Ce monde sous-jacent de la déraison qui parfois obnubile et tue la raison : celui de l'inconscient qui, à doses toujours invérifiables et très difficiles à détecter, imprègne, oriente et parfois asservit la conscience ; celui de ces instincts obscurs qui, par des voies inattendues, surgissent soudain pour rivaliser avec les idées et souvent les remplacer comme ressorts de l'action, voire détruire ce qu'elles construisent.

Rien de plus éloigné de la vision claire, sereine, harmonieuse, lucide et saine de l'homme qu'avait Isaiah Berlin, que la conception sombre, confuse, maladive et ardente de Bataille. Et pourtant, j'ai l'impression que la vie est probablement quelque chose qui embrase et confond en une seule vérité, en sa puissante incohérence, ces deux ennemis.

J'ai vu Isaiah Berlin deux fois dans ma vie. La première, je l'ai déjà raconté, dans les années 80 lors d'un dîner chez l'historien Hugh Thomas, où l'invitée vedette était la Première ministre Margaret Thatcher. La seconde fut à Séville, en 1992, lors d'un congrès sur le cinquième centenaire de la découverte de l’Amérique. Les gens l’entouraient de compliments, qu’il recevait en rougissant. J’avais écrit une série d’articles sur lui, qui servirent ensuite de prologue à l’édition espagnole de *The Hedgehog and the Fox*, où je commis l’énormité de dire qu’il était né en Lituanie au lieu de la Lettonie. « Bon, ce n’est pas si grave, m’excusa-t-il avec bonhomie, car lorsque je suis né, tout cela c’était la Russie. » Merci, maître.

JEAN-FRANÇOIS REVEL

(1924-2006)

Ce ne sont pas les structuralistes, ni les déconstructionnistes, ni les « nouveaux philosophes », plus clinquants que consistants, qui ont apporté une contribution valable à la France contemporaine dans le domaine des idées, mais un journaliste et essayiste politique : Jean-François Revel. Ses livres et ses articles, judicieux et iconoclastes, originaux et incisifs, étaient rafraîchissants au milieu des stéréotypes, préjugés et conditionnements qui asphyxièrent le débat politique de notre temps. Par son indépendance, son aptitude à percevoir le moment où la théorie cesse d'exprimer la vie et commence à la trahir, son courage à affronter les modes intellectuelles et sa défense systématique de la liberté sur tous les terrains où elle est menacée ou dénaturée, Revel fait penser à un Albert Camus ou à un George Orwell d'aujourd'hui. Comme le leur, son combat fut également solitaire et incompris.

À l'instar de l'auteur de *1984*, Revel lança ses critiques les plus dures en direction de la gauche, bien qu'il ait été socialiste une grande partie de sa vie, et c'est de là qu'il reçut les pires attaques. On sait que, dans la vie politique, la haine la plus violente est suscitée par le parent le plus proche. Car si quelqu'un a reçu avec justice le titre, aujourd'hui tellement prostitué, de « progressiste » dans le domaine intellectuel, ce fut lui, qui s'employa à faire disparaître les clichés et les routines mentales empêchant les avant-gardes politiques contemporaines de comprendre les problèmes sociaux et de proposer des solutions qui soient à la fois radicales et possibles. Pour mener à bien cette tâche de démolition, Revel, comme Orwell dans les années 30, opta pour une attitude relativement simple, mais que peu de penseurs ont pratiquée de nos jours : le retour aux faits, la subordination du pensé au vécu. Décider en fonction de l'expérience concrète de la validité des théories politiques est aujourd'hui révolutionnaire car la coutume qui a marqué et qui, sans doute, a été le handicap majeur de la gauche d'aujourd'hui est à l'opposé : déterminer à partir de la théorie la nature des faits, ce qui conduit à déformer ceux-ci pour les rendre conformes à celle-là. Alors que ce sont les actions humaines qui communiquent leur vérité aux idées, rien n'est plus absurde que de croire que la vérité part des idées et nourrit les actions humaines, car le résultat est un divorce entre les unes et les autres et c'est ce qui caractérisa le mieux l'époque de Revel (surtout dans les pays du soi-disant tiers-monde) parmi les idéologies de gauche, qui impressionnaient surtout par leur furieuse irréalité.

Les faits intéressaient plus Revel que les théories et il n'eut jamais la moindre retenue pour les réfuter s'il trouvait qu'elles n'étaient pas confirmées par les faits. Notre éloignement de la politique doit être particulièrement profond pour que quelqu'un qui se contentait d'introduire le sens commun dans la réflexion sur la vie sociale – car s'obstiner à soumettre les idées au feu de l'expérience concrète n'est pas autre chose – apparaisse comme un dynamiteur intellectuel.

POURQUOI DES PHILOSOPHES ?

Il était né à Marseille en 1924 et avait rempli tous les critères qui, en France, préfigurent une carrière de haut niveau : l'École normale, l'agrégation de philosophie, l'engagement dans la Résistance durant l'occupation nazie. Il avait enseigné dans les instituts français de Mexico et de Florence, où il apprit l'espagnol et l'italien, deux des cinq langues qu'il parlait à la perfection. Sa biographie officielle dit que son premier livre fut *Pourquoi des philosophes ?* (1957), mais en vérité, il avait publié auparavant un roman, *Histoire de Flore*, qu'un sens excessif de l'autocritique l'empêcha de rééditer. Cet essai, continué cinq ans après par *La cabale des dévots* (1962), révéla au monde un formidable pamphlétaire à la manière de Voltaire, cultivé et pugnace, ironique et lapidaire, où la richesse des idées et l'esprit rebelle se déployaient dans une prose dense et par moments flamboyante. Plus d'un demi-siècle après sa parution, ce livre conserve sa férocité, qui a peut-être augmenté parce que quelques-unes des figures sur lesquelles il s'acharnait, comme Heidegger, Jacques Lacan ou Claude Lévi-Strauss, devinrent par la suite des références intellectuelles intouchables.

Comme il le dirait lui-même plus tard, *Pourquoi des philosophes ?* fut son adieu tumultueux à la philosophie. Et aussi à l'université française et à ses professeurs d'humanités, une autre de ses cibles, qu'il accusait d'être très à la remorque des universités américaines et allemandes, plongés dans la léthargie par le clientélisme et une rhétorique à chaque fois plus incompréhensible et sans saveur. Ce livre éloigna Revel du monde universitaire où il aurait peut-être végété très loin de l'actualité et le transforma en ce formidable journaliste et penseur politique qu'il deviendrait. Ses articles et ses essais, comme ceux de Raymond Aron, furent des modèles de lucidité dans cette seconde moitié du XXe siècle, marquée en France par la prééminence presque absolue du marxisme et de ses variantes, qu'ils affrontèrent tous deux au nom de la culture démocratique. Personne ne les a remplacés et les revues françaises en paraissent tristes et orphelines.

Le mot « pamphlet » revêt maintenant un certain relent ignominieux de texte vulgaire, relâché et insultant, mais au XVIIIe siècle, c'était un genre créatif de haut vol dont les intellectuels les plus illustres se réclamaient pour proclamer leurs différences. Entre les mille activités que mena Jean-François Revel figure celle d'avoir dirigé au sein de la maison d'édition non conformiste de Jean-Jacques Pauvert une excellente collection de pamphlets appelée « Libertés » où défilèrent Diderot, Voltaire, Hume, Rousseau, Zola, Marx, Breton et bien d'autres. Beaucoup de ses livres s'inscrivent dans cette tradition, comme *Pourquoi des philosophes ?*, règlement de comptes avec les penseurs de son temps et la philosophie elle-même que, d'après cet essai, les découvertes scientifiques d'un côté et, de l'autre, le manque de hauteur, d'originalité et l'obscurantisme des philosophes modernes rendaient chaque fois moins lisible. Revel savait de quoi il parlait, il avait une connaissance profonde des classiques grecs comme on le voit dans sa splendide *Histoire de la philosophie occidentale* (1994). Le livre entier est bourré de contrastes entre ce que signifiait « philosopher » dans la Grèce de Platon et d'Aristote, ou dans l'Europe de Leibniz, Descartes, Pascal, Kant et Hegel, et la modeste activité spécialisée souvent confinée au sein de la linguistique qui usurpe son nom de nos jours.

Mais les philosophes contemporains ne sont pas seulement l'objet de critiques sévères, ils reçoivent aussi des éloges. Sur Sartre, par exemple, grâce à *L'être et le néant* qui semble à Revel une réflexion profonde, d'une grande audace spéculative, et sur Freud, qu'il revendique de manière belliqueuse, surtout contre certains psychanalystes comme Jacques Lacan qui, à son avis, embrouille grotesquement les idées de Freud et l'utilise pour s'élever un prétentieux monument à soi-même. Toutefois, ses sévères réprimandes à Claude Lévi-Strauss, dont il questionne l'ouvrage sur *Les structures élémentaires de la parenté*, sont injustes. Il accuse leur auteur d'être un bon psychologue mais de ne rien apporter, du point de vue sociologique, à la connaissance de l'homme primitif. Il étend cette assertion à l'ensemble des études de Lévi-Strauss sur les sociétés marginales en arguant que, par la réduction de toute son analyse à la description de la mentalité primitive concentrée sur son intimité psychologique, il négligea la recherche la plus importante du point de vue social : pourquoi les institutions de la société traditionnelle eurent-elles un caractère déterminé ? Pourquoi se différenciaient-elles tellement les unes des autres ? À quelles nécessités répondaient les rituels, croyances et institutions de chaque communauté ? L'œuvre de Lévi-Strauss était en cours d'élaboration quand Revel écrivit cet essai et peut-être que son évaluation du grand anthropologue aurait été autre s'il avait eu une perspective plus large sur celle-là.

En 1971, à l'occasion d'une réédition de *Pourquoi des philosophes ?*, Revel écrivit un long prologue qui passait en revue ce qui s'était produit dans les milieux intellectuels en France pendant les onze années précédentes. Il ne rectifiait rien de ce qu'il avait écrit en 1957. Au contraire, il trouvait dans le structuralisme alors à la mode les mêmes insuffisances et impostures qu'il avait dénoncées à propos de l'existentialisme. Il dirigeait ses critiques les plus acerbes vers Althusser et Foucault, surtout ce dernier, à la pointe de l'actualité depuis la publication de *Les mots et les choses*, qui avait déclaré que « Sartre était un homme du XIXe siècle » et dont les affirmations tonitruantes (« les humanités n'existent pas » et « de l'homme, une invention récente, on peut prévoir la fin prochaine ») faisaient les délices des *bistrots** de Saint-Germain. (Bientôt il jetterait des pierres aux policiers et nierait l'existence du sida.)

Dans ce texte, Revel remarquait que les modes entraînaient la philosophie à des niveaux d'artificialité et d'ésotérisme qui paraissaient une forme de suicide, en commençant par le tir nourri des nouveaux philosophes contre l'humanisme. Mais son humour satirique est plus excité par l'étrange alliance qui se nouait entre le snobisme politique – c'est-à-dire le marxisme ou, plus grave, le maoïsme – et les spéculations les plus alambiquées des « théories » que produisaient sans retenue les littérateurs d'un courant structuraliste qui embrassait tant de genres et de disciplines que personne ne comprenait sur quoi ils écrivaient. Sur ce point, la revue *Tel Quel*, dont le génie tutélaire, le subtil Roland Barthes, venait d'expliquer, en inaugurant ses conférences au Collège de France, que « la langue est fasciste », remportait la palme. L'analyse que fait Revel d'un numéro spécial de *Tel Quel*, ridiculisant la prétention des disciples de Barthes et de Derrida de mettre leurs théories littéraires et leurs expérimentations linguistiques au service du prolétariat pour vaincre la bourgeoisie dans la bataille où ils sont engagés, est à la fois désopilante et assassine.

En parfaite cohérence avec les critiques qu'il avait lancées à ses collègues philosophes, Revel se préoccupa toujours de concilier la rigueur intellectuelle et la clarté démonstrative. Sur ce point, il alla plus loin que Raymond Aron, son maître et ami, dont il reçut en héritage la responsabilité d'être le grand héraut des idées libérales dans son pays, à un moment historique où « l'opium des intellectuels » (comme Aron appelait le marxisme) ensorcelait les penseurs français. Tous les livres de Revel, sans exception, sont à la portée d'un lecteur moyennement cultivé, même si quelques-uns comportent des discussions sur des questions d'une complexité retorse comme les doctrines théologiques, les polémiques érudites sur la philologie ou l'esthétique, les découvertes scientifiques ou les théories sur l'art. Jamais il n'employa de jargon spécialisé ni ne confondit l'obscurité avec la profondeur. Il fut toujours clair sans être jamais superficiel. Qu'il y parvienne dans ses livres est déjà un mérite ; ce l'est encore plus lorsque cela donne le ton des centaines d'articles qu'il écrivit dans les publications où, pendant un demi-siècle, il commenta chaque semaine l'actualité : *France-Observateur*, *L'Express* (dont il fut directeur) et *Le Point*.

SOCIALISTE ET LIBÉRAL

Pour tenter de le déconsidérer, ses adversaires le qualifiaient souvent de conservateur. Il ne le fut jamais. Il milita dans sa jeunesse pour le socialisme, et c'est pourquoi il s'opposa, par des critiques acerbes, à la Ve République du général de Gaulle (*Le style du Général*, 1965) et encore en 1968, il affronta dans un essai impitoyable la France de la réaction (*Lettre ouverte à la droite*). L'année précédente, il avait été candidat aux élections législatives pour le parti de François Mitterrand. Il fut toute sa vie un républicain athée et anticlérical, un Caton implacable contre l'esprit dogmatique de toutes les Églises et particulièrement de la catholique, un défenseur de la laïcité et du rationalisme hérités du siècle des Lumières. Il s'en expliqua avec sagesse et humour dans son livre polémique avec son fils Matthieu, moine bouddhiste et traducteur du dalaï-lama : *Le moine et le philosophe* (1997). Au sein des variantes du libéralisme, il se situa toujours dans celle qui était au plus près de l'anarchisme, sans y tomber toutefois, comme le suggère l'insolente déclaration au début de ses Mémoires : « Je hais la famille, aussi bien celle où je suis né que celles que j'ai fondées. »

LA TENTATION TOTALITAIRE

Il vécut de polémique en polémique. Un des grands scandales fut la parution de *La tentation totalitaire* (1976), démonstration convaincante – avec des données à la portée de tout le monde mais que le monde n'avait pas jusqu'alors pris la peine de soupeser – de cette conclusion inattendue : que l'obstacle principal au triomphe du socialisme sur la planète n'était pas le capitalisme mais le communisme. C'était un livre stimulant car, tout en étant une critique accablante des pays et des partis communistes, il ne donnait pas le sentiment d'être un livre réactionnaire, en faveur de l'immobilisme, mais au contraire d'être un effort pour réorienter dans la bonne direction la lutte pour le progrès de la justice et de la liberté dans le monde, un combat qui avait dévié de sa route et oublié ses objectifs, plus en raison de défaillances internes à la gauche que pour la puissance et l'habileté de l'adversaire.

Revel atteignait à ses moments les plus suggestifs quand il se livrait à une opération quelque peu masochiste : l'autocritique des tares et des maux que la gauche laissa prospérer en son sein jusqu'à s'ankyloser intellectuellement, de sa fascination pour la dictature, de son aveuglement face aux racines du totalitarisme, de son complexe d'infériorité face au parti communiste, de son inaptitude à formuler des projets socialistes distincts du modèle stalinien.

En dépit de certaines pages pessimistes, le livre de Revel délivrait un message constructif dans ses efforts pour présenter le réformisme comme le chemin le plus court et le plus carrossable pour atteindre les objectifs sociaux révolutionnaires et sa défense de la social-démocratie comme système ayant prouvé dans les faits sa capacité à développer simultanément la justice sociale et économique et la démocratie politique. C'est un livre dont la lecture au Pérou nous fit du bien dans les années 70, car il parut au moment où nous vivions dans notre propre chair certains des maux dont il dénonçait les mécanismes. Le régime dictatorial du général Velasco Alvarado avait étatisé la presse quotidienne en 1974 et supprimé toute tribune critique dans le pays. Pourtant, la gauche traditionnelle célébrait en lui un progressiste et un justicier. C'était le temps où les exilés politiques péruviens – apristes et populistes – se voyaient empêchés de plaider leur cause au tribunal Russell sur la violation des droits de l'homme en Amérique latine qui se réunit à Rome car, comme le firent savoir les organisateurs, leur situation ne pouvait être comparée à celle des victimes des dictatures chilienne et argentine : la dictature militaire péruvienne n'était-elle pas, par hasard, « progressiste » ?

En même temps qu'il était social-démocrate et libéral, il y avait chez Revel un libertaire qui corrigeait et améliorait l'autre, et cela se remarque surtout dans *Ni Marx ni Jésus* (1970), un livre aussi amusant qu'insolent. Il y soutenait, à titre d'exemples significatifs, que les manifestations les plus importantes de la révolte sociale et intellectuelle dans le monde contemporain s'étaient produites en marge des partis politiques de gauche et non dans les pays socialistes mais dans la citadelle du capitalisme, comme les États-Unis et la Grande-Bretagne. Sclérosée chez les nations et les partis « révolutionnaires », la révolution, disait Revel, reste vivante grâce aux mouvements comme celui des jeunes qui, dans les pays industrialisés, mettent radicalement en question des institutions qui se croyaient intouchables – la famille, l'argent, le pouvoir, la morale – et grâce à l'éveil politique des femmes et des minorités culturelles et sexuelles qui luttent pour faire respecter leurs droits et doivent pour cela attaquer les fondements sur lesquels la vie sociale fonctionne depuis des siècles.

De même en ce qui concerne le problème de l'information, les analyses de Revel étaient toujours pertinentes, comme quand il affirma que « la grande bataille de la fin du XXe siècle, celle dont dépend l'issue de toutes les autres, c'est la bataille contre la censure[1] ». Quand cesse la liberté de s'exprimer

1. Jean-François Revel, *Lettre ouverte à la droite*, Paris, Albin Michel, 1968, p. 148-149.

librement au sein de n'importe quelle société ou institution, soutenait-il, tout commence à se décomposer. Non seulement disparaît la critique, sans laquelle tout système ou organisme social se trouve estropié ou corrompu, mais cette déformation est intériorisée par les individus comme stratégie de survie et, par conséquent, toutes les activités (hormis peut-être celles qui sont strictement techniques) reflètent la même dégradation. Voilà, en dernière instance, affirmait Revel, l'explication de la crise de la gauche dans le monde : avoir perdu la pratique de la liberté, non seulement par la faute de la répression que lui infligeait l'adversaire extérieur mais aussi pour avoir fait sienne la conviction suicidaire selon laquelle l'efficacité est incompatible avec celle-là. « Tout pouvoir est ou devient de droite, écrivait-il. Seul le rend de gauche le contrôle qu'on exerce sur lui[1]. »

COMMENT LES DÉMOCRATIES FINISSENT

Le livre de Jean-François Revel qui, après *La tentation totalitaire*, lui valut le plus de prestige dans le monde fut *Comment les démocraties finissent* (1983). Je l'ai lu pendant les pauses d'un congrès de journalistes à Carthagène, en Colombie. Pour échapper aux interruptions, je me réfugiais sur la plage de l'hôtel, sous des tentes qui donnaient à cet endroit une apparence bédouine. Un après-midi, quelqu'un me dit : « Vous lisez ce Cassandre moderne ? »

1. *Ibid.*, p. 47.

C'était un professeur de l'université de Stanford qui, peu de temps auparavant, avait lu *Comment les démocraties finissent*. « Cela m'a tellement déprimé que j'ai fait des cauchemars pendant une semaine, ajouta-t-il. Mais il est vrai qu'on ne peut le lâcher. »

Effectivement. Comme lorsque j'étais au collège et que je lisais Jules Verne et Salgari en classe de mathématiques, j'ai passé une grande partie des sessions de ce congrès plongé dans les argumentations de Revel, cachant le livre sous des copies de discours. J'ai continué à le lire pendant l'interminable vol transatlantique qui m'emmenait à Londres. Je l'ai terminé au moment d'atterrir. C'était une matinée ensoleillée et la campagne anglaise, entre Heathrow et la ville, paraissait plus verte et plus civilisée que jamais. Arriver en Angleterre me procurait (jusqu'au Brexit) une sensation de paix et de confiance, de vie vivable, l'impression de poser les pieds dans un monde où, en dépit des problèmes et de la crise, un socle d'harmonie et de solidarité sociale permettait aux institutions de fonctionner et aux mots comme « respect de la loi », « liberté individuelle », « droits de l'homme » de trouver sens et substance. Tout cela était-il condamné à disparaître dans un futur plus ou moins proche ? L'Angleterre serait-elle demain ce royaume du mensonge et de l'horreur que décrivit Orwell dans *1984* ?

Le lecteur de *Comment les démocraties finissent* émerge de ses pages avec l'impression que – sauf changement aussi radical qu'improbable dans les pays libéraux – cette « brève parenthèse » se fermera bientôt, que cet « accident » que fut la démocratie dans l'évolution de l'humanité se terminera et que la poignée de pays qui goûtèrent à ses fruits retourneront se confondre avec ceux qui ne sortirent jamais de l'ignominie du despotisme qui accompagne l'homme depuis l'aube de l'histoire.

Un Cassandre moderne ? Revel, héritier de cette tradition de polémistes et d'iconoclastes qu'incarnèrent les Encyclopédistes, écrivait avec élégance, raisonnait avec rigueur et gardait une curiosité en alerte pour ce qui se passait dans le reste du monde, ce qui fut une caractéristique majeure de la vie intellectuelle en France et que, malheureusement, de nombreux intellectuels français de notre temps semblent avoir perdue. Cet essai surprenait par l'exactitude des références à l'Amérique latine et la qualité de l'information concernant les exemples du Venezuela, du Pérou, de la République dominicaine, de Cuba et du Salvador. Tous les livres de Revel ont été hétérodoxes, mais *Comment les démocraties finissent*, en plus de sa force de conviction, de son ironie et de ses analyses pénétrantes, possédait une chose dont les autres étaient dépourvus : un pessimisme saisissant.

La thèse du livre est que le communisme soviétique avait pratiquement gagné la guerre contre l'Occident démocratique en le détruisant psychologiquement et moralement par l'infiltration de bactéries nocives qui, après l'avoir paralysé, le feraient tomber comme un fruit mûr. La responsabilité de ce processus revenait, d'après Revel, aux démocraties elles-mêmes qui, par apathie, inconscience, légèreté, couardise ou aveuglement, avaient collaboré de manière irresponsable avec leur adversaire pour creuser leur propre tombe.

Revel cartographiait la croissance impressionnante de l'emprise soviétique en Europe, en Asie, en Afrique et en Amérique latine et ce qu'il considérait comme le caractère irréversible de cette progression. Une fois qu'un pays tombe dans sa zone d'influence, disait-il, les pays occidentaux consacrent cet épisode comme définitif et intouchable, sans tenir compte en rien de l'opinion des habitants du pays en question. Qui, à Washington ou à Londres, aurait osé au début des années 80 parler de « libérer » la Pologne sans passer pour un ptérodactyle acharné à déclencher une guerre nucléaire par ses provocations envers l'URSS ? Moscou, en revanche, ne s'encombrait pas de semblables scrupules. Sa politique d'assistance aux pays pour « se libérer » du capitalisme était cohérente, permanente, sans être gênée par aucun genre d'opposition interne, et adoptait de multiples tactiques. L'intervention directe de ses troupes, comme en Afghanistan, l'intervention indirecte, par les forces cubaines ou d'Allemagne de l'Est, comme en Angola ou en Éthiopie, l'assistance militaire, économique et publicitaire, comme au Vietnam et dans les pays où se déroulaient des processus terroristes et de guérilla qui, quelle que soit leur ligne idéologique, étaient au service de la stratégie globale de l'URSS.

À la fin de la Seconde Guerre mondiale, la supériorité militaire des pays occidentaux était écrasante. Dans la décennie 80, c'était tout le contraire. La primauté soviétique était énorme dans presque tous les domaines, y compris le nucléaire. Cette formidable course aux armements n'avait pas rencontré le moindre obstacle interne pour se matérialiser :

les citoyens de l'URSS n'avaient même pas une idée générale de ce qui se passait. En Occident, en revanche, le mouvement pacifiste, contre les armes nucléaires et en faveur du désarmement unilatéral, avait pris des proportions considérables et contaminait de grands partis démocratiques comme le travaillisme anglais et la social-démocratie allemande.

La démonstration de Revel comprenait les domaines diplomatique, politique, culturel et journalistique. Les pages les plus incisives décrivaient l'efficacité avec laquelle l'URSS conduisit la bataille de la désinformation en Occident. La preuve qu'elle l'avait gagnée, affirmait-il, c'étaient ces centaines de milliers de démocrates qui sortaient protester dans les villes américaines, anglaises, françaises et scandinaves contre « l'intervention yankee » au Salvador – où il y avait cinquante conseillers nord-américains – et à qui il ne serait jamais venu à l'esprit de protester de la même façon contre les cent trente mille soldats soviétiques en Afghanistan ou les trente mille Cubains en Angola.

Quelqu'un croit-il, en Occident, que la démocratie sert à quelque chose ? se demandait-il. À en juger par la manière dont ses intellectuels, ses dirigeants politiques, ses syndicats, ses organes de presse autocritiquent le système en le maintenant sous une pénalisation continuelle et impitoyable, ils avaient intériorisé, semble-t-il, les critiques que ses ennemis formulaient contre elle. Comment expliquer autrement l'usage trompeur de formules comme « guerre froide » toujours propre à l'Occident – alors que c'est pendant cette période que l'URSS obtint la suprématie militaire –, de même que « colonialisme » et « néocolonialisme » qui semblaient n'avoir du sens que si on les associait aux pays occidentaux et jamais à l'URSS ? Alors que, dans le subconscient de l'Occident, les notions de « libération », « anticolonialisme », « nationalisme » paraissaient invinciblement liées au socialisme et à ce que représente Moscou.

Le problème posé par Revel dans ce livre semblait presque insoluble. La seule façon pour la démocratie de conjurer le danger qu'il signalait serait de renoncer à ce qui la rendait préférable à un système totalitaire : le droit de critiquer, le contrôle du pouvoir, le pluralisme, la société ouverte. C'est parce qu'il y a chez elle liberté de presse, lutte politique, élections, contestation que ses ennemis peuvent « l'infiltrer » facilement, manipuler son information, instrumentaliser ses intellectuels et ses politiques. Mais si, pour éviter ce risque, une démocratie renforçait le pouvoir et les systèmes de contrôle, ses ennemis gagnaient encore une fois en lui imposant ses méthodes et ses usages.

Alors, n'y avait-il aucun espoir ? Les hommes et les femmes de ma génération, verrions-nous le monde entier glisser vers l'uniformité et la barbarie avec missiles et ordinateurs ? Heureusement, il n'en fut pas ainsi. Pour deux raisons qu'à mon sens Revel n'évalua pas suffisamment. La première : la supériorité économique, scientifique et technologique des démocraties occidentales. Cet avantage – en dépit de la puissance militaire soviétique – alla en s'accentuant, alors que la censure continuait à régir la vie universitaire de l'URSS et que la planification bureaucratique continuait à asphyxier son agriculture et son industrie. Et la seconde : les facteurs internes de désagrégation de l'empire soviétique. Quand on lisait ses dissidents durant ces mêmes années, ou les manifestes des ouvriers polonais, on découvrait que là-bas, derrière le rideau de fer, en dépit de la répression et des risques, soufflait, de plus en plus fort et vigoureux, cet amour de la liberté qui semblait être passé de mode parmi les citoyens des pays libres.

LA CONNAISSANCE INUTILE

Après la mort de Jean-Paul Sartre et de Raymond Aron, Jean-François Revel en vint à exercer en France ce leadership intellectuel, doublé d'un magistère moral, qu'est l'institution typiquement française du « mandarinat ». Connaissant son peu de goût pour la publicité et sa réticence envers toute forme de supercherie, j'imagine combien il dut se sentir embarrassé dans semblable position. Mais il n'y avait pas moyen de l'éviter : ses idées et ses pronostics, ses prises de position et ses critiques avaient fait de lui un *maître à penser** qui fixait les thèmes du débat politique et culturel et autour de qui, par attrait ou rejet, les contemporains se définissent idéologiquement et éthiquement. Sans le « mandarin », la vie intellectuelle française nous paraîtrait invertébrée et sans forme, un chaos dans l'attente de sa cristallisation.

Chaque nouveau livre de Revel provoquait des polémiques qui dépassaient le monde des spécialistes, parce que ses essais allaient au cœur des sujets d'actualité et contenaient toujours de sévères mises en cause contre les totems intronisés par les modes et les préjugés régnants. Celui qu'il publia en 1988, *La connaissance inutile*[1], fut l'objet de diatribes et de controverses pour la dureté de son analyse et, surtout, la manière dont certains intouchables de la culture contemporaine sortaient maltraités de ses pages. Mais, au-delà du potinage et de l'anecdote, *La connaissance inutile* fut lu et assimilé par des dizaines de milliers de lecteurs dans le monde entier, car il s'agit d'un de ces livres qui, par la profondeur de la réflexion, le courage moral et l'ambition de son dessein, prennent l'époque à rebrousse-poil.

La thèse que développe *La connaissance inutile* est la suivante : la force qui meut la société de notre temps n'est pas la vérité mais le mensonge. C'est-à-dire une société régie, plus qu'aucune autre, sur le long chemin parcouru par la civilisation, grâce à une information extrêmement riche sur les connaissances acquises par la science et la technique, ce qui pourrait garantir, dans toutes les manifestations de la vie sociale, le succès de décisions rationnelles. Toutefois, soutenait Revel, il n'en est rien. Le prodigieux développement de la connaissance et de l'information, qui est à la portée de ceux qui veulent se donner la peine d'en profiter, n'a pas empêché ceux qui organisent la vie des autres et orientent la marche de la société de persister à commettre les mêmes erreurs et provoquer les mêmes catastrophes, car leurs décisions sont toujours dictées par le préjugé, la passion ou l'instinct plutôt que par la raison, comme dans

1. Jean-François Revel, *La connaissance inutile*, Grasset, 1988.

les temps que (avec une bonne dose de cynisme) nous osons encore appeler « barbares ».

Le plaidoyer de Revel était surtout dirigé contre les intellectuels des sociétés développées d'Occident. Les pires adversaires, et peut-être les plus nocifs, de la société libérale ne sont pas, d'après Revel, ceux de l'extérieur – les régimes totalitaires de l'Est et les satrapies « progressistes » du tiers-monde – mais ce vaste conglomérat d'objecteurs internes qui constituent l'intelligentsia des pays libres et dont la motivation principale semblait être la haine de la liberté comme on l'entend et la pratique dans les sociétés démocratiques.

L'apport de Gramsci au marxisme consista surtout à conférer à l'intelligentsia la fonction historique et sociale qui, dans les textes de Marx et de Lénine, était le monopole de la classe ouvrière. Cette fonction resta lettre morte dans les sociétés marxistes où la classe intellectuelle – comme, par ailleurs, l'ouvrière – était un simple instrument de l'élite ou « nomenklatura » qui avait exproprié tout le pouvoir à son profit. En lisant l'essai de Revel, on était enclin à penser que la thèse gramscienne sur le rôle de « l'intellectuel » comme modélisateur et guide de la culture ne s'appliquait qu'aux sociétés que Karl Popper appelle « ouvertes » de façon sinistre. Je dis « sinistre » car la conséquence, d'après Revel, en était que les sociétés libres avaient perdu la bataille idéologique devant le monde totalitaire et qu'elles pouvaient, dans un futur pas très éloigné, perdre aussi celle qui les priverait de leur bien le plus précieux : la liberté.

Si, formulée ainsi en une synthèse raccourcie, la

thèse de Revel semblait excessive, quand le lecteur se plongeait dans l'effervescence de *La connaissance inutile* – un livre où le brio de la prose, l'acuité de l'intelligence, la documentation encyclopédique et les étincelles d'un humour sarcastique se conjuguent pour faire de la lecture une expérience fascinante – et affrontait les démonstrations concrètes sur lesquelles s'appuie l'auteur, il ne pouvait s'empêcher de ressentir un frisson. C'étaient eux, les grands représentants de l'art, de la science, de la religion, du journalisme, de l'enseignement du monde dit *libre* ?

Revel montrait comment la volonté de discréditer et de porter préjudice aux propres gouvernements – surtout si ceux-ci, comme c'était le cas de celui de Reagan, de Thatcher, de Kohl et de Chirac, étaient « de droite » – conduisait les grands moyens de communication occidentaux – journaux, radios et chaînes de télévision – à manipuler l'information jusqu'à légitimer, grâce au prestige dont ils jouissent, des mensonges politiques flagrants. La désinformation, disait Revel, était particulièrement systématique en ce qui concerne les pays du tiers-monde catalogués comme « progressistes », dont la misère endémique, l'obscurantisme politique, le chaos institutionnel et la brutalité répressive étaient attribués, pour une question de principe – un acte de foi antérieur et imperméable à la connaissance objective –, à de perfides machinations des puissances occidentales ou à ceux qui, au sein de ces pays, défendaient le modèle démocratique et luttaient contre le collectivisme, les partis uniques et le contrôle par l'État de l'économie comme de l'information.

Les exemples de Revel donnaient le frisson parce

que les moyens de communication par lesquels il illustrait son plaidoyer semblaient les plus libres et les mieux faits techniquement dans le monde : *The New York Times*, *Le Monde*, *The Guardian*, *Der Spiegel*, etc., ainsi que des chaînes comme la CBS nord-américaine ou la télévision française. Si dans ces organes, qui disposent des moyens matériels et professionnels les plus féconds pour vérifier la vérité et la faire connaître, celle-ci est souvent occultée ou déformée en raison du *parti pris** idéologique, que pouvait-on espérer des moyens de communication ouvertement alignés – ceux des pays subissant la censure par exemple – ou de ceux qui disposaient de conditions de travail matérielles et intellectuelles bien plus précaires ? Ceux qui vivent dans des pays sous-développés savent très bien ce qu'on peut espérer : que, dans la pratique, les frontières entre information et fiction – entre vérité et mensonge – s'évaporent dans les moyens de communication, de telle sorte qu'il est impossible de connaître objectivement ce qui se produit autour de nous.

Les pages les plus inquiétantes du livre de Revel montraient comment la passion idéologique pouvait conduire, dans le domaine scientifique, à fausser la vérité avec le même manque de scrupules que dans le journalisme. La manière dont fut dénaturée, à un moment donné, la vérité sur le sida pour embarrasser le Pentagone – au terme d'une géniale opération publicitaire qui, par la suite, se révélerait avoir été programmée par le KGB – prouvait qu'il n'y a littéralement aucun repli de la science – pas même dans les sciences exactes – que l'idéologie ne pourrait atteindre avec son pouvoir déformant pour diffuser des mensonges utiles à sa cause.

Pour Revel, il n'y avait aucun doute : si la société libérale, qui avait remporté dans les faits la bataille de la civilisation en créant les formes d'existence les plus humaines – ou les moins inhumaines – de toute l'histoire, s'écroulait et si la poignée de pays qui avaient adopté les valeurs de liberté, de rationalité, de tolérance et de légalité revenaient se confondre avec un océan de despotisme politique, de pauvreté matérielle, de brutalité, d'obscurantisme et de toute-puissance qui fut toujours, et qui est encore, le sort de la plus grande partie de l'humanité, la première responsabilité retomberait sur elle-même pour avoir cédé – surtout ses avant-gardes culturelles et politiques – au chant de la sirène totalitaire et sur les citoyens libres pour avoir accepté ce suicide sans réagir.

Toutes les impostures dénoncées par *La connaissance inutile* n'étaient pas que politiques. Certaines affectaient l'activité culturelle en la dégradant de l'intérieur. Nous, nombreux lecteurs non spécialisés, n'avons-nous pas eu, ces dernières décennies, en lisant certaines éminences intellectuelles supposées du moment comme Lacan, Althusser, Teilhard de Chardin ou Jacques Derrida, le soupçon d'une fraude, c'est-à-dire de laborieuses rhétoriques dont l'hermétisme occultait le vide et la banalité ? Il existe des disciplines – la linguistique, la philosophie, la critique littéraire et artistique, par exemple – qui semblent particulièrement dotées pour favoriser la supercherie, transformant le baratin de certains arrivistes en science humaine à la mode. Pour faire face à ce genre de fumisterie, il faut avoir non seulement le courage d'oser nager à contre-courant, mais aussi le support d'une culture qui embrasse nombre de branches du savoir. L'authentique tradition de l'humanisme, que Revel représentait si bien, est la seule chose qui puisse empêcher ou tempérer ses accrocs à la vie culturelle d'un pays, ces déformations – savoir scientifique défaillant, pseudo-connaissance, artifice passant pour une pensée créatrice – qui sont des symptômes sans équivoque de sa décadence.

Dans le chapitre intitulé significativement « L'échec de la culture », Revel synthétisait ainsi son autopsie : « Le grand malheur du XXe siècle est d'avoir été celui où l'idéal de la liberté aura été mis au service de la tyrannie, l'idéal de l'égalité au service des privilèges, toutes les aspirations, toutes les forces sociales comprises à l'origine sous le vocable de "gauche", embrigadées au service de l'appauvrissement et de l'asservissement. Cette immense imposture a falsifié tout le siècle, en partie par la faute de quelques-uns de ses plus grands intellectuels. Elle a corrompu jusque dans les moindres détails le langage et l'action politiques, inversé le sens moral et intronisé le mensonge au centre de la pensée[1]. » J'ai lu ce livre avec une fascination que je n'avais ressentie pour aucun roman ou essai depuis longtemps. Pour le talent et le courage intellectuel de son auteur, et aussi parce que je partageais nombre de ses craintes et de ses colères à propos de la responsabilité de tant d'intellectuels – parfois des plus grands – dans les désastres politiques de notre temps : la violence et

1. Jean-François Revel, *La connaissance inutile*, *op. cit.*, p. 335.

la pénurie qui accompagnent toujours l'assassinat de la liberté.

Si « la trahison des clercs » a atteint dans le monde des démocraties développées les dimensions que dénonçait Revel, que dire de ce qui se produisait dans les pays pauvres et incultes, où l'on n'en finit pas de décider du modèle social ? Parmi eux, on recrute les alliés les plus disposés, les complices les plus couards et les propagandistes les plus abjects des ennemis de la liberté, au point extrême où la notion même d'« intellectuel », entre nous, dégage parfois un relent caricatural et déplorable. Le pire de tout est que, dans les pays sous-développés, la « trahison des clercs » n'obéit généralement pas à des options idéologiques mais plutôt, dans la majorité des cas, à un pur opportunisme : parce que être « progressiste » est la seule manière possible de grimper dans le milieu culturel – du fait que l'*establishment* universitaire ou artistique est presque toujours de gauche – ou simplement de faire son trou (en gagnant des prix, en obtenant des invitations et même des bourses de la fondation Guggenheim). Ce n'est ni un hasard ni un caprice pervers de l'histoire si, en général, nos plus féroces intellectuels « anti-impérialistes » latino-américains finissent comme professeurs dans les universités nord-américaines.

Et pourtant, malgré tout, je suis moins pessimiste sur l'avenir de la société ouverte et de la liberté dans le monde que ne l'était Jean-François Revel dans ce livre. Mon optimisme se fonde sur cette conviction anti-gramscienne : ce n'est pas l'intelligentsia qui fait l'histoire. En général, les peuples – ces hommes et ces femmes sans nom ni visage, les « gens du commun » comme les appelait Montaigne – sont meilleurs que la majorité de leurs intellectuels : plus sensés, plus pragmatiques, plus démocratiques, plus libres au moment de décider sur les questions sociales et politiques. Les réflexes de l'homme sans qualités, au moment d'opter pour le type de société dans laquelle il souhaite vivre, sont en général rationnels et honnêtes. S'il n'en était pas ainsi, il n'y aurait pas aujourd'hui en Amérique latine autant de gouvernements civils, autant de dictatures déchues ces dernières décennies. Tant de démocraties ne survivraient pas non plus en dépit de la crise économique et des crimes dus à la violence politique. L'avantage de la démocratie est que le sentiment de ces « gens du commun » prévaut tôt ou tard sur celui des élites et, peu à peu, son exemple peut être contagieux et améliorer l'environnement. N'est-ce pas ce qu'indiquaient, au moment même où paraissait *La connaissance inutile*, ces timides signaux de l'ouverture de la citadelle totalitaire qu'on appelle perestroïka ?

En tout cas, tout n'était pas perdu pour les sociétés ouvertes quand elles hébergeaient encore des intellectuels capables de penser et d'écrire des livres comme ceux de Jean-François Revel.

TERRORISME ET DÉMOCRATIE

En 1987, une compilation d'articles de Revel qui couvrait dix années (de 1977 à 1987) parut sous le titre *Le terrorisme contre la démocratie*. Tous se référaient, en effet, aux attentats, rapts, assassinats et prises d'otages qui avaient lieu dans différents pays européens, œuvre de groupuscules extrémistes que l'on croyait déconnectés les uns des autres et qui, croyait-on, malgré les victimes et le trouble qu'ils causèrent, constituaient un phénomène marginal de la vie politique européenne. Il est intéressant de lire aujourd'hui la virulente critique que fait Revel dans ses textes journalistiques de cette vision naïve, superficielle et, en fin de compte, lâche d'une menace qui irait croissant jusqu'à faire trembler toute la vie politique occidentale quelques années plus tard et convertir le terrorisme en protagoniste central de celle de notre temps.

Presque tous les articles soutiennent que, contrairement à ce qui était donné comme un fait irréfutable, c'est-à-dire la non-connexion et la marginalité des actions terroristes en Italie, Allemagne, France et Belgique, il y avait dans toutes ces actions une orientation sans équivoque – attaquer et affaiblir les démocraties – et une coordination clandestine des différents groupes et cellules terroristes qu'appuyaient ou téléguidaient l'Irak, l'Iran et la Syrie, de même que l'Union soviétique au travers de ses satellites comme la Bulgarie, l'Allemagne de l'Est et la Tchécoslovaquie.

Revel critique avec force les gouvernements occidentaux qui ne voient pas dans le terrorisme la planification stratégique d'États s'efforçant de faire plier les démocraties et d'obtenir d'elles, au moyen de la terreur, aides, concessions et privilèges, et refusent de collaborer et de coordonner leur lutte contre cet ennemi ondoyant, selon la croyance stupide qu'en se montrant dociles et inopérants face aux actions terroristes, ils les dévieraient vers d'autres pays et épargneraient le leur. Revel expose de nombreux cas flagrants de ce manque de solidarité entre pays occidentaux, mettant en avant, par exemple, la tempête de critiques par laquelle les pays européens reçurent les bombardements contre Kadhafi ordonnés par le président Reagan, las des actions terroristes que la Libye menait contre des citoyens et des institutions des États-Unis au Moyen-Orient. La meilleure démonstration qu'on ne désamorce pas le terrorisme par des concessions, insiste Revel, c'est que, bien qu'elle se soit refusée à livrer des terroristes capturés sur son sol aux pays qui les réclamaient, la France a été frappée à plusieurs reprises par des attentats et des assassinats. Avec la perspective que nous avons maintenant sur ce sujet et les horreurs par lesquelles le terrorisme s'est acharné sur la France de nos jours, tous ces textes prennent une valeur prophétique. Revel fut un des rares analystes politiques à avoir l'intuition, depuis les premiers attentats commis en Europe par la bande à Baader, les Brigades rouges, Action directe ou l'ETA, d'une offensive antidémocratique et totalitaire contre les sociétés libres qui, en raison de l'inertie et du manque de réflexes ou de conviction qui atténuèrent ou annulèrent la réponse des victimes, irait croissant jusqu'à provoquer dans les pays européens une résurgence du nationalisme le plus antidémocratique et un trouble, une confusion aux graves conséquences pour la survie des sociétés libres.

Tous les livres qu'écrivit Revel furent intéressants et polémiques, mais ses Mémoires, parus en 1997 sous le titre énigmatique *Le voleur dans la maison vide*[1], se révélèrent en plus amusants, une confession sans pudeur de peccadilles, de passions, d'ambitions et de frustrations, écrite sur un ton léger et par moments hilarant par un Marseillais que les tribulations de la vie éloignèrent de la carrière universitaire et transformèrent en essayiste et journaliste politique.

Ce changement de cap provoquait chez lui une sorte de tristesse rétrospective. Toutefois, du point de vue de ses lecteurs, ce fut plus une chance qu'un malheur, par la faute de Sartre et d'une belle journaliste qui tomba enceinte de lui dans sa jeunesse, l'obligeant à abandonner ses projets universitaires et à partir au Mexique, puis en Italie enseigner la langue et la culture françaises. Des dizaines de professeurs de philosophie de sa génération languirent dans les salles de cours des universités, enseignant une discipline qui, sauf de rares exceptions (l'une d'elles étant Raymond Aron, de qui Revel exécute un portrait affectueusement pervers), s'est spécialisée de telle manière qu'elle semble maintenant avoir peu en commun avec la vie des gens. Dans ses livres et ses articles, écrits dans des salles de rédaction ou chez lui, poussé par l'histoire en gestation, Revel ne cessa jamais de philosopher, à la manière de Diderot

1. *Le voleur dans la maison vide*, *in* Jean-François Revel, *Mémoires, édition intégrale*, Paris, Robert Laffont, 2018.

ou de Voltaire, à partir d'une problématique d'actualité et sa contribution au débat d'idées de notre temps, lucide et courageuse, a démontré, comme le fit dans notre langue un José Ortega y Gasset, que le journalisme pouvait être hautement créatif, un genre compatible avec l'originalité intellectuelle et l'élégance du style.

Le voleur dans la maison vide évoque, à travers des épisodes et des personnages-clés, une intense vie nomade où se coudoient la transcendance – la résistance au nazisme durant la Seconde Guerre mondiale, les avatars du journalisme en France au cours du dernier demi-siècle – et l'extravagance, comme la réjouissante description que fait Revel d'un célèbre gourou, Gurdjieff, dont il fréquenta le cercle des dévots dans sa jeunesse. Ébauché avec le pinceau d'un adroit caricaturiste, le célèbre illuminé qui enflamma nombre de benêts et de snobs lors de son exil parisien apparaît dans ces pages comme une irrésistible sangsue avinée, vidant la bourse et l'âme de ses disciples parmi lesquels, aussi surprenant que cela paraisse, il y avait, à côté de gens ignorants et mal informés faciles à berner, des intellectuels et des personnes cultivées qui prirent le confusionnisme bavard de Gurdjieff pour une doctrine qui garantissait la connaissance rationnelle et la paix de l'esprit.

C'est un portrait dévastateur mais, comme pour quelques autres dans la galerie de personnages du livre, cette sévérité est tempérée par l'attitude joviale et compréhensive du narrateur dont le sourire bienveillant sauve au dernier moment celui qui était sur le point d'être désintégré sous le poids de sa propre malice, sa bassesse, son cynisme ou son imbécillité.

Certains des profils de ces amis, professeurs, adversaires ou simples camarades de génération ou de métier sont tendres et inattendus, comme celui de Louis Althusser, maître de Revel à l'École normale, qui apparaît comme une figure plus humaine et attrayante que ce qu'on pouvait attendre du glossateur, talmudique et asphyxiant, du *Capital*, ou celui de Raymond Aron qui, en dépit de certains malentendus et certaines prises de bec avec l'auteur quand tous deux étaient les collaborateurs vedettes de *L'Express*, est toujours considéré avec respect, même quand Revel était exaspéré par son incapacité à prendre une position rectiligne dans les conflits que, souvent, lui-même suscitait.

D'autres portraits sont féroces et l'humour ne réussit pas à atténuer l'encre au vitriol qui les dessine. C'est le cas de la furtive apparition du ministre socialiste français pendant la guerre du Golfe, Jean-Pierre Chevènement (« Ce Lénine provincial et béat [...] appartenait à la catégorie des imbéciles qui ont un visage d'homme intelligent, encore plus traîtresse et redoutable que celle des hommes intelligents qui ont un visage d'imbécile[1] ») ou celui de François Mitterrand lui-même, dont Revel fut très proche avant sa venue au pouvoir, qui dispute à Jimmy Goldsmith le titre de bipède le plus insolite et lamentable de ceux qui défilent dans la grande parade de ces Mémoires.

Revel définit Mitterrand comme un homme des moins intéressés par la politique (pas plus par la

1. *Le voleur dans la maison vide*, *in* Jean-François Revel, *Mémoires*, *op. cit.*, p. 608.

morale et les idées), qui s'y résigna parce que c'était une condition indispensable pour la seule chose qui lui importait : arriver au pouvoir et s'y cheviller le plus possible. C'est un croquis mémorable, quelque chose comme un *identikit* d'une certaine espèce de politicien à succès : des dehors sympathiques, une technique d'enchanteur professionnel, une culture superficielle appuyée par des citations et des gestes bien appris, un esprit glacial au bord du génie, plus une aptitude hors du commun à manipuler les êtres humains, les valeurs, les mots, les théories et les programmes en fonction de la conjoncture. Non seulement les figures de proue de la gauche sont bousculées avec une irrévérence jubilatoire dans ces Mémoires, mais de nombreux dignitaires de la droite, à commencer par Valéry Giscard d'Estaing, apparaissent également, gonflés de démagogie et d'irresponsabilité, capables de mettre en péril les institutions démocratiques ou le futur de leur pays pour de misérables vanités et par une vision mesquine et à court terme de la politique.

Le plus délicieux (et aussi le plus cruel) des portraits, un petit chef-d'œuvre au sein du livre, est celui du milliardaire anglo-français Jimmy Goldsmith, propriétaire de *L'Express* dans les années où Revel dirigea l'hebdomadaire, années où, soit dit en passant, cette publication atteignit une qualité intellectuelle et d'information qu'elle n'eut ni avant ni après. Scott Fitzgerald croyait que « les riches étaient différents » et le brillant, fringant et prospère Jimmy (qui, en 1997, en arriva à cette extrémité de distraire son ennui en dilapidant vingt millions de livres sterling dans un Parti du référendum, pour défendre la souveraineté britannique, aux élections législatives de cette année-là au Royaume-Uni, contre les visées colonialistes de Bruxelles et le chancelier Kohl) semblait lui donner raison. Mais il est peut-être difficile, dans ce cas précis, de partager l'admiration que l'auteur de *Gatsby le Magnifique* ressentait pour les millionnaires. Un être humain peut posséder un talent exceptionnel pour la finance et être en même temps, comme le personnage en question, un mégalomane pathétique, autodestructeur et maladroit pour tout le reste. Le récit des projets politiques, journalistiques et sociaux délirants que Goldsmith concevait et oubliait presque au même moment, de même que les intrigues qu'il ourdissait contre lui-même, dans un sabotage permanent d'une entreprise que, malgré cela, il continuait à abreuver de bénéfices et de prestige, est extrêmement amusant, avec des scènes et des anecdotes qui semblent extraites d'un roman balzacien et font éclater de rire le lecteur.

De tous les métiers, vocations et aventures de Revel – professeur, critique d'art, philosophe, anthologiste, gastronome, analyste politique, écrivain et journaliste –, les deux derniers eurent sa préférence et c'est là qu'il a laissé l'empreinte la plus durable. Tous les journalistes devraient lire son témoignage sur les grandeurs et misères de ce métier pour constater combien il peut réussir à être passionnant et, aussi, les distorsions et les ravages qui peuvent en découler. Revel rappelle quelques épisodes majeurs de la contribution du journalisme en France à l'éclaircissement d'une vérité cachée jusqu'alors par « la brume fallacieuse du conformisme et de la complicité ». Par exemple, la découverte incroyable, par un journaliste d'investigation, dans des poubelles entassées devant une banque à Paris, du système de financement monté par l'URSS en France pour subventionner le parti communiste.

L'enquête sur les mystérieux parcours de Georges Marchais, secrétaire général du Parti durant la Seconde Guerre mondiale, ne fut pas moins remarquable. Marchais fut travailleur volontaire dans les usines de l'Allemagne nazie. Ce deuxième scoop n'eut pas toutefois les répercussions qu'on pouvait en attendre car, en raison du moment politique, la gauche n'était pas seule à avoir intérêt à le mettre sous le boisseau. Même la presse de droite l'escamota, craignant que la candidature présidentielle de Marchais ne soit ébranlée par la révélation des faiblesses pronazies du leader communiste et que ses électeurs potentiels ne passent à Mitterrand, ce qui aurait affecté la candidature de Giscard. Ainsi, la vérité sur le passé de Marchais, repoussée à droite et à gauche, minimisée et rejetée, finit par s'éclipser et il put continuer sa carrière politique sans encombre jusqu'à sa paisible retraite.

Ces Mémoires font le portrait d'un Revel en grande forme : fougueux, combatif et plein de vie, passionné par les idées et les plaisirs, d'une curiosité insatiable, et condamné à vivre, en raison de sa maladive intégrité intellectuelle et de sa vocation de polémiste, en perpétuelle dispute avec presque tout ce qui l'entourait. Sa lucidité à détecter les pièges et les autojustifications de ses collègues, et son courage pour dénoncer l'opportunisme et la couardise des intellectuels qui se mettent au service des puissants par fanatisme ou appétit de prébendes, firent de lui un « maudit » moderne, un héritier de la grande tradition des non-conformistes français, celle qui provoquait les révolutions et incitait les esprits libres à tout remettre en question, depuis les lois, les systèmes, les institutions, les principes éthiques et esthétiques, jusqu'au costume et aux recettes de cuisine. Cette tradition agonise aujourd'hui, et moi, en particulier, de quelque côté que je scrute l'horizon, je n'aperçois aucun continuateur dans les nouvelles fournées de scribes, à l'exception peut-être d'un André Glucksmann, malheureusement trop tôt disparu. Je crains beaucoup qu'avec Revel elle ne s'éteigne. Mais, c'est vrai, avec tous les honneurs.

La mort de Jean-François Revel, en 2006, après une douloureuse agonie, a ouvert en France un vide intellectuel que, dans l'immédiat, personne n'a comblé. Elle a privé la culture libérale d'un de ses combattants les plus talentueux et les plus aguerris et nous a laissés, nous ses admirateurs et amis, avec la déchirante impression d'être orphelins.

REMERCIEMENTS

Je remercie Gloria Gutiérrez, Jorge Manzanilla, Carlos Granés et Álvaro Vargas Llosa d'avoir lu la première version de ce livre, de leurs intelligentes et généreuses observations et suggestions qui m'ont permis de l'améliorer. Les erreurs qui subsistent sont entièrement de mon fait.

MARIO VARGAS LLOSA
Madrid, octobre 2017

DU MÊME AUTEUR

Aux Éditions Gallimard

LA VILLE ET LES CHIENS (Folio nº 1271, *préface d'Albert Bensoussan*).

LA MAISON VERTE (L'Imaginaire nº 76).

CONVERSATION À « LA CATHÉDRALE ».

LES CHIOTS, *suivi de* LES CAÏDS.

PANTALEÓN ET LES VISITEUSES (Folio nº 2137).

L'ORGIE PERPÉTUELLE, *Flaubert et* Madame Bovary.

LA TANTE JULIA ET LE SCRIBOUILLARD (Folio nº 1649).

LA DEMOISELLE DE TACNA, *théâtre*.

LA GUERRE DE LA FIN DU MONDE (Folio nº 1823).

HISTOIRE DE MAYTA (Folio nº 4022).

QUI A TUÉ PALOMINO MOLERO ? (Folio nº 2035).

KATHIE ET L'HIPPOPOTAME, *suivi de* LA CHUNGA, *théâtre*.

CONTRE VENTS ET MARÉES (Arcades nº 16).

L'HOMME QUI PARLE (Folio nº 2345).

L'ÉLOGE DE LA MARÂTRE (Folio nº 2405).

LES CHIOTS / *LOS CACHORROS* (Folio Bilingue nº 15, *préface et notes d'Albert Bensoussan*).

LES CHIOTS (Folio 2 € nº 3760).

LA VÉRITÉ PAR LE MENSONGE, *essais sur la littérature* (Arcades nº 85).

LA VIE EN MOUVEMENT, *entretiens avec Alonso Cueto*.

LE FOU DES BALCONS, *théâtre*.

LE POISSON DANS L'EAU (Folio nº 2928).

LITUMA DANS LES ANDES (Folio nº 3020).

EN SELLE AVEC TIRANT LE BLANC (Arcades n° 49).
LES ENJEUX DE LA LIBERTÉ.
UN BARBARE CHEZ LES CIVILISÉS (Arcades n° 54).
LES CAHIERS DE DON RIGOBERTO (Folio n° 3343).
L'UTOPIE ARCHAÏQUE, *José María Arguedas et les fictions de l'indigénisme.*
JOLIS YEUX, VILAINS TABLEAUX.
LETTRES À UN JEUNE ROMANCIER (Arcades n° 61).
LA FÊTE AU BOUC (Folio n° 4021).
LE PARADIS – UN PEU PLUS LOIN (Folio n° 4161).
LE LANGAGE DE LA PASSION, *chroniques de la fin du siècle.*
TOURS ET DÉTOURS DE LA VILAINE FILLE (Folio n° 4712).
LA TENTATION DE L'IMPOSSIBLE (Arcades n° 93).
VOYAGE VERS LA FICTION (Arcades n° 95).
DE SABRES ET D'UTOPIES, *visions d'Amérique latine* (Arcades n° 101).
LE RÊVE DU CELTE (Folio n° 5587).
LES CHIOTS, *photographies de Xavier Miserachs.*
ÉLOGE DE LA LECTURE ET DE LA FICTION, *conférence du Nobel.*
THÉÂTRE COMPLET.
LE HÉROS DISCRET (Folio n° 6318).
CONVERSATIONS À *LA CATEDRAL.*
LA CIVILISATION DU SPECTACLE.
AUX CINQ RUES, LIMA (Folio n° 6667).
LES CAÏDS / *LOS JEFES* (Folio Bilingue n° 211).
L'ATELIER DU ROMAN, *conversation à Princeton avec Rubén Gallo* (Arcades n° 117).
LES CONTES DE LA PESTE, *théâtre.*
L'APPEL DE LA TRIBU (Folio n° 7140).
TEMPS SAUVAGES.

Dans la Bibliothèque de la Pléiade

ŒUVRES ROMANESQUES, tome 1.

ŒUVRES ROMANESQUES, tome 2.

Aux Éditions de l'Herne

UN DEMI-SIÈCLE AVEC BORGES (Cahiers de l'Herne n° 79).

UN RASTA À BERLIN, *suivi de* MA PARENTE D'AREQUIPA.

COMMENT J'AI VAINCU MA PEUR DE L'AVION.

Aux Éditions Plon

DICTIONNAIRE AMOUREUX DE L'AMÉRIQUE LATINE.

Aux Éditions Terre de brume

ENTRETIEN AVEC MARIO VARGAS LLOSA, *suivi de* MA PARENTE D'AREQUIPA.

Tous les papiers utilisés pour les ouvrages des collections Folio sont certifiés et proviennent de forêts gérées durablement.

Impression Maury Imprimeur
45330 Malesherbes
le 20 mars 2023
Dépôt légal : mars 2023
1er dépôt légal dans la collection : octobre 2022
Numéro d'imprimeur : 269470

ISBN 978-2-07-297817-3 / Imprimé en France

612226